1
one

Yui's story

와타리 와타루 지음
퐁칸⑧ 일러스트

Contents

역시 내 청춘 러브코메디는 잘못됐다.

My youth romantic comedy is wrong as I expected.

등장인물 【character】

Yui's story 1

일본판 오리지널 디자인
numata rina

Prelude

12월의 밤바람은 차지만, 함께 걸을 때는 전혀 춥지 않았다.

일루미네이션이 반짝이는 역 앞을 보며 우리 셋은 천천히 걸었다.

오늘이 끝나지 않으면 좋겠다고 생각하면서.

그래도 크리스마스는 12월 25일까지. 아무리 즐거워도 시간이 지나면 끝이 찾아온다.

파티가 끝났으니 이제는 돌아갈 시간이다.

밤이 되어 사람이 줄면서 크리스마스 분위기 일색이던 거리도 급하게 옷을 갈아입듯 빠르게 모습을 바꾸어 갔다.

근처 쇼핑몰에서는 작업복을 입은 인부들이 분주하게 전광판이나 간판, 현수막 따위를 치우기 시작했다.

크리스마스 세일은 연말 세일로, 녹색 트리는 녹색 카도마츠[#1]로 변하고, 흰 눈사람은 흰 카가미모치[#2]가 되며 산타 할아버지는 이름 모를 칠복신[#3] 할아버지로 바뀐다.

하나하나 비교하면 은근히 닮은 것 같으면서도 전혀 달라서 기분이 묘했다.

#1 **카도마츠** 일본의 설 장식. 소나무와 대나무를 써서 만들며 집 앞에 둔다.
#2 **카가미모치** 일본의 설 장식. 둥근 떡 두세 개를 쌓는다.
#3 **칠복신** 일본 민간에서 숭배하는 일곱 복신(福神).

그런 어수선한 분위기 속에서 우리는 역 앞을 벗어나 그녀의 아파트로 가고 있었다.

가는 길에 있는 넓은 공원은 가로막는 것이 없어서 찬 바람이 쌩하니 불어왔다.

곳곳에 놓인 벤치에서는 커플로 보이는 사람들이 서로 얼굴을 맞대고 비밀이야기라도 나누는 것처럼 입을 달싹거렸다.

저 사람들은 아마 주변 눈치를 보지 않고 주변에서도 보지 않으리라고 믿나 보지만, 벤치 옆에 선 가로등이 스포트라이트처럼 비추는 탓에 내게는 또렷하게 보였다.

나는 괜히 무안해서 과하게 기지개를 켜며 억지로 눈길을 떼고 하늘로 혼잣말을 중얼거렸다.

"후아, 목 터지게 불렀다."

명랑하고 조금 어리숙하게 말했지만, 딱히 부자연스럽지는 않았다. 그러자 뒤쪽에서 평소처럼 늘어지고 비아냥거리는 소리가 돌아왔다.

"결국 도중부터는 줄창 노래만 불렀지……."

몸을 반만 틀어 뒤를 보자 그는 예상대로 비딱한 입매로 한숨 쉬고 있었다.

그래도 그의 죽은 동태 같은 눈빛이 평소보다 부드러웠다.

그 눈을 보고 「그래, 재밌었구나」라고 생각하자 입꼬리가 올라갈 뻔했다. 나는 속마음을 들킬까 봐 괜히 웃으면서 말문이 막힌 척했다.

"재, 재미있었으면 됐지, 뭘."

변명처럼 웅얼대는데, 내 옆을 걷던 그녀가 턱에 손을 대고 걱정스럽게 고개를 갸웃거렸다.

"그런데 코마치나 다른 아이들한테 감사 표시가 됐을까……."

"재밌게 잘 놀던데, 그거면 된 거 아니냐?"

그가 관심도 없고 의욕도 없다는 듯 무심하게 말하지만, 그런 것치고 입은 만족스럽게 휘어졌다. 얘는 동생을 좋아해도 너무 좋아한다.

그렇게 생각하니까 나까지 웃음이 나와 버렸다.

"응. 그랬으면 좋겠다……."

살짝 감상에 젖어서 말한 뒤, 문득 이상한 생각이 들었다.

"아, 근데 힛키는 이쪽으로 와두 돼? 코마치가 시킨다고 굳이 안 바래다줘두 되는데."

"그러게. 어차피 여기서 코앞이잖니."

그러면서 그녀는 좁은 길 앞에 우뚝 선 고층 아파트를 올려 다봤다. 집값도 하늘을 찌를 법한 그곳은 심지어 역세권이었다. 굳이 전철에서 내려서 바래다줄 거리도 아니었다.

"……케이크랑 짐도 있잖냐. 딱히 힘든 일도 아니라고."

그는 어깨를 으쓱이듯 양손에 든 봉투를 슬쩍 들었다. 그것을 본 그녀가 안심하며 미소 지었다.

"그래. 그건 고맙구나. 남은 케이크도 있고……."

그리고 그의 손에 들린 케이크 상자를 우울하게 봤다. 아차, 있다고 다 먹는 성격은 아니지 참…….

서비스로 세 개나 받았지만, 솔직히 너무 많았다. 다 같이 두 개까지는 먹었어도 마지막 하나는 상자에서 꺼내 보지도 않았다.

떠넘기다시피 해서 받아왔는데 아마 내가 거의 다 먹게 되지 않을까 싶었다. 상상했더니 살짝 기대가 부풀었다.

"그치만 하나가 통째로 남아서 좋아! 꿈이었거든! 안 자르구 그대로 퍼먹기!"

설탕으로 만든 산타, 집 모형, 초콜릿 팻말까지 전부 내 거.

볼을 잡고 황홀함에 빠진 내게 그녀는 냉담한 눈빛을 보냈다.

"정말로 먹을 자신 있니? ……그거 제법 힘든데."

"해 봤냐……."

그가 뜨악한 표정으로 말하자 그녀는 아차 싶었나 보다. 쑥스러운지 입을 우물거리며 얼굴을 홱 돌렸다.

그 반응을 보고 나는 키득키득 웃었다. 평소에는 어른스러운데 가끔 굉장히 아이 같은 모습을 보여주는 그녀가 귀엽고 우스워서.

이야기를 나누는 사이에 공원을 지나 큰길로 나왔다. 횡단보도만 건너면 바로 그녀의 아파트다.

"앗, 유키농네 집."

"히키가야, 여기까지면 됐어."

우리는 횡단보도 앞에서 걸음을 멈췄다. 돌아보자 그는 쭈뼛쭈뼛 신중한 손길로 케이크 상자를 건넸다.

"그러냐? 자, 케이크."

"고마워~."

나도 흔들리지 않게 조심하며 상자를 받았다.

그래도 그의 빈손은 아직 허공을 헤매고 있었다. 고민하듯, 망설이듯. 잠깐 머뭇거리던 손은 마침내 어깨에 멘 숄더백으로 옮겨갔다.

그리는 이번에도 신중한 손길로 뭔가를 꺼냈다.

"……온 김에 이것도 가져가라."

손에 든 물건은 귀엽게 포장된 상자 두 개였다. 앙증맞게 달린 리본 덕분에 그것이 선물이라는 것을 알았다.

멋쩍어서 헛기침한 그가 선물 상자를 불쑥 내밀었다.

살짝 놀라서 고맙다는 말이 얼른 나오지 않았다. 그녀도 같은 기분인지 입을 멍하게 벌린 채 얼떨떨하게 그의 손을 바라보고 있었다.

의외이기도 하고, 기쁘기도 하고, 놀랍기도 하고. 무슨 선물을 이런 식으로 주나 싶기도 하고, 너무 숫기 없어서 웃기기도 하고. 어쨌거나 오만 생각을 하면서 나는 그 상자를 받았다.

"이거…… 크리스마스 선물이야?"

"나랑 유이가하마, 따로 하나씩 챙겼구나."

그녀가 놀란 것처럼 가늘게 숨을 내쉬었다.

나와 그녀가 너무 빤히 바라본 탓에 그는 슬그머니 눈길을 피했다.

"……나도 컵 받았으니까."

그러고는 속사포처럼 뭐라고 주절댔다.

"받아놓고 아무것도 안 주기도 뭣하고 마침 타이밍도 좋더라고. 한 번에 퉁쳤다고 생각하면 기분 나쁠지도 모르지만⋯⋯ 아무튼, 크리스마스 선물이다."

자기 딴에는 할 말 다 했다고 뿌듯하게 고개를 끄덕이지만, 제대로 들린 건 첫 부분뿐이고 그 뒤로는 목소리가 하도 작아서 전혀 알아듣지 못했다.

그래도 굉장히 창피하다는 감정 하나는 확실하게 전해져서 나와 그녀는 서로를 바라보며 소리 없이 미소를 나눴다.

"⋯⋯열어봐도 되겠니?"

"뭐, 맘대로 해라."

그녀가 당혹스러운 투로 묻자 그는 여전히 엉뚱한 곳만 쳐다보며 모호하게 대답했다.

그래도 그의 말투에는 이미 익숙해졌다. 우리는 주저 없이 리본을 풀었다. 포장도 리본도 소중한 선물임을 알기에 천천히 정성스럽게, 시간을 들여서 풀었다.

그리고 손 위로 드러난 선물을 보고 나와 그녀는 살짝 숨을 들이마셨다.

"와아⋯⋯."

"슈슈구나⋯⋯."

웃음기를 띤 그녀의 목소리에 그는 안심한 것처럼 숨을 토해냈다. 어떻게 반응할지 불안했던 걸까. 그런 걱정, 안 해도 되는데⋯⋯.

나는 손바닥에 놓인 슈슈#4를 꽉 쥐었다.

#4 슈슈 제단한 천에 고무줄을 넣어 만든 머리끈. 한국에서는 곱창밴드라는 명칭을 쓴다.

색감이 연한 슈슈는 소복이 쌓인 눈처럼 보드랍고 폭신폭신해 마음까지 포근해졌다.

문득 그녀는 뭘 받았을까 궁금해서 옆을 슬그머니 봤다. 그녀는 병아리나 햄스터라도 잡는 것처럼 양손을 소중하게 감싸고 있었다. 그 손안에는 나와 같은 디자인의 슈슈가 있었다.

"나랑 유키농 똑같은 거네!"

그녀도 내 슈슈를 힐끔 보고 고개를 끄덕였다. 그러다가 이내 아리송한 표정을 지었다.

"유이가하마가 파란색이고, 내가 분홍색? ……왠지 바뀐 거 같은데."

어두워서 잘 안 보이기도 하고 남의 선물을 빤히 살펴보기도 민망해서 제대로 확인하지 않았는데 자세히 보니까 정말로 색이 달랐다.

그러고 보면 내가 직접 고르는 색상은 핑크 계열이 많고 그녀가 고르는 색은 모노톤이나 차가운 색이 많았다.

……설마 거꾸로 줬나?

순간 그런 생각이 들었지만, 그럴 리는 없다.

이럴 때 그는 엄청엄청 신중하게 준비한다. 심하게 말하면 좀 기분 나쁠 정도로 건네는 방법부터 타이밍까지 생각하는 성격이다. 깔끔하게 전달하려고 연습했어도 이상하지 않다. 아니, 사실 이상하고 깔끔하지도 않지만.

아무튼 이건 그 나름대로 생각이 있어서 한 행동이 틀림없다.

"아니, 그거 맞다만. 그냥 내 생각이 그래……."

그는 딱히 설명하지 않았다.

그래도 왠지 모르게.

정말로 왠지 모르게, 알 것 같기도 했다.

만약 설명했으면 오히려 알 수 없었을 이야기. 나와 그녀의 관계나, 우리의 관계와 닮았다.

그건 틀림없이 그녀도 알고 있으리라.

"그러니……."

그녀는 더 묻지 않았다. 조용히 그렇게만 말하고 손바닥에서 고개를 들어 부드럽게 미소 지었다.

"답례라면 고맙게 받을게."

"응. 힛키…… 고마워. 소중하게 쓸게."

나도 깜빡했던 감사 인사를 하고, 말보다 확실하게 마음이 전해지도록 슈슈를 가슴에 꼭 안았다.

"그래. 어떻게 쓸지는 너희 맘이다……."

그는 쑥스러워서 빠르게 말하고 슬그머니 눈을 피했다. 나도 괜히 부끄러워져서 경단머리를 찌르며 슬쩍 눈길을 돌렸다.

언뜻 시야에 들어온 신호가 푸른색으로 변했다. 그것을 기회로 그는 손을 휙 들었다.

"그, 그럼 잘 가라."

"으, 응. 조심해서 들어가! ……잘 자구."

나와 그녀는 서로 눈짓하고 조용히 길을 건넜다.

그래도 기쁨과 부끄러움, 여러 감정에 떠밀려 어느샌가 발걸음이 빨라졌다. 손에 쥔 슈슈처럼 걸음걸이까지 폭신폭신한 기분이었다.

12월의 밤바람이 살짝 뜨거워진 볼을 시원하게 어루만졌다.

바람에 내 목도리가 펄럭이고 나란히 걷는 그녀의 긴 머리카락이 휘날렸다. 가로등 불빛이 반사될 만큼 윤기 나는 그녀의 머리가 순간 넓게 퍼졌다.

그녀가 머리를 붙잡으며 멈춰 섰다.

가늘고 긴 손가락으로 머리를 쓸어내리고 소중하게 쥔 슈슈를 보더니, 그녀는 쑥스럽게 입술을 오물거렸다.

그리고 긴 머리칼을 손으로 빗어 정리했다. 당황했는지 평소보다 엉성하게, 허둥지둥.

마지막으로 손에 든 슈슈로 머리 다발을 묶고, 균형을 맞추려고 머리카락 끝을 두어 번 매만졌다.

나는 그 모습을 넋 놓고 바라보았다.

일루미네이션 같이 깜빡이는 신호등 불빛을 받으며, 이래도 괜찮을까, 이상하지 않을까, 수줍게 고민하는 그녀의 표정은 지금까지 본 어떤 얼굴보다 귀여워 연분홍색 슈슈가 무척 잘 어울렸다.

주황색 가로등 아래에서도 뚜렷하게 보일 만큼 상기된 뺨을 의식해서일까, 그녀는 한 번 입술을 더듬었다.

그리고 마음을 진정시키려는 것처럼 눈을 감고 아주 작게 심호흡하더니 빙글 뒤로 돌았다.

"히키가야."

목소리는 평소와 같은 톤이었다.

어른스럽고 냉정한, 당당하고 시원한 목소리.

하지만 그 이름을 평소처럼 부르기 위해서 그녀는 몇 가지나 되는 절차를 거쳐야 했다.

그게 귀엽고 애틋하고 흐뭇해서, 나는 그만 지켜보고만 있었다.

그녀가 그를 부르는 목소리는 결코 크지 않았지만, 우리 말고는 사람이 없는 조용한 밤거리에서는 충분한 성량이었다.

그는 천천히 몸을 옆으로 돌려 뒤돌아봤다. 횡단보도 한가운데 선 그녀를 보고 그는 조금 놀라는 눈치였다.

눈이 맞자 그녀는 하나로 묶은 머리를 가만히 쓸어내렸다. 분홍색 슈슈가 흔들리고, 그의 눈이 그것을 좇았다.

그녀는 머리를 쓰다듬던 손을 멈추고 조용히 숨을 들이쉬었다.

"……메리 크리스마스."

팔을 들어야 할지 내려야 할지 몰라서 가슴 앞에 멈춘 채, 반쯤 펴다 만 손을 살래살래 흔들었다.

잘 자, 고마워, 또 봐. 많고 많은 말 대신 그녀가 고른 말은 그거였다.

"어, 어어. ……메리 크리스마스."

그는 멍하게 있다가 퍼뜩 정신을 차리고는 턱 끝만 두어 번 끌어당겨 끄덕였다.

그 외에는 아무 말도 없었지만, 더할 필요도 없다는 것처럼 그녀는 미소를 흘리고 서둘러 돌아왔다.

찬 바람이 불지도 않는데 목도리를 입 위까지 올려 뺨을 가리면서.

그녀가 길을 다 건넜을 때, 깜빡거리던 신호가 빨갛게 변했다.

기다렸니, 아니야. 그런 의미 없는 말을 무의식중에 주고받으며 나는 이미 돌아갈 수 없는 길 건너편을 봤다.

그는 지켜보는 건지, 배웅하는 건지, 흐리멍덩한 표정으로 우두커니 서 있었다.

나도 뭐라도 말해야 했을까. 뒤늦게 후회가 들었다.

횡단보도 건너편과 이편은 별로 멀지도 않아서 큰 소리로 말하면 분명히 들릴 것이다.

그래도 그보다 나은 말이 당장 떠오르지 않았다.

그래서 나는 팔을 들어 크게 흔들어 보았다. 손목에 찬 하늘색 슈슈는 어두워서 안 보일지도 모르지만.

그가 보일락 말락 고개를 끄덕이는 모습을 보고서 나는 그녀와 보폭을 맞췄다.

12월의 밤바람은 역시 차고 살을 에듯 따가웠다.

나는 무의식중에 추위를 잊으려는 것처럼 몸을 움츠리고, 왼손에 찬 슈슈를 꼭 쥐고 있었다.

×　×　×

깨닫고 말았다.

옛날부터 알고 있던 사실을 깨닫고 말았다.

혹시 그렇지 않을까.

아마 그렇지 않을까.

생각했었으면서, 알고 있었으면서.

묻지도 말하지도 확인하지도 포기하지도 못하던 자신을 깨
닫고 말았다.

깨달은 이상 더는 모른 척할 수 없다.

물러날 수 없고 내디딜 수 없다. 눈을 돌릴 수도 없다.

그래도 이제는 깨달아 버렸다.

—훨씬 옛날부터, 좋아했었다고.

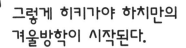

그렇게 히키가야 하치만의 겨울방학이 시작된다.

크리스마스가 지나고 차마 길다고는 할 수 없는 겨울방학이 시작되면, 마침내 한 해가 다 갔다는 실감이 밀려온다.

사실 머리 한쪽 구석으로는 알고 있었겠지만, 바빠서 외면했던 거겠지.

단순한 계절감의 문제가 아니라 내 마음 탓이라는 생각이 들었다.

흘러가는 시간에 몸을 맡기고, 본래 마주해야 하던 문제를 외면했던 기분이 들었다.

막 빠져나온 침대에서 바라본 벽에는 넘길지 말지 고민하다가 어중간하게 찢다 만 올해 달력이 있었다. 힘없이 흔들리는 12월이라는 글자가 이유도 없이 초조함을 부추겼다.

그 때문일까, 비몽사몽간 머리에 실없는 생각이 어지럽게 루프하며 모 요요 달인#5처럼 내 하이퍼 브레인으로 루프 더 루

#5 요요 달인 일본의 프로 요요 플레이어 나카무라 켄이치. 루프 더 루프라는 기술로 세계 대회에서 기록을 남겼으며, 하이퍼 요요라는 상품의 유행을 주도했다.

프를 팍팍 돌리고 있었다. 어쩌면 조만간 지터링[#6]처럼 출구도 없는 곳을 빙빙 맴돌 것만 같다.

오늘이 휴일이라서 다행이다. 철학 난제처럼 답이 나오지 않는 문제를 생각하는 것은 평일 아침에 할 짓이 못 된다.

몸도 마음도 휴일을 아는지, 세 번이나 잠든 끝에 점심시간이 다 되어서야 겨우 눈을 떴다.

나는 여전히 멍한 머리를 흔들고 침대에서 느릿느릿 일어났다.

눈앞에 펼쳐진 광경은 어젯밤 대청소를 하려다 포기한 내 방이었다.

다 읽은 책은 산더미처럼 쌓였고 빈 맥스커피 캔이 하늘을 찔렀다.

바쁜 일상과 연말, 학기 말의 온갖 사정이 쌓여 만들어진 책상은 언제 산사태를 일으켜도 이상하지 않았다.

오늘은 무조건 치우자…….

그렇게 맹세하고 우선 책상부터 치울 겸 공책과 프린트, 언제 적었는지 모를 일기, 잡필, 낙서, 메모 따위를 정리했다.

낙서는 폐지로 분류하고, 골치 아픈 개인정보(주로 흑역사)가 포함된 메모는 잘게 찢어서 버린다. 네크로노미콘 수준으로 보는 사람의 정신을 붕괴시키는 흑역사 그 자체는 서랍 깊숙한 곳에 봉인하자.

버리기는 애매하지……. 사춘기에 쓴 글이 언젠가 소설가가

#6 지터링 큰 고리에 작은 고리나 구슬이 꿰여 있는 장난감. 안쪽의 작은 고리가 멈추지 않게 계속해서 돌리며 논다.

되었을 때 도움이 될지도 모르고 말이야……. 이딴 생각 자체가 이미 흑역사다. 나의 흑역사가 또 한 페이지[#7]…….

이런 나쁜 흑역사는 동굴에 가둬 버려야지~. 종이류를 정리하면서 겸사겸사 방치했던 달력도 찢어서 쓰레기통으로 휙 던져 넣었다.

올해도 앞으로 며칠이면 끝난다. 이쯤 되면 달력은 필요 없다.

변덕이 불어서 연말 대청소를 시도해 봤지만, 항상 난잡하게 널브러진 책상 하나 정리하는 것만 해도 보통 일이 아니었다. 평소 책상을 쓸 때 필요한 공간만 확보할 뿐이니까 연말에 이 고생이다.

세간에서 A형은 꼼꼼하고 정리정돈을 좋아하는 성격으로 통하나 보지만, 분명히 말하건대 그건 낭설이다.

A형은 자기 방에는 의외로 관심이 없다. 그 대신 남의 방이 더러우면 무진장 신경 쓰며 난데없이 「이 방 청소해도 돼?」라는 소리나 지껄인다. A형 더럽게 귀찮네.

그러는 나도 A형이다. 예전에는 자주 코마치 방에 쳐들어가서 「정리정돈 못 하는 나쁜 아이는 가둬 버려야지~」라고 하는 바람에 굉장히 미움을 샀다.

옛날에는 남매끼리 빈번히 서로의 방을 들락거렸고 멋대로 들어가서 만화를 가지고 나오고는 했다. 왜 동생은 오빠 만화를 자기 거라고 생각할까……. 『이누야샤』는 코마치가 사기 시

#7 나의 흑역사가 또 한 페이지 애니메이션 「은하 영웅 전설」의 마무리 멘트 「은하의 역사가 또 한 페이지」를 패러디함.

작했는데 어느 순간부터 내가 사고 있었다. 남매 사이에는 흔히 있는 일이지.

하지만 지금 생각하면 코마치 방에서 빌렸던 순정 만화 잡지가 나의 소녀소녀한 감수성, 줄여서 소수성 형성에 한몫하지 않았나 싶다. 그리고 여동생이 있다는 구실로 여아용 애니메이션을 보던 사이에, 오빠만 졸업하지 못하고 남겨지고 말았다. 이것도 남매 사이에는 흔히 있는 일이지. 흔히 있을 거야!

그 덕에 내 소녀 감성은 무럭무럭 성장했고, 가끔 사소한 일에도 심장이 나대는 바람에 자기혐오에 빠지고는 한다. 세상에 이런 귀찮은 남자가 있단 말인가…….

하지만 그런 코마치도 중학교에 들어가면서부터 내 방에 오지 않게 됐다.

그래서 손님의 발길이 뚝 끊긴 내 방이 돼지우리가 된 것이다. 조만간 날 잡아서 제대로 정리해야겠다.

……하지만 그날이 오늘은 아니다.

그렇다, 오늘 할 수 있는 일은 내일도 할 수 있다!

나는 내일에 희망을 걸겠어! 미래의 나를 믿는 거야! 절대로 미루는 건 아니야!

내 대청소는 평생 끝나지 않을 듯하다.

일단 오늘은 종이와 맥스커피 캔만 대강 치워서 책상 위만 비우고 나머지는 다음에 하기로 했다.

쓰레기봉투를 묶어서 집어 들고 현관에 가져다 났다.

이러면 내일 아버지가 출근할 때 내다 버리겠지. 누가 뭐래도 우리 아버지는 버리기의 프로니까. 특히 자존심을 버리는 능력으로는 견줄 자가 없다. 밤늦게 아버지가 통화하면 들리는 소리가 대개 「어, 어떻게든 하겠습니다」인 것만 봐도 상당히 위험한 수준…….

으음, 내일 일찍 일어나면 그냥 내가 버리자. 왠지 아버지가 불쌍해졌어.

쓰레기를 대충 방 밖으로 치우고 책이니 뭐니 쌓아 뒀던 물건을 한 곳으로 밀어 버리자 방이 한결 넓어진 기분이었다.

좋아, 대청소 1탄은 여기서 끝내자. 2탄이 언제가 될지는 불확실하지만, 언제나 예정은 예정일 뿐이다. 봄에 발매된다고 해놓고 별말도 없이 가을에 내는 게 이 세상의 상식. 그게 어떻게 되어먹은 세상이야? 게임 업계?

「오늘은 이쯤에서 봐준다!」라고 이케노 메다카[#8] 뺨치는 마음가짐으로 방을 나와서 「잘 하고 있냐?」라며 야나기사와 신고[#9] 뺨치게 거실문을 열었다.

조용한 거실에 가족은 없었고, 애묘 카마쿠라가 고타츠 이불 끝자락에서 냐른냐른 자고 있을 뿐이었다.

당연하다면 당연한가. 부모님에게 오늘은 평일이다. 코마치는 수험 직전이라서 학원에서 공부하러 갔고. 자연스럽게 집에는 나와 카 군만 남는다.

그래도 아침의 잔열이 가시지 않았는지 거실에는 아직 훈훈

#8 이케노 메다카 일본의 개그맨. 얻어맞은 뒤 「오늘은 이쯤에서 봐준다!」라고 외치는 개그로 유명하다.
#9 야나기사와 신고 일본의 개그맨.

한 온기가 남아 있었다.

　부엌으로 가서 냉장고를 열어보자 랩으로 싼 접시가 나왔다. 계란말이부터 시작해서 닭튀김, 샐러드, 냄비에는 된장국까지, 갖출 건 다 갖췄다.

　엄마가 출근 전에 준비했겠지. 감사한 마음으로 먹자.

　나는 전자레인지와 가스레인지로 음식을 데우고 고타츠로 꾸물꾸물 기어들어, 듣는 이도 없건만 잘 먹겠습니다, 라고 입안으로 중얼거렸다.

　그리고 TV를 켜고 녹화해 둔 애니메이션을 보려고 정신을 가다듬었다.

　그러는 사이 카마쿠라가 뒤뚱거리며 일어나서 내 무릎 위로 올라왔다. 한동안 허벅지를 꾹꾹 누르더니 식빵 자세로 꾸벅꾸벅 졸기 시작했다.

　고타츠와 고양이에게서 전해지는 온기, 식사를 끝낸 포만감. 그리고 애니메이션을 시청한 행복에 감싸이니 내게도 잠기운이 몰려왔다.

　아주 멋지다······. 이게 연말연시를 보내는 올바른 방법이지······.

×　×　×

　따끈따끈한 거실에서 한 사람과 한 마리가 대낮부터 고타츠에 들어가 시간을 축낸다.

보지도 않는데 틀어놓은 TV에서는 소란스러운 연말 특집 방송이 흘러나왔다. 문득 눈길을 주자 화면은 신년 전 혼잡한 거리를 보여줬다.

새해 장식이나 새해 요리, 게가 싸다느니 연어가 좋다느니 익숙한 일본의 연말 풍경이었다. 광고도 얼마 전까지는 크리스마스 노래로 도배됐었는데, 지금은 「복이여 오라오라, 복이여 오라」[#10]라며 해마다 들리는 사찰 노래가 흘러나왔다. 이걸 들으면 새해라는 느낌이 들어…….

무심코 늘어지게 하품하는데 전염이라도 됐는지 카마쿠라가 똑같이 입을 찢어지게 벌렸다.

이 녀석은 그렇게 자고 아직도 졸리나? ……남 말 할 처지는 아니군. 나는 카마쿠라의 머리를 조물조물 만졌다. 그런데 카마쿠라가 귀를 쫑긋 세우더니 거실문으로 고개를 돌렸다.

덩달아 돌아보자 게슴츠레한 눈을 비비며 엄마가 들어왔다. 외출한 줄로만 알았는데 지금까지 자고 있었나 보다.

"엄마, 집에 있었어? 휴가야?"

엄마는 안경을 쓰고 아직 잠기운이 묻어 있는 눈으로 나를 봤다.

"반차 썼어. 어제 일을 늦게까지 해서."

"흐음."

사축은 힘들구만……. 아니지, 반차라도 낼 수 있으면 좋은 회사인가?

#10 복이여 오라오라, 복이여 오라 일본 천태종 사원 린노지의 새해 광고 음악.

여하튼 파파와 마마가 **뼈** 빠지게 일하는 덕에 이렇게 고타츠에서 허송세월할 수 있으니까 엄마아**빠**에게 완전 감사, 완전 리스펙트, 대빈민 게임에 져서 완전 빡쳐.[#11]

하느님, 부처님, 천지 신령님보다 영험한 부모님께 감사 기도를 올리는 사이 엄마는 서둘러 출근 준비를 시작했다. 그러다가 뭔가 생각난 것처럼 내 얼굴을 봤다.

"정말 미안한데 오늘도 늦어질 테니까 저녁은 알아서 챙겨 먹어."

"위."

왜 프랑스어가 튀어나왔는지 나도 모르겠지만, 역시 우리 어머니답게 고개만 끄덕하고 무시해 버렸다. 어머님, 그렇게 매정하게 굴면 코마치도 보고 배운다구요! 주의해주세요!

"아, 그럼 돈 줘, 돈."

순간 엄마는 인상을 찌푸렸지만, 곧 작게 한숨 쉬고 천 엔 지폐를 휙 건넸다.

"코마치 건?"

"코마치는 도시락 싸갔어. 아 참, 도시락 만들 때 네 거도 만들었는데."

"아, 그거 아까 먹었어. 맛있더라."

"……그럴 줄 알았어. 남자애는 돌도 씹어 먹을 나이지."

혼자 중얼거리면서 어머니는 외출 준비를 이어갔다.

그나저나 우리 엄마, 손주가 생기면 끝없이 밥 먹일 타입이

#11 대빈민 게임에 져서 완전 빡쳐 일본 노래 「순연가」의 가사.

다. 왜 세상 할머니들은 손주가 올 때마다 숨 쉴 틈도 없이 밥을 먹일까. 젊어도 위장 크기는 무한이 아닌데 말이다. 정말 그러지 좀 말라고요. 엄청 사랑받는 기분이 들어서 가만히 있어도 배부르잖아. 정말 확 오래 살았으면 좋겠네.

방금 받은 지폐를 주섬주섬 챙기고 배도 주머니도 빵빵해진 내가 다시 고타츠 안으로 들어가자, 말쑥하게 차려입은 엄마가 성큼 다가와 나를 내려다봤다. 그러고는 콧등에 주름을 팍 잡으며 눈총을 쐈다.

"오빠, 수험 끝날 때까지 코마치 앞에서 늘어진 모습 보이지 말자?"

"응. ⋯⋯네."

오빠라고 불리면 아무래도 마음이 약해진다. 옛날부터 코마치가 관련된 일로 혼날 때만 하치만이나 너가 아니라 구태여 다정한 목소리로 오빠라고 불러서 그 소리를 들으면 조건 반사로 얌전해진다. 한때는 「난 엄마 오빠 아니거든요~!」라고 대들기도 했지만, 이제 그런 유치한 반항기는 지났다. 지났고 말고.

저자세로 대답하자 어머니가 고개를 끄덕이고 미소 지었다.

"대신 수험만 끝나면 마음껏 놀아줘도 돼."

"딱히 같이 놀 생각은 없는데⋯⋯."

그러면 내가 동생이랑 놀고 싶어서 환장한 놈 같잖아요. 아니면 뭐야? 부모가 인정한 사이라고 생각해도 돼?

그런 생각을 하는데 어머니가 땅이 꺼져라 한숨 쉬었다.

"말은 잘해요. 그런 점은 네 아빠랑 똑같아."

"어, 그래……."

아버지를 닮았다는 소리는 정말로 안 했으면 좋겠다. 그러면 두피나 모공이 굉장히 걱정된다고.

그런 시답잖은 대화를 하는 사이에 엄마는 나갈 시간이 됐나 보다.

"엄마도 이제 갈게."

"위."

"그리고 올해 쓰레기 배출은 끝났어. 밖에 내둔 쓰레기, 도로 방으로 가져가."

"뭐……? 그게 무슨 소리야? 이 동네에는 그런 규칙도 있어?"

"있지. 이 동네 규칙 깐깐한 건 알아줘야 해. 쓰레기 배출법을 제대로 아는지 물어보는 사람도 있다니깐."

"그, 그래?"

엄마가 너무 당연하다는 듯 말하니 나는 그러려니 할 수밖에 없었다. 뭐야, 그 자칭 심판은? 악질 주민 아니야?

그나저나 어차피 못 버릴 거면 대청소하지 말 걸 그랬어…….

엄마는 하품하며 다녀오겠다고 말하고 거실에서 나갔다.

엄마를 떠나보낸 뒤 나도 외출하려고 고타츠에서 엉금엉금 기어 나왔다.

딱히 엄마가 잔소리를 해서 그런 것은 아니지만, 계속 집에 있으면 하루 종일 아무것도 안 할 것 같아서 움직이고 싶어졌다.

힛키라는 불명예스러운 별명 때문에 설레는 방구석! 큐어 힛키! 라고 착각하기 쉽지만, 나도 가끔은 외출을 한다.

물론 집을 사랑해 마지않지만, 나 홀로 외출도 제법 좋아한다. 남에게 맞출 필요가 없으니까 신나서 나만의 예정을 세우기도 한다.

겨울방학이 짧다 한들 귀중한 장기 휴가라는 사실에는 변함이 없다. 읽을 책을 뒤져도 되고 게임을 찾아서 밤을 새워도 된다.

대충 거리를 쏘다니다가 나간 김에 저녁도 먹고 오자. 오랜만에 영화나 한 편 볼까.

나는 카마쿠라를 한 번 쓰다듬어 집을 잘 보라고 말한 뒤 룰루랄라 집을 나섰다.

× × ×

치바에서 영화를 본다고 하면 보통 치바역으로 갈 것이다. 실제로 전에 하야마, 오리모토, 오리모토의 친구인 어쩌고 마치와 같이 간 영화관도 그 근처다.

딱히 치바역까지 가도 상관은 없지만, 우리 집에서는 카이힌 마쿠하리에 있는 복합 상영관이 훨씬 가깝다.

그런 고로 오늘 내가 갈 곳은 카이힌 마쿠하리 쪽 영화관이다.

집에서 자전거로 가도 될 거리지만, 한겨울 맞바람 속에서 낑낑대며 페달을 밟기는 싫어서 고민 끝에 버스로 가기로 했다.

미지근한 난방이 나오는 차를 타고 약 10분여.

역 앞에 내리자 바다에서 불어오는 바람이 코트 사이로 파고들었다.

나는 목도리를 꽉 조이고 살짝 허리를 굽혀 인파 속을 걸었다.

한발 앞서 연말 휴가에 들어간 사람이 많이 나왔는지, 아니면 무슨 이벤트라도 있는지, 새해를 앞둔 거리는 사람으로 복작였다.

나는 역으로 가는 행인의 흐름을 거슬러 영화관으로 향했다.

이 영화관에는 여름방학 때 토츠카와 온 적이 있다. 장래에 내 종교를 세우면 성지로 등극할 곳이다.

건물 안으로 들어서자 오락실에서 기계음과 BGM, 아이들이 떠드는 소리가 들려왔다.

그곳을 지나쳐 에스컬레이터로 2층으로 온 나는 시간상 적당한 영화를 골라 표를 샀다.

할리우드 블록버스터 같은 영화였다. 순간 미라클 라이트를 흔들며 「프리큐어~! 힘내라~!」 하고 응원이나 할까 싶었지만, 나 같은 사람이 들어가서 극장에 온 아이와 부모님을 공포에 떨게 하면 안 되니까 블루레이가 나올 때까지 참자.

그나저나 심심풀이로 아무 영화나 본다는 건 혼자 있을 때나 할 수 있는 사치스러운 여가 활동이다. 다른 사람과 영화를 보면 그 사람의 취향도 고려해야 하니까 말이다.

나는 방금 산 영화표를 손가락으로 탁탁 튕기며 상영 시간까지 주변을 돌아다니기로 했다.

그러다 아까 본 오락실에서 메달 게임이나 매직 아카데미, 마작 파이트 클럽이나 할까 싶어서 아래층으로 내려갔다가 생각지도 못한 인물과 마주쳤다.

"앗, 힛키다! 야헬롱~!"

"어, 어어……."

우연한 만남과 엉뚱한 인사에 말문이 막혔다. 얼빠진 인사로 말을 건 사람은 유이가하마 유이였다.

무릎까지 오는 롱 니트에 짙은 갈색 스웨이드 부츠, 니트와 부츠 사이로는 흰 피부가 보였다 말았다 했다. 실내가 따뜻해서 그런지 베이지색 코트는 손에 들었고, 하늘색 슈슈로 묶은 경단 머리가 팔을 들면서 덩달아 흔들렸다.

어머, 얘 좀 봐. 머리에 예쁜 거 하고 다니네…….

혼자 속으로 능청을 떨어 보지만, 어느 모로 보나 내가 저번에 선물한 슈슈였다. 괜히 낯부끄러워서 눈을 돌리고 말았다. 그야 써주면 고맙고 선물한 보람도 있지만, 막상 눈앞에 있으니까 멋쩍어서 똑바로 볼 수가 없었다.

으…… 이거 뭐야, 부끄러워 죽겠잖아…….

내 심정을 알 리 없는 유이가하마는 아무렇지 않게 내게 총총 다가와서 의문을 표했다.

"이런 데서 뭐 해?"

"……그냥. 시간 때우고 있다만."

그러는 너는? 직접 묻는 대신 가만히 바라보는데, 뒤쪽에서 난감한 얼굴로 따라오는 여자애를 발견하고 그녀의 목적을 알았다.

"유이가하마, 방금 사진은 역시 이상하지 않니……? 밝다 못해 뿌옇게 나왔고 눈도 너무 커……. 다시 찍고 싶은데……."

휴대폰과 눈싸움하며 구시렁대는 사람은 유키노시타 유키노였다. 나도 모르게 「거기 학생~ 위험하니까 걸으면서 폰 보면 안 돼~」라는 책망의 눈빛을 보내고 말았다.

20데니어쯤 되는 스타킹에 타이트한 검은 가죽 부츠, 그리고 아코디언처럼 주름진 하이웨스트 플리츠스커트와 얇은 니트 스웨터를 입고 그 위로는 새하얀 코트. 윤기 흐르는 검은 머리는 넉넉하게 묶어서 앞쪽으로 흘러내렸다. 머리를 묶은 분홍색 슈슈가 화사함을 더했다.

평소와 다른 헤어스타일인데 이상하게 눈에 익은 이유는 슈슈 때문이겠지. 그 심플한 슈슈는 내가 크리스마스에 준 선물처럼 보였다. 아니, 의심의 여지도 없이 그거지……. ……이거 장난 아니게 부끄러운데. 내 볼을 꽉 잡지 않으면 입꼬리가 실실 올라갈 것 같다.

유키노시타는 아직 휴대폰을 보며 눈썹을 내리뜨고 중얼대는데, 뒤로 돌아간 유이가하마가 어깨를 두드렸다.

"유키농, 유키농. 힛키야, 저기 힛키 있어."

"말투가 왜 그러냐? 동물원 온 사람처럼……."

내 못마땅한 말소리를 듣고 유키노시타가 고개를 휙 들었다.

"……아. 히키가야. 아, 안녕?"

조금 당황한 목소리로 말하며, 유키노시타는 들고 있던 폰을 냉큼 뒤로 숨겼다.

보아하니 둘이서 스티커 사진이라도 찍었나 보다.

이제는 꽤 역사가 긴 기계지만, 꾸준한 인기를 자랑하며 요즘도 가끔 찍는 사람이 보인다. 폰으로 손쉽게 사진을 편집할 수 시대가 되었어도 스티커 사진에서만 가능한 「가공」이 있다나 뭐라나. 대 SNS 시대인 지금은 기기의 기능으로 거부감 없이 「가공」할 수 있다는 점이 선택받는 이유인지도 모르겠다.

"웬일이냐? 오락실을 다 오고."

스티커 사진기 코너를 힐끔 보면서 말하자 유이가하마가 폰을 톡톡 조작했다.

"앗, 응. 사진 찍으려구."

그러면서 무슨 사진을 보여주려는 유이가하마의 손을 유키노시타가 덥석 잡으며 살짝 날 선 눈빛과 목소리로 저지했다.

"보여주지 마."

"⋯⋯누, 눈이 무서워."

그 압박에 유이가하마가 진심으로 겁먹었고 유키노시타는 토라진 것처럼 입술을 삐죽 내밀었다.

"안 그러게 생겼니? ⋯⋯그 사진, 이상해."

"뭐~? 하나도 안 이상하다구~."

유이가하마가 폰을 내밀고 씩씩대며 열변을 토했다.

"잘 봐. 이건 가공도 안 했잖아. 오히려 가공할 필요 없는 유키농 얼굴이 이상해!"

"얼굴이 이상해⋯⋯."

아마도 유이가하마 딴에는 칭찬이었겠지만, 단어 선택이 너무 저렴했다. 내심 충격받은 유키노시타가 침울하게 고개를 숙이고 말았다.

"앗, 그만큼 귀엽다는 말이야!"

"그, 그러니……? 그런 거라면, 고마워……."

유이가하마의 눈물겨운 변호에 유키노시타는 어느 정도 정신을 추슬렀다. 하지만 폰을 보여줄 생각은 추호도 없는지 유이가하마의 손은 여전히 꽉 붙잡혀 있었다.

흐음, 저렇게까지 숨기면 좀 보고 싶은걸…….

원래 피부가 희고 눈도 큰 유키노시타가 아니던가. 과하게 보정하면 괴상해질 만도 하다. 오히려 가공할 곳은 따로 있지……. 아니, 나는 지금 그대로도 괜찮지만!

그나저나 보정이나 가공이 필요 없다는 점에서는 유이가하마도 마찬가지라고 생각하는데. 본인은 스티커 사진에 익숙해져서 이상하다고 느끼지 못하는지도 모른다.

"기껏 찍었는데 아깝다……. 앗, 그럼 한 번 더 찍자!"

"……다음에."

어리광부리는 유이가하마에게 유키노시타는 피곤한 듯 한숨으로 대답했다. 그 광경이 어쩐지 훈훈했다.

크리스마스가 지나고 유키노시타와 유이가하마의 사이는 더 가까워진 듯했다. 얼마 전 크리스마스 파티에서 봤을 텐데도 그녀들에게 그런 시간 감각은 별로 의미가 없나 보다.

이것도 다 지금까지 쌓아온 신뢰 덕분이겠지.

비 온 뒤에 땅 굳는다는 말이 있는데, 그 공허한 시간이 그녀들의 관계를 더욱 공고히 했다고도 볼 수 있겠다.

좋군, 좋아. 이 상태로 오래도록 유루유리한 관계를 이어갔으면 좋겠다.

유키노시타는 스티커 사진 이야기는 끝이라는 양 뒤로 숨겼던 폰을 냉큼 가방에 넣고는 내 손에 있는 종이 한 장을 봤다.

"히키가야는…… 영화니?"

"응."

계속 들고 다니던 표를 손가락 사이에 끼워서 보여주자 유키노시타가 그걸 들여다봤다. 그리고 거기 인쇄된 제목을 찬찬히 읽더니 고개를 갸웃거렸다.

"의외구나. 이런 거 안 좋아하는 줄 알았는걸. 이런 화제작은 상업주의라느니 대중 영합이라느니 무작정 깔보고 비판점을 열거하며 자아도취하는 쓰레기 같은 감성의 소유자라고 생각했거든."

"……너, 날 뭐로 보는 거야? 얼추 맞아서 반박하기 힘드니까 그만해주겠냐? 나도 시간이 남을 때는 종종 본다고."

제작비를 퍼부은 초대작은 영화관에서 보는 편이 좋다. 가령 스토리나 연기가 별 볼 일 없더라도 박력과 현장감을 즐긴다면 적어도 시간 낭비라는 생각은 안 든다. 오히려 차분한 영화를 골랐다가 이야기와 연출이 별로면 실망감이 이만저만이 아니다.

"게다가 말이야……."

한 번 말을 끊자 유키노시타가 계속 말하라고 내 눈을 흘겨 봤다. 그 시선 앞에서 나는 가슴을 펴고 답했다.

"나는 제대로 보고 까는 사람이야."

"결국 까는구나……."

한숨 쉰 유키노시타가 두통을 참는 것처럼 관자놀이를 눌렀다. 그 팔에 유이가하마가 꽉 매달리더니 내가 가진 표를 가리키며 유키노시타의 얼굴을 봤다.

"유키농, 우리두 영화 보자."

팔을 꾹꾹 당기는 통에 유키노시타는 순간 귀찮은 표정을 보였지만, 바로 쓴웃음을 지으며 살짝 놀리는 투로 답했다.

"상관은 없지만…… 쇼핑은 괜찮겠어?"

"어, 아……."

유이가하마는 유키노시타의 얼굴과 내 얼굴을 번갈아 보고는 눈썹을 팔자로 뜨고 끙끙 고민했다.

그 모습을 본 유키노시타가 갑자기 얼굴을 폈다.

"쇼핑은 다음에 가자. ……그리고 영화 본 다음에라도 괜찮으면 같이 갈게."

"괜찮아?"

아무래도 오늘 불러낸 사람은 유이가하마였나 보다. 되묻는 목소리에 미안한 마음이 묻어났다. 울먹이는 눈망울은 혼난 강아지 같기도 했고 자연스럽게 유키노시타의 목소리도 부드러워졌다.

"그럼."

미소와 함께 유키노시타가 대답하자 유이가하마도 기쁘게 고개를 끄덕였고 그대로 팔을 당기며 영화관으로 걸어갔다.

　"좋아, 가자! 근데 셋이 영화 보는 건 처음 아니야?"

　한발 앞서 걷는 유이가하마가 돌아보며 그렇게 말했다.

　생각해 보면 방에서 빈둥대며 시간을 보내기는 해도 세 명만 아무 목적도 의뢰도 없이 놀러 다닌 적은 없는데, 하물며 영화를 본 일이 있을 리 없었다.

　"뭐…… 그건 그러네."

　설령 그런 기회가 있었다고 해도 이 선택지를 고를 사람은 유이가하마뿐이었겠지.

　함께 앞을 걷는 유키노시타도 같은 생각인지, 미소를 품은 농담조로 말을 이었다.

　"그래도 지정석이니까 따로 앉게 될 거야."

　"아……. ……그래도 뭐, 괜찮아."

　유이가하마는 여전히 유키노시타의 팔을 안은 채 상향 에스컬레이터로 걸음을 내디뎠다.

×　×　×

　표를 사러 간 두 사람을 잠시 기다리는 사이, 적당히 시간을 보낸 덕에 입장 시간이 되었다.

　두 사람을 기다린 뒤 상영관으로 이어진 복도로 갔다.

　거대한 흰색 스크린과 상영 전의 독특한 정적과 기대에 찬

수군거림.

나는 상영 직전의 이 분위기를 제법 좋아한다.

지정석으로 가는 계단을 한 발짝씩 나아갈 때마다 긴장감과 기대감으로 빨라지는 고동을 느낀다.

영화가 명작이든 졸작이든 이 순간의 즐거움은 변하지 않는다. 후우, 역시 영화는 멋져. 아직 보지도 않았지만.

"그럼 이따 봐!"

유이가하마는 인사를 남기고 나보다 먼저 자기 자리로 갔다. 따라가는 유키노시타의 손에는 빈틈없이 캐러멜 팝콘과 콜라가 준비되어 있었다. 유키노시타, 의외로 단단히 즐길 생각이군…….

두 사람과 헤어지고 나는 객석 가장 뒷줄 가운데 자리로 갔다.

가장 뒷자리에서 내려다본 상영관은 열에 일곱은 자리가 차 있었다. 연말이라도 평일 상영치고는 제법 사람이 많은 편이었다.

손님이 꽤 많은데도 눈에 띄는 것은 남은 공석이었다. 드문드문 빈 공간으로 눈길이 가는 것은 아마 내 버릇일 것이다.

언제나 부족한 것만 찾는다. 채워지지 않았다고 뻔히 알면서도 기어코 확인하려고 든다. 굳이 확인해 봤자 채워지지도 않는 것을.

「부족한 부분 찾기」 같은 무의미한 놀이를 하는 사이에 내 눈길은 한곳에 못 박혀 있었다.

딱 두 줄 앞에 앉은 두 사람.

뒷모습뿐이라도 누구인지 확실히 알 수 있었다. 얼굴을 가까이 붙여 왠지 키득키득 웃는 모습을 바라보는데 조명이 하나씩 꺼졌다.

그리고 어둠 속에 스크린이 떠오르고 신작 영화 트레일러가 흘러나왔다.

그래도 아직 볼 예정이 없는 신작 정보에는 눈길이 가지 않았고 어느새 두 사람을 눈으로 좇고 있었다. 매번 나오는 영화 도둑[#12]이 흐느적거리며 춤춰도 마음이 안정되지 않았다.

스크린에서 나오는 빛은 두 줄 앞에 앉은 두 명의 옆얼굴을 희미하게 비추었다.

그림자 진 경단머리가 흔들릴 때마다 윤기 나는 검은 머리도 소리죽여 웃는 듯 찰랑거렸다. 그림자놀이 같은 세계에서는 스크린 안쪽보다 훨씬 재미있는 이야기가 펼쳐지는 모양이었다.

목소리도 들리지 않고, 단지 약간의 움직임만 있을 뿐이었다. 배경에 깔리는 효과음도 음악도 대사도 전혀 맞지 않지만, 이상하게 눈을 뗄 수 없는 묘한 매력이 있었다.

나도 모르게 그 모습만 눈으로 좇던 탓에 영화의 내용은 전혀 머리에 들어오지 않았다.

#12 **영화 도둑** 영화 도촬 방지 캠페인 CF에 등장하는 캐릭터. 머리가 비디오카메라 형태다.

은은한 홍차의 향이
감도는 곳에서.

순차적으로 약한 조명이 들어오고 도처에서 숨을 내쉬는 소리가 들렸다.

좌석에서 일어나는 사람들은 친구나 연인과 저마다 감상과 대화를 나누며 출구로 이동했다.

나는 막이 내려온 스크린을 멍하게 바라보며 한숨을 푹 쉬고, 상영 중에 마시다 남은 콜라를 입에 털어넣고 일어났다.

출구 쪽 복도에는 상영관에서 나온 사람들이 느리게 걷고 있었다. 그 흐름의 앞, 로비 구석에 있는 매점 앞에서 누가 손을 흔들고 있었다.

"앗, 힛키. 여기~!"

나보다 먼저 나온 유이가하마와 유키노시타였다.

유이가하마는 까치발을 들고 크게 손을 들었다.

으음, 밖에서 저렇게 부르니까 좀 창피하구만……. 그리고 무릎까지 오는 니트와 부츠 사이로 절대 영역이 펼쳐져서 그 뭐냐, 살색이 살짝살짝 드러난다고. 허벅지까지 보일 것 같으니까 그러지 마. 진짜 보일 것 같다니까? 괜히 초조해져서 내 걸음이 빨라지잖아.

두 사람과 합류는 했으나 특별히 할 말이 없어서, 아니, 사실 뭐라고 말해야 좋을지 몰라서 일단 고개만 끄덕였다. 딱히 기다리기로 약속한 것도 아닌데 기다려줘서 고맙다거나 늦어서 미안하다고 말하기도 이상했고, 그렇다고 아무 반응도 안 하기도 어색했다.

내 마음속 갈등을 들키지는 않았겠지만, 유이가하마는 마주 고개를 끄덕이고 앞장서서 걸어갔다. 유키노시타도 자연스럽게 유이가하마를 따라갔다.

말없이 외부 계단으로 나오자 불어오는 저녁 바람에 절로 목이 움츠러들었다.

나는 손에 들고 있던 목도리를 빙빙 두르고 코트 옷깃을 바짝 세운 뒤 둘을 쫓았다.

또각또각 경쾌하게 계단을 내려가던 유이가하마가 옆에 선 유키노시타에게로 얼굴을 돌렸다.

"대단했지? 막 이렇게…… 퍼엉! 하는 거."

그게 뭔데? 슬레이어즈[#13]냐? 유이가하마의 감상은 단어 선택이 완전 저질인데 의미는 현학적인 비평만큼 이해가 안 돼…….

그러나 유키노시타는 그 정보량만으로 충분했는지 아이의 이야기를 들어주는 어머니처럼 부드러운 웃음을 짓고 있었다.

"그러게. 시각 효과도 화려했고 중요한 장면에서 분위기를

#13 슬레이어즈 라이트노벨 『슬레이어즈』 폭발을 의성어 하나로 묘사하는 방식으로 유명하다.

고조하는 연출은 좋았어. 게다가 배우 연기도 실감 났고."

"그치! 완전 예뻤어!"

두 발자국 떨어진 곳에서 주고받는 영화 감상은 굉장히 무난한 내용이어서 옆에서 듣는 나로서는 신선했다.

유이가하마, 영화 제대로 보기는 했나……라는 신선한 놀라움도 있지만, 그 점을 넘어가더라도 여자들의 영화 평가는 지금까지 들은 적이 없어서 제법 흥미를 끌었다.

나와 자이모쿠자라면 어느샌가 단점 찾기로 빠지는 경우가 많다. 이런 부분은 제법 남녀 차이가 나는지도 모르겠다.

왜 남자끼리 감상을 말하면 각본이 글렀네, 작화가 글렀네, 연출이 글렀네, 연기가 글렀네, 그 원작자는 쓰레기고 특히 그 라이트노벨 작가는 인간 폐기물이라는 이야기가 되는 걸까……. 여러분! 칭찬해서 키우는 방향으로 생각합시다!

뭐가 어찌 됐건 영화는 끝났다. 여기서 해산하나 싶어서 앞을 걷는 두 사람을 지켜봤다.

계단을 내려온 유이가하마가 빙글 돌아섰다.

"배 안 고파?"

그 말을 듣고 하늘을 보니 서녘이 희미하게 붉어졌다.

저녁을 먹기에는 아직 이른 시간이었지만, 영화를 볼 때 콜라만 홀짝여서 배는 출출했다.

문제는 캐러멜 팝콘을 퍼먹은 유키노시타 양인데……. 눈길을 주자 유키노시타는 고민하듯 턱에 손을 댔다.

"……차 한 잔 정도라면 갈게."

"오, 그럼 결정! 어디로 갈까?"

그러더니 빤히 내 얼굴을 봤다. 아니, 나더러 어쩌라고……?

이럴 경우 나에게 선택권이 있다고 생각하기는 어려웠다. 하지만은 알아. 이럴 때 가게 잘못 고르면 웃음거리 된다는 거. 출처는 오리모토 씨네 카오리 양과 그 친구인 어쩌고 마치 양.

그래서 눈길을 옆으로 돌려 유키노시타를 봤다.

하지만 유키노시타도 딱히 가고 싶은 곳은 없는지, 고개를 휙 돌려 유이가하마의 얼굴을 봤다.

"우음…… 나는 어디든 상관없는데……."

웃음으로 얼버무리며 다시 시선을 내게 돌렸다. 흠, 바통이 한 바퀴 돌았군…….

이대로 가면 평생 빙빙 돌겠는데.

둘 다 희망하는 곳이 없다면 내가 대충 후보를 추려서 고르게 하면 되겠지. 만약 퇴짜 맞아도 선택지를 줄이다 보면 정답이 보일 수도 있다.

그런 이유로 생각나는 대로 후보를 말해 보았다.

"그럼, 사이제?"

그리고 유이가하마의 눈치를 살폈다. 그런데 유이가하마는 태연한 얼굴로 즉각 대답했다.

"응, 그러자."

……어? 진짜?

허무할 정도로 빠르게 결정되어 무심결에 유키노시타를 돌아봤다. 유키노시타도 별다른 이의는 없는지 이의를 제기하지 않았다.

엥, 정말로 사이제면 돼? 나야 사이제를 좋아하니까 아무 문제 없지만. 오리모토나 어쩌고 마치 때문에 여자는 이탈리아 요리를 안 좋아하는 줄 알았지…….

아니야, 잠깐만. 유이가하마잖아. 사이제의 원래 이름은 사이제리야. 마츠야, 스키야 같은 덮밥 가게로 착각해도 이상하지 않다. 솔직히 사이제는 이탈리아 요리점보다는 치바 밥집이지! 역시 치바에 본점을 둔 가게다. 그건 그렇고 치바 밥집답게 치바 애니메이션과 콜라보할 계획은 없습니까? 한번 검토해주세요!

덮밥집도 아니고 콜라보도 안 하는 평범한 사이제로 정말 괜찮을까……. 혹시 얘 사이제 모르는 거 아냐? 얼핏 사이제라고 들으면 근사하게 들리니까! 샹젤리제랑 어감도 비슷하고! 샹제리온처럼 들려서 특촬 히어로 같기도 하고! 이건 제대로 확인해야겠다!

"……정말로 사이제면 돼냐?"

"웅? 사이제 별로야?"

머뭇머뭇 묻자 유이가하마도 당황하여 쭈뼛쭈뼛 되물었다.

"아니 전혀 안 나빠 오히려 좋지 사이제 최고지만…… 좀 그렇지 않아?"

동의를 바라며 유키노시타에게 고개를 돌렸다.

"최고인지 어떤지는 네 주관이니까 뭐라고 안 하겠지만, 딱히 반대할 이유도 없어."

유키노시타는 어깨에 걸린 머리카락을 쓸어내리며 평소와 다를 바 없는 음성으로 말했다. 찬성 두 표로 본 안건은 가결되었습니다…….

그렇지만.

그렇지만 기다려보라.

가슴 깊은 곳에서 치솟은 무언가로 목이 메여 나는 무심코 기침했다.

"아니지. ……아냐아냐아냐, 잠깐만 있어 봐. 잘 생각해 보면 드링크 바에서 벌컥벌컥 마실 상황도 아니잖냐. 영화 보면서도 음료수는 마셨지? 그러니까 겉멋 든 카페 같은 곳이 좋을 거 같다."

"겉멋 든……."

유이가하마가 어이없다는 듯 굉장히 복잡 미묘한 얼굴이 됐다. 어, 얼레리?! 사이제 이야기할 때는 전혀 그러지 않았잖아? 오히려 호의적이었던 것 같은데?! 일단 발언을 정정해야겠군…….

"아차, 미안. 치바에는 겉멋 든 곳도 없지, 내 실수다."

"힛키, 치바를 촌동네로 알아?! 괜찮은 카페 정도는 있어!"

"치바를 칭찬하고 싶은 건지, 욕하고 싶은 건지 잘 모르겠구나……."

암 쏘 쏘리☆ 라며 일단 사과했더니 오히려 욕먹었다. 역시 둘 다 치바를 사랑하는구나~. 나야 뭐, 치바의 장점도 단점도 다 포용할 줄 아는 사람이니까. 맹신하지 않는 게 진짜 사랑 아니겠어?

그렇게 나의 치바 사랑을 변호할까 했지만, 그렇게까지 할 필요는 없었다. 방금 지적을 받은 유키노시타가 턱에 손을 댔다.

"그래도 그런 곳이 있기는 했지."

"추천하는 곳 있어?! 거기 예뻐?!"

"아니, 추천이 아니라…… 나도 실제로 들어간 적은 없어. 몇 번 앞을 지나면서 궁금했던 가게야."

"좋네! 거기로 가자!"

유이가하마가 내 의사를 묻는 것처럼 눈길을 보냈다.

유키노시타에게 생각이 있다면 이견은 없다. 솔직히 사이제라도 아무 문제 없었다.

그래도…… 가끔 다른 곳에도 가보고 싶고, 이런 기회도 잘 없으니까 분위기를 좀 내도 괜찮지 않을까.

"괜찮겠네."

내 찬성까지 얻은 유키노시타는 소극적으로 고개를 끄덕였다.

"그, 그러니……? 그럼 거기로 갈까?"

"응!"

"……저기, 유이가하마. 걷기 불편한데."

유키노시타가 유이가하마의 팔을 떼어 내려고 하면서 목적지인 카페로 걸음을 옮겼다. 하지만 겨울의 가하마 양은 온기를 잃기 싫은지 떨어질 기미가 없었다. 달라붙는 데는 익숙하다고 생각했는데 그 상태로 이동한 경험은 얼마 없나 보다.

불안정하게 걷는 유키노시타와 찰싹 달라붙은 유이가하마,

두 사람과 살짝 거리를 둔 채로 따라갔다.

이 둘은 원래 외모가 뛰어난데 이렇게 백합스러운 모습까지 보여주면 더 눈길을 끈다. 아무리 나라도 저 근처에 있기는 창피하다…….

그, 그래도 남인 척하는 데는 도가 텄지! 다른 동급생한테도 자주 당하고! 와~ 과거의 경험이 도움이 됐어!

× × ×

역에서 얼마 가지 않아 이 근방에서 고급 주택가로 통하는 구역이 나왔다.

이 일대는 신도심을 개발하면서 세운 아파트가 밀집한 곳이며 세련된 외관과 깔끔한 거리 조경으로 지금도 인기가 많다. 특히 유키노시타가 사는 아파트가 그 대표 격으로 불린다나 뭐라나. 참고로 주변 주민은 분양파와 임대파, 하층 주민과 상층 주민으로 나뉘어 갈등을 빚는다고 히키가야 마망이 카더라 통신을 숙덕거렸지만, 실상은 나도 잘 모른다.

……괜찮아! 그냥 소문이겠지! 치바 주민은 다 사이가 좋으니까!

그런 친근하고 근사한 주민이 사는 친근하고 근사한 겉멋 타운답게 주변에는 세련된 가게도 많았다.

지금 유키노시타가 가는 카페도 그런 가게 중 하나일 것이다.

반 발자국 앞을 걷는 유키노시타의 걸음에는 망설임이 없었다.

"……그래도 이 주변 지리에는 밝은가 보네."

"어머, 너치고는 직설적으로 비꼬는구나?"

유키노시타가 아주 상큼하게 웃으며 돌아봤다. 어머어머, 자기가 길치인 건 아시나 보네요, 오호호호호. 그렇게 웃고 있을 상황이 아니었다. 유키노시타의 눈빛이 엄청나게 싸늘했다.

"힛키……."

나를 비난하듯 눈살을 찌푸린 유이가하마가 내 코트 자락을 꾹꾹 당겼다. 사과하라는 뜻이겠지.

"아니, 비꼬는 게 아니라 감탄? 안심? 뭐 그런 거야."

적당하게 둘러대서 넘어가려고 하지만, 유키노시타의 찌르는 듯한 눈빛은 내 얼굴에서 떨어질 줄 몰랐다. 그렇다면 내가 눈을 돌리는 수밖에!

나는 티 나지 않게 주변을 돌아보는 척했다.

이 일대도 일단 우리 동네 근처였다. 예전에는 휴일에 근처 파스타 가게에 가족끼리 오기도 했다. 그곳은 맛있는 파스타를 만들었고 가정적인 여성이 취향인 나는 그 가게에 홀딱 반했다.[#14] 그 덕분에 지금은 저도 그런 맛있는 파스타를 만드는 훌륭한 전업주부가 되려는 꿈을 가졌습니다. 물론 애석하게도 그 가게는 이미 폐업해서 더는 그 맛을 재현할 수 없다.

나는 일말의 그리움을 느끼며 이곳, 밸런타인 거리를 터벅터벅 걸었다.

#14 **맛있는 파스타~홀딱 반했었다** 노래 「순연가」의 가사 「맛있는 파스타를 만들던 너. 가정적인 여성이 취향인 나는 한눈에 반했어」를 패러디한 것.

이윽고 바다로 이어진 길의 끝자락이 보일 즈음, 유키노시타가 멈춰 섰다. 그리고 조금 걱정스러운 표정으로 우리를 돌아봤다.

"이 가게인데……."

"오호……."

여기가 그 여자가 추천하는 카페란 말이지![#15] 나는 카페를 멀리서 관찰했다. 빌라 1층을 빌린 점포는 은근하게 멋을 부린 외관에 은은한 커피 향이 풍겼다.

알록달록한 소파들, 둥그스름한 의자, 관엽 식물, 그리고 다양한 잡화와 여자애들이 좋아할 만한 식기가 많이 눈에 띄었다.

가게 앞에 선 유이가하마가 큰 채광창으로 안쪽을 들여다봤다.

"오~ 예쁘다!"

"그러니? 마음에 든다니 다행이야. ……우선 들어갈까?"

유키노시타는 안도한 표정을 보이고 가게로 들어갔다.

점원이 부드러운 목소리로 우리를 반겨주고 안쪽에 있는 소파석을 안내해줬다. 푹신한 벽 쪽 소파를 두 사람에게 양보하고 나는 맞은편에 있는 조금 단단한 소파에 앉았다.

문득 창을 보자 저녁 햇살이 번져 따뜻한 색채로 물든 겨울 하늘이 보였다.

[#15] 여기가 그 여자가 추천하는 카페란 말이지 노래 「그 여자의 하우스」의 가사 「여기가 그 여자의 하우스란 말이지」를 패러디한 것. 일본의 인터넷 밈으로 유명하다.

적당한 난방과 차분한 음악이 흘러나오는 가게에는 다른 손님이 몇 팀 더 있었다. 붐빈다고 할 정도는 아니고 조용하고 안락한 분위기였다. 아마도 연말이 가깝기 때문이기도 하리라.

손님은 온통 젊은 여자뿐이었다. 맥북 에어를 타다다닥 탁! 두드리는 인간도 없고 브레인스토밍을 하며 손을 빙글빙글 돌리는 인간도 없었다.

이상하네⋯⋯. 원래 카페는 그런 족속이 모여 다단계 권유를 하는 곳일 텐데⋯⋯.

이렇게 말하면 이상하지만, 이곳은 아주 멀쩡한 가게였다.

그래, 이런 젊은 여성 손님이 많은 가게는 오히려 유키노시타가 들어오기 힘들지도 모른다. 그러는 나도 혼자 있을 때는 절대로 안 들어오겠지만.

하지만 그것도 괜한 걱정이었을까. 내 맞은편에 앉은 유키노시타는 의외로 불편한 기색이 없었다. 유이가하마와 함께 있어서 마음이 편한지, 부실에서도 보이는 어른스러운 행동거지가 이 가게에 잘 어울렸다. 의외로 앞으로는 혼자서도 찾아올지 모르겠다.

물론 그 옆에 있는 유이가하마도 가게에 잘 녹아들었다. 요즘 여자애답게 세련된 가게가 잘 어울렸다. 이쪽도 학교에 있을 때보다는 차분한 분위기였다.

그렇게 생각한 순간.

"앗."

유이가하마가 작게 소리를 내고 일어나더니 총총걸음으로

가게 입구 쪽으로 갔다. 무슨 일인가 싶어서 보니까 선반에서 잡지 한 권을 뽑아서 또 총총걸음으로 돌아왔다.

"뜬금없이 뭐야?"

내가 묻자 유이가하마는 에헤헤 웃으며 가지고 온 물건을 보여줬다.

"타운워크[#16]……."

유키노시타가 의아한 표정으로 말했다.

"응. 이런 곳에 있으면 괜히 읽구 싶지 않아?"

"그 마음, 이해한다……."

"히키가야가 구인 정보를 본다는 게 신기한걸."

그러면서 유키노시타가 고개를 갸웃거렸다.

"보통은 읽잖냐? 이건 어딜 가나 있기도 하고. 게다가 구인 정보뿐 아니라 면접이나 이력서에 관한 알바 토막상식이 실려 있기도 하니까."

"맞아맞아, 그런 거 있어."

역시 유이가하마는 타운워크 애독자답게 내 말에 끄덕끄덕 공감을 표했다. 이해한다니 다행이다. 나도 같이 고개를 끄덕였다.

"그렇지? 그러니까 알바할 때 설렁설렁 넘겨보면 시간 잘 가거든."

"알바하면서?!"

"적어도 그 시간만이라도 일을 하면 안 되겠니?"

#16 **타운워크** 일본의 구인 정보지.

유이가하마는 경악하고 유키노시타는 관자놀이를 누르며 한숨 쉬었다.

그치만 알바할 때 한가하면 너무 심심하다고……. 그럴 때는 타운워크 정도밖에 읽을 게 없잖아.

알바생이라면 누구나 공감할 거라고 생각했는데 두 사람은 알아주지 않고 눈총을 쐈다. 알바가 아니라서 알 바 아니다 이건가(하이 개그)?

으, 으음…… 애초에 어디서 알바하든 보는 광경 아니었나? 혹시 내 일터가 글러 먹은 곳이었나……. 그런 회한을 털어내려고 나는 커흠 헛기침했다.

"그보다 주문부터 하지?"

유이가하마가 펼친 타운워크 위에 메뉴판을 툭 올렸다. 나는 이런 곳에 오면 거의 블렌드 커피만 시키니까 딱히 고민할 필요가 없었다.

하지만 여자 둘은 꺅꺅대며 메뉴를 들여다봤다. 주로 새된 소리를 내는 사람은 유이가하마지만.

"유키농, 유키농. 어떤 홍차가 맛있어?"

유이가하마가 주르륵 열거된 홍차 이름에 도통 결심이 서지 않아 유키노시타의 소매를 당겼다.

"아삼, 실론, 얼그레이가 정석이야. 허브티 계열이라면 카모마일, 로즈힙, 페퍼민트. 특이한 걸 찾는다면 벚꽃차도 괜찮아."

유키노시타가 평소와 다를 바 없는 무덤덤한 얼굴로 품종과 브랜드를 읊을수록 유이가하마의 표정이 어두워졌고 마지막에는 두통이라도 나는 듯 끙끙 앓았다. 유키노시타가 설명을 얼추 끝낸 뒤, 유이가하마는 복잡한 표정으로 그녀를 빤히 바라봤다.

"……그거, 마법 주문이야?"

"홍차야."

유키노시타는 어딘지 모르게 피곤한 기색으로 허탈하게 한숨 쉬었다.

주문 같은 건 엘로힘 엣사임[#17]이랑 비슷한 아삼 정도밖에 없었잖아? 그토록 세세하게 설명해줬는데 가하마 양은 제일 첫 부분에서 두 손 들었나…….

"우음…… 홍차는 유키농이 알아서 골라줘! 서로 다른 거 주문해서 나눠 마시자!"

"그, 그러니……? 나는 그래도 상관없지만…… 그럼 뭐가 좋을까…….."

결정을 떠넘겨 버린 결과, 지금까지 여유를 부리던 유키노시타가 미간에 힘을 주고 메뉴와 눈씨름을 시작했다. 얘는 가하마가 부탁하면 대충 넘어가는 법이 없구만…….

"이제 점원 부른다?"

평생 기다려도 정해지지 않을 것 같아서 동의도 구하지 않고 손을 들었다. 내 수준이 되면 가게에서 손을 들어도 좀처럼 알아차리지 못해서 오히려 적당한 시간 조절이 된다.

#17 엘로힘 엣사임 프랑스의 마도서인 『검은 암새』에 등장하는 주문. 『4월은 너의 거짓말』이라는 작품에서 카오리가 연주하기 전에 중얼거린다.

하지만 이곳 점원은 생각 이상으로 눈치가 빨랐다.

카운터에 있던 여성 점원이 눈길을 주고는 서둘러 찾아왔다.

"죄송합니다. 오래 기다리셨죠? ……아."

익숙한 손놀림으로 테이블에 물 세 잔을 놓은 점원이 어째선지 할 말을 잃었고, 그녀를 쳐다본 나도 할 말을 잃었다.

빳빳하게 풀을 먹인 흰 셔츠에 슬림한 검은 바지, 허리에는 심플한 허리 앞치마, 웨이브를 준 검은 머리. 그리고 그 아래에는 살짝 놀란 눈빛과 친근함을 주는 소탈한 웃음.

내 중학교 동창, 오리모토 카오리였다.

"히키가야잖아? 웬일이야?"

"어, 어어. 그냥 손님인데……."

"그래? 히키가야, 이런 곳에도 와?"

오리모토는 깔깔 웃으며 앞치마 주머니에 넣어둔 미니 포스기를 꺼냈다.

이 녀석은 예나 지금이나 똑같구나…….

딱히 나쁜 뜻이 있지는 않겠지만, 아무리 들어도 「히키가야 주제에 이런 멋진 가게에 와? 완전 웃겨」 같은 식으로 들린다.

"나, 여기서 알바하거든."

그러면서 포스기를 두드려 주문받을 자세를 잡고 나와 맞은편에 앉은 두 명의 얼굴을 힐끗 봤다.

역시 아는 사이라서 그런지 누구냐고 묻지는 않았다. 하지만 반대로 말하면 얼굴과 이름밖에 모르는 사이였다. 그런 미묘한 거리감 때문일까. 자리에는 어색한 분위기가 감돌았다.

이 세 사람이 처음 만난 것은 하야마를 따라서 더블데이트 비스무리한 짓을 했을 때였다. 그건 마침 학생회장 선거 소동으로 우리의 관계가 굉장히 불안정하던 시기이기도 했다.

그리고 다음으로 오리모토와 만난 것은 바로 얼마 전, 소부 고등학교와 카이힌 고등학교의 크리스마스 합동 이벤트 때문에 한창 발등에 불이 떨어졌을 때였다.

어느 것이고 좋은 만남이었다고 말하기는 어려웠다.

유키노시타와 유이가하마, 그리고 오리모토.

서로를 살피는 듯한 시선과 침묵이 교차했다.

유이가하마는 어색하게 웃고 있지만, 가늘어진 눈 안쪽에 깃든 생각까지는 헤아릴 수 없었다.

한편, 유키노시타는 그저 오리모토의 얼굴을 똑바로 바라보고 표정 변화 없이 입을 다물고 있었다. 하지만 주위로 퍼지는 공기는 어떤 서늘함을 품었다.

그에 비해 오리모토는 호기심 어린 시선을 보내왔다.

요즘 카페는 소파에 가시방석을 깔아두나…….

애초에 나는 오리모토에게 고백했다가 차인 몸이다. 웬만하면 얼굴을 맞대고 싶지 않다.

혼자 있을 때 만나도 토베가 빙의해 뜨아뜨아를 연발할 마당에 유키노시타와 유이가하마가 같이 있는 곳에서 만나면 토베베베 베베베가 된다고…….

토베베베 베베베 때문에 어색해진 분위기는 이 자리에 있는 모두 느끼는지, 묘하게 무거운 침묵이 이어졌다.

하지만 갑자기 오리모토가 짧게 숨을 푸 뱉고 입을 뗐다.

"제대로 이야기한 적 없었지…… 없었죠? 오리모토 카오리예요. 히키가야랑 같은 중학교였고 카이힌 종합고에 들어간…… 아니, 이 정도는 히키가야가 얘기했으려나?"

오리모토는 곱슬곱슬한 파마를 만지며 멋쩍은 듯 싱겁게 웃고 우리를 봤다.

그러나 나는 도저히 웃을 수 없어서 말없이 고개를 쩔쩔 흔들었다.

이야기했을 리가 있냐……. 오리모토랑 만날 때는 대부분 바쁘거나 위기의 순간이라서 그럴 여유 없었다. 뭐, 사실 내 인생은 항상 위기의 연속이지만!

그런 능청스러운 변명조차 꺼내지 못하고 나는 애매한 쓴웃음과 이마에 맺히는 식은땀만으로 생각을 전했다.

오리모토도 이해했는지 어이없게 한숨을 쉬고 헛웃음 쳤다.

"대박 웃겨. 보통 얘기하는 게 정상 아니야?"

"아니, 딱히 웃기지는 않다만……."

내가 기어드는 목소리로 대꾸하자 오리모토는 어깨를 으쓱하더니 다시 유이가하마와 유키노시타에게 돌아섰다.

"이런 얘기는 됐어. 이벤트 때 여러 일이 있었죠? 미안해요. 고맙기도 하고."

오리모토는 꾸벅 고개를 숙이고 건조한 웃음을 흘렸다.

반말과 존댓말 사이에 있는 말투는 오리모토의 태도와 일맥상통했다. 그래도 친근한 말투와 자연스러운 톤에는 대답하기 쉬운 리듬이 있었다.

"아, 네……. 고마운 건 오히려 우리인데……. 앗, 유이가하마, 예요. 힛키…… 히키가야랑 같은 반이에요……."

유이가하마도 당혹스러워하며 새삼스럽게 자기소개를 했다. 그런데 그중 한 단어에 오리모토가 움찔 반응했다.

"힛키? ……픕."

오리모토는 얼굴을 옆으로 돌려 배를 잡고 웃었다. 야야, 그게 웃기냐? 웃기긴 한가.

"아, 아하하하……."

뜬금없이 웃음을 터뜨린 오리모토 앞에서 유이가하마도 당황하면서도 덩달아 웃었다. 억지웃음을 느낀 오리모토도 곧 웃음기를 거두고 눈가에 맺힌 눈물을 훔치더니 허둥지둥 변명했다.

"아, 미안미안. 히키가야가 그렇게 불리는 게 너무 신기해서. 딱히 이상한 이유로 웃은 건 아니야."

사뭇 진지해진 표정으로 오리모토가 말을 보탰다.

오리모토의 말은 사실일 것이다.

그 웃음에 딱히 깊은 의미는 없었으리라. 반대로 말하면 배려심도 없다는 말이지만, 원래 그런 사람이라고 생각하면 별로 거슬리지도 않는다. 그냥 털털함과 무례함을 구분하지 못할 뿐이다.

중학교 시절 지인은 내 이름을 제대로 기억하는 사람이 드물 정도다. 그때는 히키가에루(두꺼비) 같은 멸칭이나 다름없는 별명만 있었으니까 힛키라는 별명을 들으면 놀랄 만하고 웃음이 튀어나와도 별수 없다. 사실 힛키가 멸칭인지 아닌지는 논의의 여지가 있다만.

아무튼 사람과 대화할 때 공통된 지인을 화제로 삼는 것은 흔한 대화 수단이다. 이번에는 그 방식이 유이가하마에게 맞지 않았을 뿐이다.

"원래 툭 하면 웃어."

"으, 응……."

소리 죽여 말하자 유이가하마도 고개를 끄덕였다. 딱히 변호할 생각도 없지만, 이 껄끄러운 분위기로 티타임을 망치고 싶지도 않았다.

아마 오리모토와 거리가 더 가까웠다면 유이가하마도 이런 침울한 표정은 보이지 않았겠지. 평범하게 대화를 나누고 따라 웃기도 했을 것이다. 아니, 사실이 그렇잖아? 유이가하마랑 친한 미우라도 내게 제법 모진 말을 하곤 하니까.

어쩌면 앞으로 친해질 수 있을지도 모른다.

그 가능성은 살짝 후회 섞인 웃음을 지은 오리모토를 봐도 예상할 수 있었다.

이 둘은 사람과 접하는 방법을 잘 안다. 서로의 거리감을 파악하면 앞으로 잘 해나갈 것이다. 그럴 기회가 있을지는 모르겠지만.

그럼 남은 문제는 한 사람인데…….

"그럼 이번에는……."

오리모토가 좀 전의 어색함을 얼버무리려는 것처럼 유키노시타에게로 눈길을 돌렸다.

하지만 유키노시타의 자세는 달라지지 않았고 차가운 시선을 쏘아댈 뿐이었다. 후에엥…… 눈이 공격색이야……. 무서워, 속 쓰려…….

"저……."

침묵이 깨질 기미가 없자 넉살 좋은 오리모토조차 쩔쩔매며 눈을 깔았다. 이어갈 말을 찾지 못한 힘없는 소리만 새어 나왔다.

그 소리를 들어서일까, 유키노시타는 대뜸 여유가 묻어나는 짧은 한숨을 쉬었다. 이거 그거야? 야생동물끼리 마주쳤을 때 먼저 눈을 돌린 쪽이 물러서는 거?

눈을 감고 한 번 헛기침한 유키노시타가 오리모토를 힐끔 봤다.

"유키노시타 유키노예요. 히, 히키, 히키…………."

거기서 말이 끊겼다. 뭐야? 왜 그래, 유키농. 설마 내 이름을 까먹었니?

하지만 그건 아니었나 보다. 유이가하마, 그리고 오리모토를 곁눈질하더니 고개를 숙이고 힘겹게 입술을 뗐다.

"힛키……가 소속한 동아리의 부장, 이에요."

말하자마자 유키노시타의 얼굴이 확 빨개지고 흰 목까지 붉게 변했다. 우리는 입을 멍하게 벌린 채 굳어 있었다.

아니, 힛키라니……? 왜 갑자기 그렇게 부르는지 이해를 못

하는데 유이가하마가 유키노시타를 감싸듯 와락 안겼다.

"유키농! 창피하면 무리 안 해도 돼! 내가 미안해!"

"아니, 딱히 무리하지는……."

유이가하마 품에 안긴 유키노시타는 아니라고 말하지만, 아직 볼에서 홍조가 빠지지 않았고 몸을 꼬물대고 있었다.

생각해 보면 힛키라는 별명은 유이가하마가 처음 부르기 시작했다. 유키노시타 입장에서는 유이가하마의 센스를 비웃는 것 같아서 편들어 줄 작정이었는지도 모른다.

그런 서투른 변호가 유키노시타답다고 느꼈다.

그나저나 미안하다. 내 이름 때문에 이게 웬 소란이래. 이번 설에 조상님을 두들겨 눕힐 테니까 봐주라.

그건 그렇고 가하마 양과 유키농의 사이가 돈독해서 저는 오늘도 흐뭇합니다.

내가 물을 마시는데 두 사람을 보던 오리모토가 혼잣말처럼 나지막하게 중얼거렸다.

"사이좋구나."

"그렇지. 보다시피……."

나는 대답하고 슬쩍 오리모토를 봤다. 그녀는 좀 당혹스럽게, 소외감을 느끼듯 쓸쓸한 미소를 지으며 두 사람을 보고 있었다.

내게는 이미 익숙한 광경이지만, 모르는 사람에게는 친근하게 끌어안는 미소녀 둘이 단순히 친한 사이로만 보이지는 않을 것이다. 뒷걸음쳐도 이상하지 않다. 사실 나도 뒷걸음치고 싶다. 멀리 떨어져서 보지 않으면 전경이 눈에 들어오지 않으니까.

내 기억 속 오리모토 카오리는 사람과의 거리는 가까워도 여자끼리 착 달라붙는 모습을 보인 적은 없었다. 물론 오리모토의 성격을 논할 만큼 나는 그녀를 깊이 알지 못하지만.

아무튼 여자 그룹도 다 같은 문화를 공유하지는 않는다는 뜻이다.

그렇다면 오리모토는 이 둘을 보고 어떻게 생각할까……. 불안 반 기대 반으로 반응을 훔쳐보니 오리모토는 픽 콧바람을 뿜더니 눈꼬리를 내렸다.

"그래? 내가 말실수 했네."

내게만 들리도록 말하고 마음을 정리하는 것처럼 포스기 뚜껑을 달칵달칵 움직이더니 곧 고개를 들었다. 그것은 옛날의 익숙한 표정이었다.

"어쨌든 뭐 마실래? 서비스로 직원 할인 적용해 줄게."

포스기에 뭔가를 입력하면서 유이가하마 쪽을 힐끔 봤다.

"그, 그래두 돼……?"

당연한 의문이었다. 아직 안겨 있는 유키노시타도 오리모토에게 미심쩍은 눈길을 보냈다.

그러나 오리모토는 시치미를 뚝 뗐다.

"글쎄? 아는 사이니까 괜찮지 않을까? 잘은 몰라도."

이 녀석, 진짜 대충 사네…….

"뭐, 해주면 고맙다만……."

괜찮은가 싶어서 유이가하마와 유키노시타의 얼굴을 보자 유키노시타는 아직 경계심이 남았는지 오리모토를 잠깐 보고 우리에게 눈을 돌렸다.

"딱히 서비스를 받을 이유가 없어."

고개를 홱 돌리는 행동이 사람에게 익숙하지 않은 길고양이를 연상케 했다. 옆에 앉은 유이가하마는 유키노시타와 오리모토, 그리고 나를 번갈아 보고 있었다. 그 불안한 표정은 손님이 많은 날의 마당개 같았다.

"그, 그래두 힛키 친구니까……. 친구끼리는 자주 있는 일 아닐까?"

"맞아맞아. 우리 가게에서는 자주 그래."

오리모토는 박쥐 날개처럼 손을 파닥파닥 흔들며 길고양이와 마당개에게 미소 지어 보였다.

오리모토 본인이 괜찮다는데 굳이 거부할 이유도 없었다. 문제가 생겨도 혼나는 사람은 오리모토니까! 어쩜! 하치만 약았어! 인간쓰레기!

그보다 오리모토의 뻔뻔하다고 할 수 있는 친화력을 생각하면 이 가게에도 녹아들었을 테니까 큰 문제가 되지는 않겠지.

꼭 있단 말이야, 알바하는 곳에서 유난히 인기 좋은 여자애……. 한가할 때 자주 이야기하다가 좋아하게 되는 패턴. 그래도 상대방은 심심풀이로 말을 걸었을 뿐이라서 아무런 가망도 없는 거지. 관심 없으면 알바 중에 말 걸지 말라고. 인생이 우습냐, 일이나 해.

얼마 전에 하던 알바에서 겪은 안 좋은 기억이 머리를 스친 탓에 결론은 의외로 쉽게 나왔다.

친절은 솔직하게 받아들여야 한다. 하지만 호의는 솔직하게 받아들이면 안 돼! 절대로!

게다가 악의가 없었다고는 해도 분위기를 찬물을 끼얹어서 미안한 마음도 있었을 것이다. 이것이 오리모토 나름의 사과라면 받아주는 쪽이 서로 마음이 편하다.

"그럼 고맙게 받아먹어야지. 나는 블렌드. 그리고……."

말꼬리를 이을 수 있게 유이가하마와 유키노시타에게 눈짓했다.

"고, 고마워~! ……고마워요?"

유이가하마는 반말과 존대 사이에서 아직 갈팡질팡하는지 감사 인사도 의문문이었다. 한편, 유키노시타는 말 대신 고개를 꾸벅 숙였다.

"음…… 그러면 나는 몽블랑이랑 카늘레랑……."

"홍차는 내 취향대로 골라도 되겠니?"

"응! 알아서 해줘!"

두 사람이 머리를 맞대고 메뉴를 들여다보는데 테이블 옆에 선 오리모토가 끼어들었다.

"우리 가게, 자허토르테도 맛있어."

"아, 그렇구나. 그럼 자허토르테도 추가. ……추가요."

"네~."

그런 대화를 멍하게 바라보다가 문득 깨달았다.

유키노시타의 태도는 평소의 그녀와 차이가 없어서 딱히 이상하지는 않았다. 오히려 이 녀석은 왜 이렇게 한결같은지 궁금하다.

오리모토도 오리모토대로 중학교 시절부터 변함이 없었다. 오랜만에 만난 나는 물론이고 초면인 하야마, 경계심을 노골적으로 드러내는 유키노시타에게도, 덤으로 친구로 추정되는 어쩌고 마치를 대할 때조차 태도가 크게 다르지 않았다.

다만, 유이가하마의 반응은 조금 의외였다.

원래 남의 눈치를 살피는 경향이 있는 유이가하마지만, 오리모토 앞에서는 그게 좀 과하다는 인상이 받았다.

물론 두 사람이 만난 횟수는 손으로 꼽을 정도로 적으니까 아직 거리감을 파악하지 못한 탓일지도 모른다. 왜냐면 나도 아직 파악 못 하겠거든. 이상하네, 내가 제일 오래 알고 지냈을 텐데…… 아니지? 사실 그렇게 오래되지도 않았구나! 어쩌면 생판 남이라고 해도 좋을 수준.

아무튼 내가 아는 유이가하마라면 더 매끄럽게 대화를 이어 나갈 것이다. 심지어 오리모토가 애써 친근하게 대응하고 있지 않은가. 아니, 오리모토는 저게 평소 태도고 털털함과 무례함을 착각하는 문제도 있어서 단정하기는 어려운가.

그래도 유이가하마라면 오리모토처럼 오픈마인드인 유형과 잘 지낼 거라고 생각한다.

하지만 사람의 궁합이란 점치기 어려운 법. 무엇을 계기로 사이가 좋아지고 나빠질지는 아무도 모른다.

아무리 죽이 맞는 사람이라도 함부로 입을 놀리다가 상대방의 성격을 건드려서 두 번 다시 보지 않는 일도 드물지 않다.

그러니까 유이가하마와 오리모토는 조만간 친해질지도 모른다. 반대로 앞으로 다시는 만나지 않을 가능성도 충분히 있다.

유이가하마의 태도가 걸리기는 해도 간과할 수 있는 범주였다.

그런 생각을 하는데 메뉴에서 고개를 든 유이가하마와 눈이 마주쳤다.

"힛키, 다른 거 시킬래?"

"어…… 아냐. 됐어."

이야기를 맞춰 짧게 대답하자 오리모토는 경쾌하게 탁 소리를 내며 포스기를 닫았다.

"응, 오케이. 금방 가져올게."

포스기를 앞치마 주머니에 집어넣고 메뉴를 도로 들었다. 그러자 아래에 깔려 있던 타운워크가 눈에 띈 모양이었다. 오리모토가 어리둥절하게 반응했다.

"히키가야, 알바 찾아? 그러면 여기서 할래? 지금 주방이랑 홀 전부 모집 중인데."

"아니, 안 할 거다만……."

"에이, 하면 좋을 텐데."

내 대답을 듣고 오리모토가 어깨를 늘어뜨렸다.

어, 뭐야? 왜 아쉬워하지? 설마 나랑 같이 일하고 싶다는 뜻? 그런 거야?

힝, 어떻게 반응해야 할지 모르겠엉……. 내가 말을 잇지 못

하니까 정면 소파에서 피식하는 소리가 났다.

"히키가야는 직장이 어디든 일할 마음이 없지?"

유키노시타가 싱긋 웃으며 말하자 유이가하마가 끄덕끄덕했다. 으음, 맞는 말이지만, 내 백수 근성을 남에게 지적받으니까 새삼스럽게 내 글러 먹은 인성을 자각해서 마음이 착잡하구만……

그런 이유로 일은 못 하겠다는 얼굴로 오리모토를 돌아보니 그녀는 구불구불한 머리를 손으로 빗고 지친 것처럼 한숨 쉬었다.

"그래~? 가끔 시간 바꿔줄 사람 있으면 완전 편할 텐데~. 필요할 때 대타 찾기가 너무 힘들어."

"그러냐……"

내 이럴 줄 알았어…….

그나저나 왜 알바를 쉴 때는 쉬는 사람이 대타를 찾아야 하지? 그건 점장이나 책임자가 할 일 아니야? 이런 소리 하면 바로 알바생의 책임감이 어쩌고저쩌고하는데, 그럼 점장의 관리 감독과 운영 책임은 어디 팔아먹었냐고 되묻고 싶다.

"그러니까 일할 생각 있으면 알려줘."

오리모토가 메뉴표로 어깨를 톡톡 두드리며 말하고 유이가하마가 맞장구치며 웃었다.

"그래두 힛키는 일 안 하겠지……. 이건 내가 심심해서 보던 거야."

"그랬어? 아, 만약 여기서 알바할 생각 있으면 말해. 소개해

줄게."

"방금 그 얘기 듣고 일할 인간이 어딨냐……."

"하긴! 그건 인정!"

내가 무심하게 던진 말에 오리모토만 낄낄 웃었다. 중학교 시절에도 오리모토와 이런 식으로 대화했던 기억이 있었다.

아련하고 그리운 기억. 그래도 가슴 아프지는 않았다.

주방으로 떠나기 전에 오리모토가 빙글 돌아봤다.

"그래도 진지하게 추천할게. 오늘처럼 한가한 날 많거든."

그래서 계속 여기 죽치고 있었구만……. 그보다 빨리 커피 가져오면 안 되겠냐?

같은 알바생이면 몰라도 손님 입장에서는 빠릿빠릿하게 일했으면 좋겠다. 안 그러면 이런 한가한 가게라면 괜찮지 않을까, 라는 정신 나간 생각을 품을지도 모르니까.

×　×　×

얼마 안 있어 커피와 홍차, 그리고 유이가하마가 고른 카늘레니 몽블랑이니 하는 케이크가 나왔다.

"주문하신 음료랑 디저트 나왔습니다~."

오리모토는 익숙한 손길로 접시와 컵 따위를 내려놓고 쟁반을 빙글 돌려 옆구리에 꼈다. 그리고 장난으로 과장되게 고개 숙이고 맛있게 드세요, 라는 말을 남긴 채 떠났다.

테이블에 차려진 케이크들은 척 보기에도 화려했다. 단 음식을 좋아하는 나에게는 가슴이 뛰고 앙코르가 울리는[#18] 광경이었다.

두근두근 콩닥콩닥 무엇을 먹을지 고민하는데 유이가하마가 그 케이크들을 포크로 푹푹 쑤셔서 잘랐다.

"자, 힛키."

잘게 썬 케이크를 종류별로 담은 접시를 건넸다.

잘린 부분으로 피처럼 초콜릿 시럽을 흘리는 퐁당 쇼콜라, 뭉개져서 내장처럼 삐져나온 몽블랑, 북두신권이라도 맞은 것처럼 산산조각 난 시폰 케이크…….

어, 어랍쇼? 아기자기하던 케이크들이 징그럽게 보이는데요?

하지만 좋은 뜻으로 나눠줬는데 이 해맑은 웃음에 침을 뱉을 수도 없는 노릇이었다.

"그, 그래…… 고, 고맙다…….'"

감사하면서 마지못해 접시를 받았다. 이런다고 맛이 없어지는 것도 아니잖아. 신경 쓰지 말자. 오히려 이런 배려가 더 좋은 조미료가 될 수도 있다. 그래, 긍정적으로 생각하는 거야.

"자, 유키농도!"

"고마워. 이것도 받으렴."

그러면서 유키노시타도 포크로 자른 자허토르테를 유이가하마의 접시에 올렸다. 그 자허토르테는 모양도 망가지지 않았고 절단면도 깔끔했다. 너희, 정말로 같은 도구 쓴 거 맞아?

"……히키가야도 단 걸 좋아했지?"

#18 가슴이 뛰고 앙코르가 울리는 nobodyknows+의 노래 「가슴이 뛰네」의 가사.

나지막하게 한숨 쉰 유키노시타는 내 접시에도 한 조각을 나눠줬다.

　"오, 땡큐."

　"천만에. 그럼 먹을까?"

　유키노시타는 티포트에 든 홍차를 자기 잔과 유이가하마의 잔에 따르고 말했다. 그것을 신호로 나도 포크를 들었다.

　케이크를 우걱우걱 먹고 가끔 커피로 입안에 남은 맛을 씻어내며 다양한 맛을 즐겼다. 흐음, 이 가게 제법 맛있네.

　홍차도 디저트도 마음에 들었는지 유키노시타는 포크를 입으로 가져가서는 말없이 고개만 끄덕이고 있었다.

　유이가하마는 그런 유키노시타를 흐뭇하게 바라보다가, 무슨 생각이 난 것처럼 타운워크 페이지를 넘겼다.

　"너, 진짜 알바 찾냐?"

　심심풀이라고 했으면서 의외로 진지하게 읽는 눈치였다. 궁금해서 물어보자 유이가하마는 포크를 입술에 대고 눈동자를 이리저리 굴렸다.

　"그, 그게…… 지금 당장은 아니더라두 어쩌면 조만간 필요하지 않을까 싶어서……. 벌써 12월도 끝나 가구…… 여름에는 아무것두 못 했으니까."

　"흠……."

　뭐지? 여름방학에 돈이 부족해서 마음껏 못 놀았나? 유이가하마는 미우라와 친구니까 겨울에도 놀러갈 예정이 많은지도 모른다. 겨울이라면 스노보드나 스케이트도 있고, 그거 말고는…… 온천? 오, 그건 나도 혹하는데? 특전으로 온천 편 애니메이션을 제작해야 한다고 생각합니다.

옛날에는 치바에 실내 스키장 자우스가 있어서 당시 젊은 이들이 모두 모였다고 하지만, 그것도 다 먼 과거의 이야기다. 태고로 거슬러 올라가면 한때 그 땅에는 거대한 미로[#19]가 있 었다지…….

어쨌거나 요즘 치바의 젊은이들은 스노보드를 타려면 먼 곳까지 나가야만 해서 돈이 꽤 나간다.

친구가 많으면 노는 데도 돈이 드니까 힘들겠어……. 아니, 혼자 있어도 정말 최선을 다해서 놀려면 돈은 필요하지. 생각 해 보면 돈은 중요해…….

돈의 위대함을 절실히 곱씹는데 케이크를 깨작깨작 먹던 유 키노시타가 유이가하마 앞에 놓인 페이지에 눈길을 줬다.

"마음에 드는 일거리라도 있니?"

"으음, 그다지……."

유이가하마는 턱을 괴고 한숨 쉬었다.

"타운워크 봐도 별거 없어. 일을 하려면 발로 뛰어야지."

"그 말은 그런 의미가 아니지 않니……. 그래도 문자 정보만 으로 실상은 알기 힘들긴 해."

"그래. 직장을 직접 보는 게 가장 빠를 거다. 바쁠 때는 시 급에 비해 일이 빡빡한 곳도 있으니까."

#19 거대한 미로 1987년에 개장한 놀이 시설. 라라포트 거대 미로. 이후 그 자리에 세계 최대 규모의 실내 스키장 자우스가 들어섰다.

나와 유키노시타의 의견을 듣고 유이가하마는 감탄 반 존경 반인 초롱초롱한 눈으로 우리를 봤다.

"……힛키, 의외로 사회 경험 많아?"

"훗, 그렇지. 나는 상당수의 알바를 탈주했으니까. 상당한 경험자야. 알바를 보는 눈에는 자신이 있지."

"일터에서 도망친 시점에서 보는 눈이 전혀 없다고 보는데……. 대체 뭘 보고 골랐는지 모르겠구나."

유키노시타가 한탄과 경멸이 섞인 한숨을 내뱉었다.

뭘 모르는군. 그 풍부한 탈주 경력으로 안목을 키웠고 결국 지금처럼 일하지 않겠다는 결론에 도달했거늘.

인간은 제목과 표지 일러스트, 애니 제작 결정이라는 문구에 속아 여러 번 지뢰를 밟고 망작을 사면서 배우는 것이다.

그 덕에 지금은 나도 어엿한 지뢰 감별사다. 이 경지까지 오는 데 참 오랜 시간이 걸렸지…….

"사실 나도 최근에야 뭘 봐야 하는지 깨달았지."

과거의 알바 편력을 떠올리며 무게 잡고 말하자 유키노시타는 흠, 하고 짧게 관심을 드러내며 뒷말을 기다렸다.

"우선 처음 봐야 할 포인트는 그거야, 일할 때 알바들끼리 떠들고 노는가."

말을 듣기 무섭게 유키노시타는 조금 놀라는 표정을 보였다.

"너치고는 정상적인 의견인걸? 규율이 망가지고 근무 의욕이 저하된 직장은 문제도 많을 거야."

유키노시타는 스스로도 문제를 꼬집으며 공감하지만……

그게 뭔 소리냐? 너 선도부장 캐릭터였냐?

"그래. 근무 의욕 같은 건 모르겠지만, 문제가 있는 건 확실하지."

거기서 유이가하마가 고개를 갸웃했다.

"그래? 점원끼리 친한 건 좋은 일이라구 생각하는데……."

"바로 그게 문제라고. 그건 어차피 기존에 형성된 인간관계야. 새로 들어간 사람은 거기에 끼어들기 힘들어. ……적어도 나는 절대로 못 해."

내가 단언하자 맞은편 유키노시타가 잔을 컵받침에 달칵 내려놓았다. 그리고 한참 뜸을 들이다가 고개를 들고 위풍 있는 표정으로 끄덕였다.

"그건 나도 못 해."

"유키농까지 힘줘서 말했어?!"

역시 유키노시타! 대인관계에 한해서는 때때로 나보다 못할 때가 있다!

찬성표를 받은 덕분인지 내 기억의 문이 느슨해지며 안 좋은 기억이 하나둘 기어 나오기 시작했다.

"게다가 그 사이좋은 알바 집단은 유독 알바끼리 친목질을 하려고 한다니까……. 부탁하지도 않은 환영 파티 같은 거나 열면서."

나는 진저리치며 말했다. 유이가하마는 이해가 안 된다며 부루퉁하게 입술을 내밀었다.

"왜~? 그런 거 해주면 좋잖아. 가족 같은 분위기라구 하나?"

"가족 같은 분위기는 극한의 갈라파고스와 동의어야. 신입은 내버려두고 평생 자기들끼리 하하호호하는 경우가 제법 있다고."

나는 거기서 한 번 말을 끊었다. 그리고 두어 번 헛기침하고 아이에게 설명하듯 찬찬히 이야기했다.

"자, 상상해 봐……. 그 환영 파티에서 자칭 잘 놀아주는 대학생 선배가 재미있는 이야기나 해 보라고 강요하는 괴로움을. 거절하면 재미없는 인간이라고 무시당하고, 하면 하는 대로 더럽게 재미없는 인간이라고 욕먹는 진퇴양난을. ……그런데 다음 날도 일하러 가야 하지. 자아, 그 지옥을 상상해 보아라……."

도쿄 올림픽 개회식의 존 레논처럼 이매진을 되뇌자 유이가하마의 표정이 점점 썩어 갔다.

"으, 왠지 나두 알바하기 싫어졌어……."

유이가하마는 먹구름을 머리에 이며 몸을 움츠렸다. 아무렴, 그렇겠지. 이해해줘서 다행이다.

유키노시타가 유이가하마의 처진 어깨를 토닥이며 격려했다.

"히키가야의 불안 조장은 거의 사기꾼의 가스라이팅이지만, 사전 조사가 중요하다는 점은 동의해."

유키노시타는 이해한다며 수긍했다. 솔직히 네 경우는 정말 동의한다기보다 고독에 대한 공감일 뿐이라고 생각하지만…… 하려는 말은 똑같으니까 됐어.

나와 유키노시타, 두 사람이 합세하니까 유이가하마도 마음이 흔들리는지 끙끙 고민하기 시작했다.

"그런가? 그러면 자주 가는 근처 가게 중에서 찾을까……."

"그건 별로야."

"뭐~? 또 왜?"

"평소에 자주 가는 가게에서 탈주하면 다시는 못 가니까. 나는 화려한 탈주 경력 덕에 자체 출입금지를 당한 가게가 꽤 있지."

탈주는 최악의 퇴직 방법이다.

잠적하면 가게도 곤란하지만 나도 곤란하다. 방금 설명한 자체 출입금지도 문제지만, 반환하지 않은 유니폼이 쌓여서 장롱을 압박한다는 문제도 생긴다. 최근에는 옷장을 열 때마다 울려라! 유니폼 상태다.

탈주는 절대로 금지. 유니폼 착불 반환도 금지. 하다못해 택배비는 선불로 내자!

그런 이야기를 하니까 유키노시타가 관자놀이를 꾹 누르고 땅이 꺼져라 한숨 쉬었다.

"네 사생활 이야기를 듣다 보면 간혹 머리가 아프구나……."

"아, 아하하……. 나두 가끔 힛키는 엄청 힛키라구 생각해……."

말이 너무 심하시네. 유이가하마는 무슨 말을 하는지 모르겠다만, 말하고자 하는 바는 확실하게 전해졌다. 가하마 양의 「생각하지 마라, 느껴라」 같은 화법이 엄청 가하마 양이라고 생각했습니다.

그리고 유키농도 엄청 유키농.

유키노시타는 눈을 깔고 입술을 살짝 깨물더니 큭, 하고 괴로운 소리를 흘렸다.

"이런 소리를 하기는 분하지만, 너는 역시 일을 하면 안 돼⋯⋯."

체념해 버렸나⋯⋯.

인정(認める)과 체념(諦める)은 닮았으면서도 다르다고 생각하는데 유이가하마가 손에 든 포크를 만지작대며 내게 눈총을 보냈다.

"힛키, 말로는 이러쿵저러쿵하면서 학교에서는 제대로 일하면서⋯⋯."

"아, 음⋯⋯."

분명히 유이가하마는 별생각 없이 말했으리라. 하지만 나는 말문이 막히고 말았다. 그런 나 자신에게 스스로 놀랐다.

적당히 공백을 메울 요량으로 숨을 길게 내쉬며 할 말을 찾았다.

"⋯⋯뭐, 그건 별개지. 알바는 쉽게 그만둘 수 있어도 학교를 때려치울 수는 없으니까. 일단 할 일은 해야 해."

그럴싸한 이유를 찾아서 일단 변명했다.

아마도 사실은 다른 이유가 있었을 거다.

그래도 그것을 입 밖으로 꺼내고 구체적인 말로 정의하는 것은 뭔가 큰 잘못이라는 느낌이 들었다.

그 이유와 감정을 정확하게 나타낼 말을 아직 나는 알지 못했고, 이름을 붙이려고 할수록 엇나간다고 느꼈다.

그래서 거짓말이 아닌 범위에서 내가 이해할 수 있는 이유를 찾았다. 스스로 생각해도 그럭저럭 납득할 수 있는 답이었다.

그런데 왜 유이가하마 양은 눈살을 좁히고 저를 째려보시죠……?

"……알바도 쉽게 때려치우면 안 되지 않아?"

유이가하마는 가볍게 비난하는 말투로 손을 휘휘 저었다. 그 얘기를 듣던 유키노시타가 웃음을 흘리는 것처럼 숨을 내쉬었다.

"동아리 활동이면 몰라도, 확실히 아르바이트에서 같이 일하고 싶은 유형은 아니야."

"그 말에 리본을 달아서 고스란히 돌려주마."

부족하면 리본에 꽃까지 달아줄 의향도 있다.

유키노시타의 능력은 나도 인정한다. 사무나 보조를 맡기면 이만한 인재가 없고 계획성과 구상 능력도 있다. 안건에 따라서는 결단력도 발휘한다. 다만, 치명적일 만큼 타협할 줄 모른다는 게 문제지…….

알바든 뭐든 함께 일하면 소위 깨어 있는 리더(비정규직. 추후 정규직으로 전환 예정)를 언어의 비수로 푹푹 찔러 죽일 것 같아서 무섭다. 그런 직장에서 알바하면 스트레스성 위궤양은 따 놓은 당상이다.

여러 의미가 담긴 내 말에 유키노시타는 살짝 감정이 상했는지 고개를 홱 돌려 버렸다.

"물론 같이 아르바이트를 한다는 가정조차 성립하지 않아.

……아르바이트는 교칙상 금지니까."

"그걸 일일이 지키는 인간이 어딨어?"

실제로 나만 해도 교칙 따위 무시하고 일했다. 다른 학생들도 마찬가지일 것이다.

아르바이트 금지라는 교칙을 만들어봤자 적발 시 벌칙도 따로 없고, 학교에서 굳이 조사하지도 않는다. 사실상 묵인하는 셈이다. 문제는 문제 삼지 않으면 문제가 아니라는 전형적인 예시라 하겠다.

"타인이 교칙을 안 지키니까 자기도 안 지켜도 된다는 건 어불성설이야."

유키노시타가 정론(正論, 세이론)을 펼쳤다. 뭐지? 지금 마시는 홍차가 실론(セイロン, 세이론)티라서 그런가?

하지만 본래 정론에는 대항하지 않는 게 최선이다.

그래서 흘려듣기로 했다. 이곳이 가게가 아니었으면 휘휘 휘파람이라도 불었을 것이다.

하지만 의외로 유이가하마는 그 말을 무시하지 않고 진지하게 받아들였다. 그녀가 남은 케이크를 입에 넣고 포크를 빙글 돌렸다.

"아, 그치만 학교에 허가를 받으면 된다구 하지 않았나?"

"……그건, 맞아."

설마 유이가하마가 반박할 줄은 몰랐는지, 유키노시타는 말을 살짝 흐렸다.

"그래도, 그럼, 음……. 유이가하마가 아르바이트를 하는 목적이 불명확해서 학교에 신청하기는 어렵다고 봐. 게다가 동아리도 있으니까 생활 지도 담당인 히라츠카 선생님이 허가할 거라고는…….”

유키노시타는 팔짱을 끼고 턱을 살며시 만지며 곤란한 듯이 구구절절 이유를 읊었다.

그 말투와 몸짓을 보고 딱 감이 왔다.

유이가하마도 똑같이 느꼈나 보다. 유키노시타를 본 유이가하마가 참지 못하고 푸하 탄식을 터뜨렸다.

그리고 유키노시타에게 와락 안겼다.

“괜찮아, 유키농! 나는 동아리가 젤 중요하니까! 유키농한테 비밀로 알바하러 안 가!”

“딱히 그런 뜻으로 한 말은…….”

유이가하마의 팔에 안겨 유키노시타가 새빨간 얼굴로 웅얼댔다. 너희는 참 사이도 좋다…….

그래도 유키노시타의 심정에 다소 공감하는 부분도 있었다. 물론 엄밀하게 따지면 나와 그녀의 생각은 전혀 다르겠지만.

나도 유이가하마가 적극적으로 아르바이트를 하지 않으면 좋겠다. 그건 유키노시타도 마찬가지였다.

유키노시타는 순수하게 유이가하마와 지내는 시간이, 그 부실에서 보내는 시간이 소중하기 때문에 유이가하마가 아르바이트를 하는 데 부정적인 것이다.

내게도 비슷한 감정은 있었다.

하지만 결정적인 이유는 달랐다.

나는 아마 내가 모르는 사실이 늘어나는 게 싫은 것 같다.

나도 나쁜 버릇이라고는 생각한다. 전부 알고 싶다니, 정말로 징그러운 감정이다.

눈앞에서 사이좋게 달라붙은 둘은 테이블 위의 케이크보다 훨씬 달콤하게 보였다.

난방이 나오는 카페에서 편안한 소파에 앉아 그 모습을 보고 있으니까 그만 졸음이 몰려왔다.

나는 최소한의 저항으로 이미 식어 버린 블랙커피를 단숨에 들이켰다.

조용하고 은밀하게
오리모토 카오리는
질문한다.

가게를 나올 무렵에는 해가 이미 저물어 있었다. 생각보다 오래 머문 탓에 가게는 카페 타임에서 디너 타임으로 넘어갔다.

날이 지면서 바다로 불던 바람은 더욱 추위를 더했다.

역으로 가는 길을 천천히 걸으며 귀로에 오르는 사람들을 지나쳐 갔다. 돌아서서 그들의 뒷모습을 우두커니 바라보던 유이가하마가 갑자기 말문을 열었다.

"올해도 다 갔네."

그 말을 듣고 옆에 선 유키노시타가 떠올린 것처럼 중얼거렸다.

"그러게. ……슬슬 대청소를 끝내야겠어."

"앗, 내가 오늘 도와줄게!"

손을 번쩍 든 유이가하마에게 유키노시타는 미소를 돌려줬다.

"괜찮니? 그럼 부탁할게. ……조만간 부실도 좀 치워야겠어."

"그래야겠지……."

유키노시타의 말에 나도 모르게 동의했다.

크리스마스니 뭐니 바빠서 제대로 된 대청소는 결국 하지 못했다. 심지어 잇시키가 떠넘긴 짐까지 산처럼 쌓여서 지금 부실은 역대 최고로 난잡한 상태였다.

"유키농, 개학하면 바로 청소부터 하자."

"그래."

의욕만만하게 주먹을 불끈 쥔 유이가하마와 대조적으로, 유키노시타는 늘 있는 일처럼 대수롭지 않은 표정이었다.

곰곰이 생각해보면 나도 유이가하마도 부실을 청소한 기억이 전혀 없었다. 아마도 평소에는 유키노시타가 청소했겠지.

언제나 미안하구먼. 고마우이, 고마우이. 마음속으로 고개를 꾸벅꾸벅 숙이는 사이 공원 가까이 있는 교차로에 도착했다.

왼쪽으로 꺾으면 역, 오른쪽으로 꺾으면 유키노시타의 아파트로 가는 길이었다. 유키노시타가 오른쪽을 손으로 가리켰다.

"우리는 이쪽으로 갈게."

"그래. 나는 밥이나 먹고 가련다. 다음에 보자."

대답한 나는 둘과 반대 방향으로 한 걸음 내디뎠다.

그런데 뒤쪽에서 부르는 소리가 들렸다. 돌아보자 교차로 앞에서 유이가하마가 크게 손을 흔들고 있었다.

"힛키! 새해 복 많이 받아~!"

"……그래. 너도."

가볍게 손을 들어 들리지도 않을 작은 소리로 답했다. 더 큰 반응을 보여주기는 부끄러워서 곧바로 뒤돌아서서 잰걸음으로 역으로 향했다.

유난히 차가운 바람이 볼을 훑었다. 그 때문에 귀까지 빨개진 기분이 들어서 목도리를 위쪽까지 둘둘 감아 올렸다.

× × ×

밥 배 따로 있고 라면 배 따로 있다.

내가 지은 말이지만, 신빙성은 확실하다. 케이크를 그렇게 먹고도 저녁으로 고른 라면을 국물까지 싹싹 비웠으니까 말이다.

지금 나는 버스 정류장에서 돌아갈 차를 기다리는 중이다.

카이힌 마쿠하리에서 우리 집에 가장 가까운 정류장까지 가는 버스는 별로 많지 않아서 한 대만 놓쳐도 꽤 오랜 시간을 기다려야 한다.

딱히 걸어서 가지 못할 거리는 아니지만, 터덜터덜 걸어가다가 버스가 옆으로 슝 지나가면 내 신세가 처량해서 눈물이 올라온다.

아무리 연말이라도 사축대국 일본에서는 이 시기에도 일하는 사람이 수두룩하여 늦은 밤에도 역에는 녹초가 된 사축 여러분이 많이 보인다.

그건 이 버스 정류장도 예외는 아니었다.

앞뒤로 몇 명씩 좋은 바람막이가 있어 줘서 나는 추위에 떨지 않고 줄에 서 있었다.

그런데 그때, 갑자기 자전거 종소리가 들렸다.

역 앞이라도 밤거리에서 그 소리는 크게 울렸다. 시끄러워서 인상을 찡그리는데 또 종소리가 들렸다. 그것도 여러 번, 연속으로.

거 조용히 좀 합시다, 라고 비난하는 눈빛으로 돌아봤더니 낯익은 인물이 손을 흔들고 있었다.

"왜 무시해? 대박 웃겨."

"⋯⋯아니, 안 웃기거든?"

자전거에 탄 오리모토 카오리는 발로 땅을 끌며 거리를 조금씩 줄였다. 아무래도 아르바이트가 끝나고 돌아가는 길에 나를 발견해 말을 건 모양이었다.

"히키가야, 이제 가?"

"어."

짧게 대답하자 오리모토는 자전거 짐받이를 탁탁 두드렸다.

"타지?"

"타겠냐⋯⋯. 무슨 오토바이도 아니고. 거기다 추워."

그러자 오리모토는 그게 무슨 대수냐고 고개를 갸웃거렸다.

"자전거 타면 땀나잖아?"

나보고 운전하라는 소리였냐? 이 여자가 뭘 당연하다는 얼굴로 사람을 부려먹으려고 해.

보란 듯이 혀라도 찰까 했는데 나보다 먼저 혀 차는 소리가 들렸다.

그쪽을 머뭇머뭇 돌아봤다.

마침 일을 마치고 돌아가는 회사원(34세, 남성, 독신) 같은 사람이 「어린 것들이 놀고들 있네, 죽이고 싶다……」라는 생각이 엿보이는 무시무시한 표정으로 우리를 노려보고 있었다. 히잉…… 사축 무서워…….

이토록 위압하면 줄에서 빠질 수밖에 없었다. 이대로 여기서 떠들다가는 다른 사람에게도 폐가 되니까.

나는 체념하고 정류장에서 벗어나 오리모토 곁으로 갔다. 오리모토는 장갑을 낀 손으로 탁탁 박수치고 자전거에서 내렸다.

그리고 핸들을 내게 넘기려고 했다.

"그럼 힘 좀 써줘~."

"아니, 같이 안 탈 건데?"

그러자 오리모토는 불만을 숨기려고도 하지 않고 볼멘소리를 냈다.

"에이……. 뭐, 상관없지. 그럼 출발~."

그렇게 말하자마자 오리모토는 내 대답은 들을 생각도 않고 자전거를 밀며 슬렁슬렁 걸어갔다.

돌아보지 않고 제멋대로 걸어가는 모습은 내가 따라오리라고 의심조차 하지 않는 듯했다.

그런 태도를 보이면 나도 따라갈 수밖에 없었다.

이 녀석, 귀찮게 구네…….

이 자칭 털털한 힙스터 느낌……. 그런데 그 털털함을 나한테 발휘하면 썩 나쁜 기분은 아니라서 혼자 착각하고 좋아하게 되지! 제발 그만해, 이러다 나 죽어.

이런 거리감이 성가시다고 생각하면서 걸어가는데 뭔가 떠올렸는지 오리모토가 난데없이 손뼉을 쳤다.

"앗, 너 폰 바꿨지?"

"아, 어……."

그만 반사적으로 예스인지 노인지 모호하게 답하고 말았지만, 어느 쪽이냐고 묻는다면 YES. YES. YES.

과거 인간관계를 청산하려면 우선 휴대폰이나 디지털 기기부터 정리해야 한다. 애초에 한두 번 바꾼 것도 아니다. SNS도 메신저도 안 하니까 폰을 바꿔도 폰 게임 말고는 옮길 데이터가 없다.

물론 내가 청산할 필요도 없이 상대방이 먼저 쳐내는 경우도 많지만 말이야!

번호가 바뀌었다고 문자를 보내면 「인간관계에 대한 얄팍한 기대」를 제물로 레벨 6 『메일러 데몬[20] 소환』이 소환된다. 그거 너무 강하니까 금지 카드로 설정해야 해.

그나저나 왜 갑자기 휴대폰 이야기를 꺼내나 싶어서 반 발자국 앞을 걷는 오리모토의 구불구불한 머리를 보았다. 내 눈길을 알아채서 그런 건 아니겠지만, 오리모토가 이유를 설명해줬다.

"크리스마스 끝나고 동창회 비슷하게 모여서 밥이나 먹자는 이야기가 나왔거든. 일단 연락 넣으려고 했는데 안 보내지더라."

"그랬냐……. 근데 어차피 난 안 가."

#20 **메일러 데몬** 이메일 전송 실패를 알려주는 시스템의 계정명.

"그럴 거 같았어."

오리모토는 그런 식으로 갑작스럽게 말을 걸고는 혼자 웃으며 만족했다.

하지만 우리가 사는 동네로 가는 동안 대화가 계속 이어질리 없었다. 두세 번 산발적으로 말이 오갈 뿐, 남은 시간은 침묵만이 이어졌다.

물론 대화에서도 내가 하는 말이라고는 응, 그래, 그러게, 그거 죽인다 정도밖에 없어서 대화라고 부르기도 민망한 수준이었다.

그래도 오리모토가 신경 쓰는 기색은 없었고 그런 분위기조차 중학교 시절과 크게 달라지지 않았다고 느꼈다.

국도를 건너는 큰 육교에 도착했을 때, 오리모토가 나를 돌아봤다.

"근데 누구랑 사귀어?"

놀리는 듯한 말투와 표정은 어딘지 모르게 즐거워 보였다. 전에도 비슷한 질문을 들었던 탓에 자연스럽게 짜증 섞인 소리가 나왔다.

"안 사귄다니까……."

"흐응……."

곧바로 돌아온 내 대답에 흥미를 잃은 것처럼 오리모토는 다시 앞을 봤다.

두 사람의 발소리와 자전거 바퀴가 구르는 소리. 그리고 아래쪽 차도를 빠르게 지나는 자동차 소리만 들렸다.

거기에 한 번 더, 조용하고 은밀한 오리모토의 목소리가 섞였다.

"그럼, 누굴 좋아해?"

방금과 비슷한 기습적인 질문인데 이번에는 바로 답하지 못했다.

부정하는 말은 금방 나오지 못했고 숨이 목구멍을 막고 있었다.

허를 찌른다는 의미에서는 내 침묵이 더 기습이었는지도 모른다.

아무 말도 하지 않는 나를 이상하게 여긴 오리모토가 어리둥절한 얼굴로 돌아봤다. 하지만 그 표정은 아까도 봤던, 어딘지 모르게 미안한 웃음으로 변해 있었다.

"……뭐, 아무렴 어때."

그 중얼거림에 나는 뭐라고 대답해야 했을까.

원래는 그 전 말에 답했어야 했는데.

결국 내 입에서는 어, 그래 같은 말밖에 나오지 않았다.

interlude

디퓨저의 은은한 베르가못 향에 익숙한 홍차 향이 섞였다.

지금까지 몇 번이나 왔는지 세기도 귀찮은, 정확히는 기억하지 못할 만큼 들렀던 그녀의 집.

내가 앉을 자리도 자연스럽게 정해져 있었다. 패브릭 소파 끝자리, TV를 가장 보기 좋은 곳에 앉아서 폭신폭신한 쿠션을 끌어안았다.

"지저분해서 미안해. 대청소하던 중이었어."

"하나도 안 지저분해."

부엌에서 홍차를 준비하던 그녀를 돌아보며 개의치 말라고 고개를 살살 저어 보였다.

근데 빈말이 아니라 정말로 아무렇지도 않으니까 신경 쓸 필요 없는데……. 애초에 어질러지지도 않았고…….

고개를 저은 겸 방 전체를 빙 둘러보았다. 이게 정말 대청소하는 방? ……응? 내가 도울 게 있긴 한가?

드라마에 나오는 시어머니처럼 손가락으로 좌식 테이블을 쭉 닦아 보지만, 먼지 한 톨 없었다.

굳이 찾는다면 대충 쌓아 놓은 책 정도일까. 별생각 없이 책무더기를 보자 『동방 박사의 선물』, 『크리스마스 캐럴』 같은 소설과 제과제빵 책이 있었다. 아마 얼마 전 크리스마스 이벤트를 준비하느라 본 책을 정리하려고 모아뒀겠지.

그중에 한 권, 자물쇠가 채워진 책이 있었다.

일기 쓰는구나……. 그녀의 이미지랑 잘 맞는다.

그런 생각을 하는 사이 그녀가 홍차와 과자가 담긴 쟁반을 들고왔다.

그녀는 좌식 테이블 위에 있던 물건들을 옆으로 치우고 머그컵과 접시를 내려놨다.

대청소 전에 잠깐 쉬려는 걸까?

"잘 먹을게."

나는 감사하고 머그컵을 잡았다.

부실에서 쓰던 본격적인 티세트는 아니고 조금 단출한 머그컵이었다. 처음 집에 왔을 때는 굉장히 정성이 들어간 티세트가 나와서 솔직히 당황스러웠지만, 몇 번 다니는 사이에 점차 편한 식기로 바뀌었다. 나는 오히려 그것이 좋았다.

그녀도 내 인사를 받고 머그컵에 입을 댔다.

그리고 입김을 후 불고 나지막하게 중얼거렸다.

"……동급생이었구나."

누구인지 말하지 않았지만, 그래도 무슨 얘기를 하는지는 바로 알았다.

아마도 나도 그녀도 계속 신경 썼을 테니까.

"그치. 꽤 친했었나? 자꾸 말 걸어서 좀 놀랐어……."

지금까지도 그의 중학교 시절 이야기를 종종 들을 기회가 있었다. 거기서 들은 인상과 오리모토의 태도가 어긋나서 놀랐는지도 모른다.

아마도 오리모토는 그를 아직 친구로 생각할 거다.

그래도 그는 은연중에 벽을 쌓고 정말로 오랜만에 만난 동창이 어색해서 거리를 두는 느낌이었다.

그래서 놀랐다.

그에게 옛 동창은 이렇게나 먼 사람이구나.

그렇게 생각하니까 심장을 세게 꼬집힌 것처럼 가슴 안쪽이 따끔했다.

그래서…….

"……응, 좀 놀랐어."

거의 혼잣말에 가깝게, 똑같은 말이 흘러나왔다.

그녀도 조용히 고개를 끄덕였다.

"나도 놀랐어."

그 말이 의외여서 나는 그녀의 얼굴을 물끄러미 들여다보고 말았다. 언제나 차분하고 냉정하여 어른스러운 그녀의 솔직한 속마음은 좀처럼 듣기 어려운데…….

그런 생각을 하는 사이 나와 눈이 맞은 그녀는 턱에 손을 대고 감탄조로 말했다.

"히키가야에게 자발적으로 말을 거는 사람은 잘 없으니까……."

"놀랐다는 게 그런 말이었어……?"

그러자 그녀는 농담이라는 말 대신 짓궂게 미소 지었다. 그러고는 손에 든 머그컵으로 눈길을 떨어뜨리고 빤히 수면을 바라봤다. 그곳에 비친 그녀의 눈동자는 이미 웃고 있지 않았고 조금 쓸쓸해 보였다.

"……그래도 잘 없을 뿐이지, 있기는 하지."

고개를 숙인 옆얼굴은 표정을 보기 어려웠지만, 목소리는 평소보다 어린 인상을 줘서 괜히 끌어안고 싶어졌다.

그래도 내가 소파에서 옆으로 미끄러지기 전에 그녀는 얼굴을 획 들어서 기가 막힌 듯 웃었다.

"참 특이해……. 잇시키도 의외로 잘 따르고……."

"아…… 응. 그래도 이로하는 특수한 경우일지도……."

그 아이는 그 아이대로 어떻게 생각하는지 잘 모르겠다……. 무슨 생각을 하는지는 알기 쉽지만. 그러니까 좀 특수하다.

그녀는 관자놀이를 누르고 골치가 아프다는 양 한숨 쉬었다. 그래도 입은 살며시 웃고 있었다.

"히키가야도 특수하지……."

"그건 그래. 정말로."

나도 모르게 강하게 공감했다.

정말로 그렇다. 너무 그렇다. 둘 다 별나서 잘 맞는다는 느낌은 받았다.

"왠지 잘 맞는 느낌이지?"

그러자 그녀는 입술을 손끝으로 어루만지고 생각에 빠졌다.

"성격이 잘 맞기보다는 동병상련…… 아니, 동병상욕(辱)?"

"병까지는, 아니라구 봐……."

감싸기는 했지만, 나도 자신은 없었다. 두 사람 다 아마 건강

할 텐데……. 좀 별나기는 해도 개성의 범주라고…… 봐도 될까? 솔직히 모르겠다.

내 말에 그녀는 고개를 끄덕끄덕하더니 한 번 더 크게 끄덕였다.

"그렇다면 같은 굴에 사는 무지나[#21]라고 해야 할까……."

"무지나?"

"오소리나 너구리. 주로 오소리를 가리키지만, 시대나 지역에 따라서 여러 설이 있다고 해."

"그렇구나……."

나는 맞장구치면서도 오소리는 또 뭔지 고민했다. 오 소리라도 내나? 그래도 너구리라고 하지 않았나?

"그건 그렇고, 너구리 귀엽지?"

머리에 떠오른 생각을 그대로 입에 담자 그녀는 눈썹을 일그러뜨리고 복잡한 표정을 지었다.

"그럼 좋은 예라고는 못 하겠구나. 잇시키는 귀엽지만, 그애는…… 이미 틀렸어."

"이상한 뜻으로 들려!"

그녀는 초상집 분위기로 눈을 내리뜨고 조용히 고개를 저었다. 그러다가 고개를 들어 아주 다정한 미소로 어린아이를 타이르듯 말했다.

"이 이야기는 그만할까? 본인이 없는 곳에서 흉보기도 그렇

#21 **같은 굴에 사는 무지나** 그 나물에 그 밥이라는 뜻의 일본어 속담. 무지나는 오소리를 가리키는 옛말이다.

잖니?"

"본인이 있어도 안 돼! 유키농이랑 힛키는 이미 감각이 무뎌져서 모르겠지만, 나는 흉볼 생각 없었다구!"

흉봐도 된다면 나도 하고 싶은 말은 많다! 하지만 내 마음속에만 담아두자.

그래도 그녀는 그만둘 생각이 없는지 또 뭔가 떠올린 것처럼 손뼉을 쳤다. 그리고 손가락을 세우고 자신만만하게 웃었다.

"앗. 그러면 공범자는 어떠니?"

"이젠 범죄자 취급이야?! ……그래두 좀 알 거 같기두."

이러쿵저러쿵 불평하면서도 즐기는 눈치로 휘둘리는 그와 그 아이가 싱글싱글 웃는 모습은 머릿속에 쉽게 떠올랐다.

그런데도 밝은 느낌이 전혀 안 나는 게 신기하다. 묘하게 음험한 단어가 그 둘에게 딱 맞다고 느꼈다.

내가 으으 앓는 소리를 내자 그녀는 어깨에 걸린 긴 머리카락을 쓸어내며 자랑하듯 가슴을 내밀었다.

"그렇지?"

그 으스대는 시늉을 보고 그만 웃음이 터졌다.

그의 이야기를 할 때면 그녀는 뭐랄까, 생기발랄하다고 해야 할까? 장난기 넘치고, 즐거워 보이고, 아무튼 무지무지 귀엽다. 원래 예쁘고 귀엽지만, 그의 이야기를 할 때가 제일 귀엽다.

뭐, 본인은 모르나 보지만……. 역시나 이번에도 자각이 없는지 그녀는 팔짱을 끼고 남 일처럼 중얼거렸다.

"별난 사람을 끌어들이는 체질인지도 몰라."

"응. 그건 확실해."

나는 힘차게 동의했다.

왜냐면 딱 거기에 해당하는 사람이 눈앞에 있으니까. 하지만 말하지는 않았다. 말하면 토라진다.

게다가…… 게다가 나도 아마 조금은 이상한 사람일 테고.

왜냐면 이렇게 아무렇지 않게 그의 이야기를 하는 건, 역시 뭔가 이상하다고 생각한다.

그런데 나는 그게 전혀 싫지 않았다.

오히려 그녀와 이런 이야기를 할 수 있어서 조금 기뻤다. 그러니까 역시 이상하다.

나도, 그녀, 그도 이상하다.

우리의 관계에 딱 어울리는 말이 있다면 좋겠지만, 아직은 마음이 따라오지 못하니까 이상하다는 말밖에 나오지 않는다.

언제까지고 이런 이상한 관계로 있을 수는 없지만.

그래도 크리스마스가 끝나는 것처럼, 올해가 끝나는 것처럼, 고교 생활이 끝나는 것처럼, 언젠가 반드시 끝이 있을 테니까.

그냥 동급생으로 끝난 채 과거가 되어 버린다면 상상만 해도 괴로우니까.

그러니까 나는 내가 할 수 있는 일을 하려고 한다.

마음을 접는 데 익숙한 우리에게는 현상 유지만으로는 부족하니까, 아주 조금씩이라도 거리를 좁힌다.

학교나 동아리, 일이라는 명목이 없어도 괜찮도록.

응, 좋아. 내년 목표를 정했어. 잊지 않게끔 일기를 쓰자. 일기를 꾸준히 이어간 적은 없지만, 내년부터 열심히 해 보자.

그러기 위해서 우선은─.

"앗, 그러고 보니까."

그녀의 어깨를 톡톡 두드렸다. 그녀는 고개를 갸우뚱 기울이고 커다란 눈동자만으로 무슨 일이냐고 다정하게 물었다.

나는 엉덩이를 살짝 들어서 소파를 이동해 그녀 옆에 찰싹 붙었다.

"새해 참배, 어떡할까?"

**예나 지금이나
오리모토 카오리는
변함이 없다.**

저녁부터 밤에 걸쳐 맞바람이 불었다.

연안을 따라서 난 국도를 육교로 넘어서 쭉 걸었다.

—그럼, 누굴 좋아해?

그 질문 이후 더는 오가는 말이 없었고 우리는 침묵 속에서 익숙해질 대로 익숙해진 길을 따라갔다.

아무렴 어떠냐고 넘어간 것은 정말로 관심이 없어서였을까. 아니면 그녀 나름의 사려였을까. 어쩌면 물어봤을 때 내 표정이 너무 한심해서 동정을 샀는지도 모른다.

뭐가 됐건 그 질문에 대답할 타이밍은 이미 놓쳤다. 아마 앞으로도 나와 그녀가 그 주제로 이야기하는 날은 오지 않으리라.

애초에 질문한 사람이 누구든 내 대답이 변했을 거라고는 생각지 않는다. 당장 지금까지 그런 질문을 하는 사람은 없었다.

다만, 내 속에 있는 괴물만이 간혹 속삭였을 뿐이었다. 인간의 말이라면 몰라도 괴물의 울음소리에 귀를 기울일 가치는 없었다.

누가 묻지도 않았는데 아득바득 생각하고 굳이 밝히려고 하다니. 착각도 유분수고 자기애라고 부르기도 민망하다. 그런 내가 역겨워서 견딜 수 없다.

그래서 언제나 답을 내리지 않았다. 질문이 성립하지 않는데 답이 맞을 리 만무하니까.

가령 다른 곳에서 다른 시간에 다른 사람이 물었어도 존재하지 않는 답은 말할 수 없다.

분명히 모호한 말로, 옹알이 같은 목소리로, 웃지도 화내지도 않는 얼굴로, 응이니 아니니 그런 의미 없는 소리를 낼 뿐이겠지.

대답할 기회는 영원히 잃었고 입 밖으로 내야 하는 답은 처음부터 존재하지도 않았다.

그러니까 입은 굳게 닫혔고 찬 바람에 얼굴은 굳은 채였다.

그래도 돌아가야 할 곳으로 도망치듯 다리는 저절로 움직였다.

옆에서는 바람 소리에 섞여 자전거 바퀴가 구르는 소리가 들렸다.

곁눈질하자 마침 반대편 차선의 상향등이 그녀의 옆얼굴을 비췄다.

오리모토 카오리는 눈을 찌푸렸고 지나쳐 가는 자동차를 혀라도 찰 것처럼 짜증나는 눈으로 좇았다.

언제나 싹싹한 오리모토가 저렇게 화내는 표정은 처음 본 기분이었다.

이 애는 정말로 싹싹하지. 헤이헤이하며 나무를 할 정도로 싹싹(気さく, 키사쿠)하다니까. 그건 요사쿠[22](与作, 요사쿠)겠지…….

그러나 오리모토 카오리의 진짜 성격을 내가 알 리도 없었다. 나와 오리모토의 관계는 그다지 깊지 않았다.

단순한 중학교 동창.

그것도 얼마 전에 재회하지 않았으면 다시는 만날 일이 없었을 만큼 연결 고리가 약했다.

어쩌면 3년 후 성인식이나 십수 년 후 동창회에서 마주쳤을지도 모른다. 그래도 애초에 내가 그런 행사에 나갈 가능성은 거의 없으니까 역시나 만나지 못했겠지.

예를 들어 우연히 어디선가 만났어도 이렇게 나란히 서서 걷지는 않았을 것이다.

그런 우리가 어째서 이러고 있는지 잘 모르겠다.

어쩌다가, 우연히, 운명의 장난…….

하지만 어떤 만남이라도 쓸데없이 사람과 거리를 좁히는 털털한 오리모토가 아니라면 이렇게 되지는 않았으리라.

왜냐면 보통 중학교 동창은 나를 봐도 말을 안 거니까! 오리모토도 오리모토대로 문제다. 아무리 어물쩍 넘어갔어도 옛날에 고백했던 사람이지 않은가. 망설이는 척이라도 하면 덧나나……. 어떻게 된 인간이야? 역시 이 녀석도 정상은 아니다.

전율하는 마음으로 오리모토의 얼굴을 빤히 바라봤다.

그러자 오리모토도 그 노골적인 시선을 알아차렸는지 자전

#22 요사쿠 키타지마 사부로의 노래 「요사쿠」. 「요사쿠가 나무를 하네. 헤이헤이호」라는 가사가 있다.

거를 밀면서 내 쪽을 돌아봤고 거북하게 눈살을 찌푸렸다.

"왜?"

"어, 아니, 그냥. ……괜히 걷게 만들어서 미안해서."

민망해서 변명처럼 둘러대니까 오리모토가 대뜸 멈춰 섰다. 그리고 핸들과 나를 번갈아 보더니 픽 웃었다.

"히키가야가 그런 소리 하니까 웃기네. 그런 성격이었나?"

입을 가린 손 사이로 숨죽인 웃음이 새어나왔다. 나도 예의상 씁쓸한 웃음을 돌려줬다.

배려하는 척 둘러댄 말은 오리모토의 말대로 내 성격에 어울리지 않았다.

오리모토가 내 성격을 잘 안다고 생각하기는 어렵지만, 방금 말은 그녀도 눈치챌 만큼 부자연스러웠겠지.

적어도 중학교 시절 나라면 그러지 않았다.

어쭙잖게 변명하지도, 얼버무리지도 않고 그저 침묵으로 일관하지 않았을까.

단순히 할 말을 찾지 못할 뿐이면서 마음속으로 「과묵한 나 멋있어. 쫑알쫑알 떠드는 것들은 경박해」 같은 괴상한 논리를 펼쳤을 것이다.

그러나 머릿속으로 변명 대회를 여는 버릇은 여전히 고치지 못했고, 퍼뜩 좋은 말을 떠올리지 못하는 것도 여전했다.

"그냥 자전거 탈래?"

침묵이 찾아오기 전에 오리모토가 나에게 자전거 핸들을 넘기려고 했다.

"안 탄다니까……."

"그래도 춥잖아?"

"야야, 앞뒤 문맥이 안 맞잖냐."

그러자 오리모토는 가슴 앞에서 주먹을 꽉 쥐며 자신 있게 웃었다.

"몰다 보면 땀난다니까?"

"그러면 나만 따뜻하잖아……. 뭐야, 나 좋으라고 하는 소리였어?"

하지만 오리모토에게 말할 때면 내 목소리는 어쩔 수 없이 작아진다.

당연히 오리모토는 듣지 못했는지 일단 자전거를 멈추고 폴짝 뛰어 짐받이 부분에 걸터앉았다.

그리고 준비 끝났다는 신호로 안장을 탁탁 쳤다.

오리모토는 길고 가느다란 다리를 쭉 뻗고 핸들을 한 손으로 붙잡는 불안정한 자세가 됐다.

잠깐, 그 자세면 치마 속이 신경 쓰이니까 그러지 마. 포켓몬이라도 있나[23] 싶어서 눈을 뗄 수 없잖아.

의외라고 할 정도는 아니지만, 오리모토의 다리는 날씬했고 치마에서 이어지는 각선미에 순간 정신을 빼앗길 뻔하여 억지로 눈을 떼어놔야 했다. 매끄러운 종아리 라인도 보지 않았습니다. 이번엔 거짓이 아니라구요.

#23 포켓몬이라도 있나 애니메이션 「포켓몬스터」 1기 오프닝 가사에 포켓몬이 불 속, 물 속, 그 아이의 치마 속에 있더라도 반드시 잡고 말겠다는 내용이 있다.

그렇게 짐받이와 안장에서 눈을 돌리자 자연스럽게 눈길은 핸들로 향했다.

오리모토는 그 핸들을 넘기려고 내 쪽으로 휙 꺾었다.

길 한복판에 멈춰서 잠시 그 핸들을 빤히 바라보다가, 바람이 차다고 느끼고야 겨우 결심이 섰다.

굳이 내게 맞추느라 추운 밤길을 걷게 한 미안함도 등을 떠밀었다.

"그럼……."

나는 짧게 말하고 핸들을 잡아 안장에 앉았다.

그런데 발의 느낌이 이상했다.

이 자전거, 안장이 높다…….

조금 전까지 오리모토가 손으로 밀던 탓에 자전거 자체에 관심을 두지 않았지만, 실제로 타 보니까 평소 내가 타는 아줌마 자전거보다 안장 위치가 높아서 영 불안했다.

이 애, 그렇게 다리가 길었나……. 잡지 모델이라도 했던가?

힐끔 보자 내게서 거리를 두는 것처럼 몸을 살짝 뒤로 젖힌 오리모토가 뭔가 깨달은 것처럼 손을 짝 쳤다.

"아, 미안. 로드 타던 버릇 때문에 안장을 높여놨어. 페달 밟기 힘들면 내려도 돼."

"흠, 로드라……."

뭐지, 아무것도 아닌 일이 행복[#24]이라고 생각하나……? 그래도 이렇게 안장이 높으면 뜻하지 않은 ToLOVE 트러블이

[#24] 아무것도 아닌 일이 행복 THE 토라부류의 노래 「로드」의 가사.

생길지 않을까.

그렇게 불안해하면서도 나는 페달을 밟는 발에 힘을 넣었다.

오리모토의 말에 따라서 안장을 낮추고 싶은 마음도 없잖아 있지만, 나도 남자! 이 정도 높이도 못 탄다고 「숏다리 대박」 같은 소리를 들으면 살짝 상처받는다고!

남자의 자존심에 밀려 자전거는 빠르게 속도를 높였다.

페달을 밟는 다리에도, 핸들을 잡는 손에도 힘이 들어갔다. 희미한 인기척이 드는 등에도 무의식적으로 힘이 들어가는 기분이었다.

그 등으로 긴장과는 인연이 없는 태평한 소리가 들렸다.

"주말에는 자주 로드를 타는데, 학교나 알바 갈 때는 도둑맞을까 봐 안 타고 다녀."

묻지도 않았는데, 방금 내가 주절거린 소리를 통해서 맥락을 파악했는지 오리모토는 무심하게 말을 이었다.

흠. 아무래도 로드는 로드바이크를 말하는 듯하군.

추측하건대 휴일에는 평소 쓰는 자전거가 아니라 로드바이크를 타며 사이클링을 가나 보다.

……얘는 그런 취미 좋아하게 생겼지.

로드바이크에 DSLR은 휴일의 털털한 힙스터녀의 표준 장비 같은 느낌이다. 아마 사이클링 도시락은 스무디와 오트밀이겠지. ……내가 생각해도 편견으로 가득 찼구만. 그나저나 오트밀은 아무리 봐도 새 모이 같단 말이지.

중학교 때는 그런 취미가 있는 줄 아예 몰랐다. 아니, 애초에 내가 오리모토에 관해 뭘 아냐고 물으면 아무 대답도 못하지만.

"……이것저것 많이 하네."

그러면서 잠깐이지만 고개를 뒤로 돌렸다.

오리모토는 내 어깨와 등에 손을 대지 않고 안장 아래 막대를 잡고 몸을 고정하는 것 같았다. 내가 돌아본 쪽으로 상반신을 살짝 기울여서 나와 눈을 맞추고 대답했다.

"그렇지 뭐. 동아리도 안 하니까 시간은 많아."

"그래서 알바를 하냐?"

아까 들른 가게, 카이힌 종합고에서 가까운 카페를 떠올리며 나는 다시 앞을 보고 부지런히 페달을 밟았다.

"맞아. 돈도 돈이지만, 다른 학교 친구를 사귀고 싶어서. 그래서 여기저기 얼굴 내밀고 다녀."

오리모토의 말에서 고교 생활을 즐기려는 자세가 엿보였다.

꼭 있지, 그렇게 발을 넓히려는 인간……. 소위 잘나가는 고등학생들은 유난히 다른 학교에 아는 사람이 있다고 자랑하더라?

인근 고등학교뿐이라면 그나마 낫지만, 다른 지역이나 대학생과 교류하기 시작하면 정말로 위험하다. 뭐가 위험하냐고? 아무튼 위험하다.

그들은 명문 사립고 가방이나 유명 대학의 롤탑 백팩을 들고 다닌다. 그런 아이템은 어지간한 브랜드 가방보다 중요시되기도 하며, 그런 이들에게는 친구와의 연결 고리가 바로 「브랜드」인 셈이다.

겉치장으로 허영심을 채운다는 점에서는 교오양 넘치는 분들이 외국어 비즈니스 용어를 남발하는 것과 다르지 않다.

역시 타마나와랑 친하게 지내면 자연스럽게 교오양이 갖춰지나 보군요. 그들이 좋아하는 키워드는 인맥, 합동, 서로에게 자극을 주는 관계니까.

그런 생각을 하는데 뒤에서 이어지는 목소리는 그다지 즐거운 기색도 없이 가라앉아 있었다.

"그래서 친구가 될 수 없을까 했는데……."

어딘가 자조가 묻어나는 목소리는 정면에서 불어오는 바람에도 아랑곳하지 않고 똑똑히 귀로 들어왔다.

어깨 너머로 본 오리모토와 눈이 맞았다. 그때까지 멍한 눈으로 길거리를 바라보던 오리모토가 얼버무리듯 아하하 웃었다.

"……내가 호감을 못 샀나 봐."

오리모토는 쑥스러운 것처럼 웨이브 진 머리를 꼭 쥐었다.

누구에 관한 이야기인지는 생각할 필요도 없었다. 오늘 카페에서 있었던 일을 떠올리면 답은 저절로 나온다.

계속 이런저런 말을 걸고 벽을 거두려고 애써 친근한 태도로 접하던 오리모토의 행동은 올바른 친구를 만드는 방법일 것이다.

오리모토에게 친구는 단순한 브랜드가 아니라 다른 의미를 가졌다는 느낌도 들었다.

옛일을 돌이켜보면 중학교 시절 나 같은 놈한테도 말을 걸어주던 애다. 정말로 인맥을 브랜드로 생각한다면 나한테는 말조차 걸지 않았겠지.

……『아싸한테도 친절한 나』를 연출한다고 생각할 수도 있지만, 적어도 방금처럼 상처받은 미소를 보이면 그런 배배 꼬인 소리를 할 생각이 가신다.

"아직 낯설어서 그렇지 뭐."

쓸쓸한 표정에서 눈을 돌리며 나는 그렇게 말했다.

내게 조금 더 나은 대인관계 기술이 있다면 다른 학교 친구를 사귀고 싶다는 그녀의 바람을 쉽게 이루어줬을 것이다. 어째선지 미안함이 밀려왔다.

그런 마음이 목소리에 묻어났는지, 오리모토는 어이없다는 듯 짧지만 부드러운 한숨을 뱉었다.

"그런가~?"

놀리는 투로 말한 오리모토는 갑자기 몸을 앞으로 기울였다. 그리고 비밀이야기처럼 살며시 속삭였다.

"나는 히키가야 때문이라고 생각했는데?"

좁아진 거리, 어깨에 올라온 작은 손.

얼떨결에 균형이 무너졌다. 그 바람에 인도의 연석에 타이어가 부딪쳤다. 순간 쿵, 하고 충격이 퍼졌다.

오리모토가 약한 비명을 지르고 엉덩이를 문지르면서 비난의 눈길을 보냈다.

"아야……. 뭐 하는 거야? 대박 웃겨."

"미안……. 아니, 웃지도 않으면서. 아무튼 죄송합니다……."

말과는 달리 노려봐서 반사적으로 사과했다. 지금 그건 100퍼센트 내 잘못이지만.

그나저나 놀랐다.

한순간 서로의 얼굴이 가까워져서 심장이 철렁했다.

그래도 무엇보다 오리모토가 입에 담은 말에 마음이 철렁했다.

다시 자전거를 몰려고 자세를 바로잡고 힘차게 페달을 밟으면서도, 마음은 계속 딴 곳으로 가 있었고 방금 들은 말이 무슨 뜻인지 상상하게 된다.

그것은 내가 대답할 수 없었던 질문과 비슷했고, 몇 번을 시도해도 결국 정답이 없다는 결론에만 도달했다.

그래도 가장 가능성이 높은 것을 골라서 말했다.

"누구 탓하기 이전에 그거 아니냐? 타마나와 때문에 개고생해서 좋은 인상이 없을 뿐이겠지."

"아, 그건 인정! 그땐 죽을 맛이었어!"

그 크리스마스 합동 이벤트는 나나 오리모토나 생생하게 기억했다. 내 인생을 통틀어도 꽤나 고된 사건에 속하는데, 오리모토에게도 마찬가지인 모양이었다.

하지만 지나가면 다 추억이라고 했던가.

짐받이에 앉은 오리모토는 그때 일을 떠올리며 정말로 즐겁게 폭소했다.

저, 저기요, 그렇게 뒤에서 다리 흔들고 등을 때리면 균형 잡기 힘들어서 위험하거든요…….

또 연석에 부딪치지 않도록 더 신중하게 자전거를 모는데,

오리모토는 한바탕 웃고는 만족했는지 길게 숨을 내쉬었다.

그리고 의외로 밝게 말했다.

"······그래도 회장도 알고 보면 재미있고 좋은 사람이야."

아이고, 나왔다. 「알고 보면 좋은 사람」.

조건이 붙은 시점에서 좋은 사람이 아니란 말이지······.

굳이 조건을 붙일 정도면 차라리 처음부터 욕을 하라고. 이건 예시일 뿐이지만, 「히키가야는 착해서 좋아하지만······ 사귀기는 좀 그래」라는 소리를 들으면 이게 무슨 뜻인가 싶잖아? 진짜 이게 무슨 뜻이냐고.

"히키가야 집은 어느 쪽이더라?"

"선로 따라서 가면 나와."

불시에 들어온 질문에 짤막하게 답하자 오리모토가 손가락으로 어깨를 콕콕 찔렀다. 그것만으로 등에 소름이 끼쳐 어깨가 움찔 틜 뻔했다.

그것을 가까스로 참고 슬쩍 돌아보자 오리모토는 다음 교차로를 가리켰다.

"그럼 저기서 꺾자."

태연하게 말하고 가리킨 곳은 선로 방향, 우리 집으로 가는 길이었다.

오리모토를 집까지 바래다줘야 한다고 생각하던 터라 자연스럽게 고개가 갸웃했다.

"그래도 너희 집은 저쪽 아니잖아?"

"응? 우리 집은 어떻게 알아? 대박 웃겨."

오리모토는 별꼴이라는 듯 웃었지만, 나는 그러지 못했다. 한겨울의 밤인데도 등은 이미 식은땀 범벅이었다.

망했다! 말실수! 목구멍까지 올라온 비명을 필사적으로 참고 쩔쩔매며 변명을 늘어놓았다.

"어? 아니, 뭐 애들끼리 그런 얘기 하잖아……? 그냥, 우연히? 왜 가끔 그러잖아…….”

"아, 그건 인정……? 인가?"

오리모토는 점차 고개를 비틀었다. 안 돼, 이 이야기를 추궁하면 내 입장이 굉장히 난처해진다.

"인정이지, 인정. 사소한 것까지 신경 쓰지 마.”

오리모토는 아직 석연치 않은 눈치였지만, 의문은 넘어가기로 한 모양이다. 아무렴 어때, 라는 작은 소리가 들렸다.

휴우~! 역시 털털한 분위기 내는 사람은 달라~! 자기를 털털하다고 믿는 여자에게 사소하다거나 귀찮다는 수식어를 붙이면 교묘하게 화제를 돌릴 수 있지! 다들 시험해 봐!

그렇게 어물쩍 넘어가기는 했으나, 산 넘어 산, 마음대로 되지 않는 게 세상사다.

오리모토가 생각지도 못한 말을 꺼냈다.

"나는 자전거로 금방 가니까 히키가야 집까지 바래다줄게.”

"아니, 안 그래도 되는데……. 그보다 결국 내가 몰아야 하고…….”

"에이, 뭐 어때.”

그러면서 오리모토는 재촉하듯 거리낌 없이 내 등을 두드렸다.

우리 집까지 자전거를 몰고 가라고? 제발 참아줬으면 좋겠지만, 방금 나눈 대화가 켕겨서 좀처럼 거절하기 힘들었다.

이대로 오리모토 집까지 바래다주려고 하면 어떻게 내가 오리모토 집을 아느냐는 이야기가 다시 부상할 가능성도 있었다.

그러면 스토킹 처벌법으로 잡혀가도 할 말이 없다…….

지금은 그 이야기가 다시 나오기 전에 후딱 돌아가자!

"그럼 그러지, 뭐……."

나는 핸들을 교차로로, 선로를 따라서 난 길로 돌렸다.

……하아, 과거의 나를 찾아가서 죽여 버리고 싶다.

냉정하게 생각하면 알려주지도 않은 거주지를 알면 기분 나쁠 뿐이잖아……. 상식적으로 범죄, 그것도 집행유예로 끝나지 않을 일이라고…….

남자는 왜 좋아하는 아이의 집을 찾아내려고 하지?

중학생은 동아리가 끝날 시간을 기다렸다가 슈퍼에 가는 척 일부러 학교 앞을 지나면서 운이 좋으면 집까지 바래다주려고 한단 말이지……. 그거 인정!

초등학교 때는 개 산책을 빌미로 좋아하는 애 집 근처를 서성거리다가 우연인 척 만나려고도 했지! 대박 웃겨! 그거 인정!

심지어 여자는 그 흑심을 훤히 내다봐서 뒤에서 재수 없다는 둥 스토가야라는 둥 욕하기도 했고! 그거 인정!

……인정이지? 아니라고요? 아님 말고…….

교차로를 넘어 잠시 길을 따라가면 우리 집이 나온다.

현관 앞에서 자전거를 세우자 오리모토가 우리 집 외관을 찬찬히 관찰했다.

"여기가 히키가야 집이구나?"

"그래, 여기 살지……."

나는 자전거에서 내렸다. 그리고 오리모토에게 핸들을 넘겼다. 오리모토는 폴짝 뛰어 짐받이에서 내리고 이번에는 안장에 걸터앉았다. 역동적인 움직임에 덩달아 치마도 함께…… 어휴, 어두워서 천만다행이다. 밝았으면 뚫어지게 쳐다봤을 거다…….

뭐, 농담이 아니라도 이미 제법 어두웠다. 동지를 지났어도 해가 길어지려면 아직 멀었다.

밤도 깊어져 이제 돌아가야 하지 않냐는 눈길을 보냈다. 그러나 오리모토는 자전거에 앉아 있기만 할 뿐 출발할 기미가 없었다.

오히려 자전거에 앉은 자세로 주변을 돌아보고 현관 앞에 있는 내 자전거를 봤다.

"히키가야, 자전거 타고 등교하지? 여기서 소부고 다니기 힘들지 않아?"

"익숙해지면 그렇지도 않아. 도중에 신호에 걸릴 일도 없고."

잡담처럼 건넨 말에 솔직하게 대답했다. 그러자 오리모토는 이해를 표했다.

"아, 자전거 도로가 나 있지? 나도 주말에 자주 이용해."

역시 주변에 살아서 그런지 이 동네 지리에 해박했다.

내가 다니는 소부고까지 가는 둑길에는 긴 자전거 도로가 있다. 자동차가 들어오지 못하는 곳이라서 안전하고 쾌적하게 자전거를 탈 수 있었다.

강 하류로 가면 바다가 나오고, 반대로 상류로 가면 인바늪, 그 위로는 사쿠라 시로 이어질 것이다. 최근 자전거 붐이 불면서 로드바이크를 타는 사람이 부쩍 늘었다.

오리모토도 주말에는 그곳에서 바람을 쐬겠지.

그런 생각을 하는데 오리모토가 손뼉을 짝 쳤다.

"그럼 히키가야도 로드 사면 되겠네."

"안 사. 비싸기도 하고. 그리고 네가 도둑맞는다며? 학교 갈 때 못 타면 무슨 소용이냐……."

"그게 문제지."

오리모토는 뭐가 우스운지 입을 가리고 키득거렸다.

주택가의 조용한 밤거리에서 그 소리 죽인 웃음소리는 신기하게 마음을 들뜨게 했다.

수학여행 날 밤에 숙소를 빠져나와 나누는 밀담처럼 비밀스러운 분위기 덕분에, 별거 아닌 이야기에도 그만 웃음이 나왔다.

고등학교에 막 진학했을 무렵에는 내가 사는 지역 곳곳에서 비슷한 광경을 본 적이 있었다.

저녁부터 밤까지 중학교 동창끼리 다른 교복을 입고 편의점이나 누군가의 집 앞에서 자전거에 앉은 채 안부를 묻고 추억을 이야기했다.

4월이나 5월에는 그런 모습이 종종 보이고는 했다.

제삼사의 눈에는 새로운 생활에 기대가 부푼 사람도 있는가 하면, 잘 적응하지 못하고 과거를 그리워하는 사람도 있어서 마치 작은 동창회 같다고 생각했었다.

그 자리에서는 추억 보정과 신선함도 도와서 기존 그룹이나 인간관계가 아니라 그저 동창이라는 사실만으로 이야기를 나누는 것처럼도 보였다.

친구를 소개해 달라느니 소개팅을 하자느니, 구역질 나는 대화가 펼쳐졌으리라. 헛짓거리하지 말고 집에나 들어갈 것이지.

그러한 현상을 신생활 매직이라고 불러야 할까. 고등학교로 진학한 직후라서 가능한 일이었다고 생각한다.

그 일련의 흐름을 볼 때마다 나는 있는 힘껏 페달을 밟고 다른 길을 찾아가고는 했다.

하지만 설마 그 흐름이 지금에야, 2년 가까이 늦게 내게도 찾아올 줄은 생각지도 못했다.

어쩌면 여기서부터 도미노처럼 다른 동창을 만나게 되지 않을까 조마조마했다. 오리모토는 본인의 사교성 덕분에 내게도 아무렇지 않게 말을 걸지만, 다른 인간들은 사정이 달랐다.

그들과 대화를 하지 않는다고 아쉬울 것은 하나도 없지만, 개중에는 과하게 노파심을 부려 요즘 어떻게 지내냐고 구태여 말을 거는 착한 사람도 있다.

그렇게 되면 비상사태다.

말을 걸어도 나는 절대로 제대로 대답하지 못해서 침묵이 깔리고 세상에서는 미소가 사라지며 새는 노래를 잊고 모든 것이 어둠에 휩싸인다……! 아니, 이건 오버인가.

간단하게, 그리고 정확하게 그 뒷일을 예상해보자.

그렇게 말을 걸어준 착한 사람이 「너 왜 저런 애한테 말 걸어……. 분위기 망치게」라며 비난받을 수도 있다.

상상만 해도 마음이 찢어져!

그럴 때는 돌부처가 되어 위기를 모면해야 한다. 너무 돌부처라서 공양미에 엎드려 절까지 받을지도 모른다.

그런 끔찍한 상상을 하면서 오리모토와 한 마디 하고, 두 마디 하고, 세 마디마저 하며 이야기를 이어갔다.

그런 그때, 멀리서 이쪽을 보는 시선을 느꼈다.

설마 동창인가 싶어서 흠칫하며 그쪽을 봤다. 그러자 상대방도 머뭇거리며 슬금슬금 다가왔다.

한 발 다가올 때마다 안테나처럼 뻗은 머리카락이 통통 튀었다. 그 특징적이 뚜렷한 머리는 틀림없는 내 동생이었다.

"……코마치."

작은 목소리로 부르자 코마치도 반응하고 머리를 찰랑이며 곁으로 왔다.

"앗, 뭐야. 역시 오빠였네……."

가로등 빛을 받으며 서로를 확인하자 코마치가 가슴을 쓸어내렸다. 음, 이 가슴은 틀림없이 코마치다. 뭐지, 이 기분 나쁜 판별법.

코마치를 보고 오리모토가 탄성을 냈다.

"오, 동생. ……동생 맞지?"

말은 했지만, 별로 자신이 없는지 내게 고개를 돌렸다.

"맞는데……."

"그렇지? 어디서 많이 봤다 싶었어. 근데 하나도 안 닮아서 웃기네."

웬 참견이야……. 그리고 웃기긴 뭐가 웃겨? 그래도 코마치가 나랑 안 닮아서 귀여운 건 좋은 일이니까 굳이 불평하지 않으마!

코마치는 내 옆까지 와서 사회에 찌든 회사원처럼 꾸벅꾸벅 바쁘게 인사했다.

"앗, 안녕하세요, 안녕하세요. 오빠 때문에 고생 많으시죠~."

"뭘, 고생이랄 것까지야~."

오리모토도 오리모토대로 능청스럽게 인사를 받아줬다.

코마치는 싱글싱글 미소 지으면서도 딱히 대화를 이어갈 생각도 없이 내 옆에 가만히 붙어 있었다.

그 모습을 보고 의아한 생각이 들었다.

평소 코마치라면 연상 여자에게도 주눅 들지 않고 끊임없이 말을 거는데 오늘은 어째선지 얌전했다.

낯을 가리는 애는 아니라고 생각했지만, 그것도 내 착각일까……. 아니면 오빠를 다른 여자에게 넘기기 싫어서 내 옆에 딱 달라붙는 것인가……. 정말로 후자라면 이 오빠는 꽤 기쁘 겠구나. 지금 그거 코마치 기준으로 포인트 높았어!

오리모토는 코마치에게 중학교 선배에 해당하지만, 직접 면식은 없을 것이다. 동아리가 같지 않았다면 접점도 없었겠지. 다소 거리감이나 벽이 있다고 생각하면 당연한 반응이었다.

얼굴이나 아는 지인의 여동생, 혹은 오빠의 지인이라는 미묘한 관계만으로는 대화가 진행되기는 어렵다.

그것은 지금 코마치 뒤에서 오는 한 남자 중학생을 예시로 생각하면 굉장히 알기 쉽다.

"형님, 안녕하세요!"

밤의 주택가에 어울리지 않는, 쓸데없이 기운이 넘치는 목소리. 가로등에 비친 것은 푸른빛 감도는 짧은 검은 머리. 얼굴은 누나를 닮아서 나름대로 잘 생겼다. 바로 카와 어쩌고 양의 동생이었다.

이 소년은 동생의 지인, 지인의 동생에 해당하지만, 나와 그 사이에서는 특별히 나눌 이야기도 없었다. 그렇게 생각하면 코마치가 오리모토에게 서먹하게 군다고 이상하게 생각할 일은 아니었다.

"형님이라고 부르지 마. 너 누군데?"

"네, 형님! 그리고 전 카와사키 타이시입니다!"

타이시는 주먹을 불끈 쥐며 대답했다. 뭐야, 그 파이팅 넘치는 나카하타 키요시[#25] 포즈는……. 그리고 말귀를 못 알아듣네. 형님이라고 부르지 말라니까? 한마디 나눴을 뿐인데도 강한 피로가 몰려왔다.

[#25] 나카하타 키요시 일본의 야구 감독.

그러자 나와 타이시를 옆에서 지켜보던 오리모토가 능글맞게 씩 웃고 코마치에게 소곤거리다시피 말을 걸었다.

"누구야, 남친?"

"아뇨, 친구요."

코마치가 싱글거리는 미소를 유지한 채 굉장히 냉정하고 차분하게 말하자, 시야 한쪽 구석에 있던 타이시가 어깨를 축 늘어뜨렸다.

아무래도 대화가 진행되지 않는 페어가 투 페어로 모이니까 완전히 풀하우스! 괜히 우리 넷은 서로의 얼굴을 순서대로 돌아보고 침묵했다. 아무도 입을 열지 않으니까 서부극 같은 눈치싸움이 되고 말았다.

그 분위기를 깨려는 듯 오리모토가 페달을 탁 밟았다.

"난 이제 갈게."

시원스러운 모습이 너무나 자연스러워서 그만 반응이 늦었다. 오리모토의 아무렇지도 않은 듯한 태도는 얼핏 보면 알기 어렵지만, 뻘쭘하게 선 우리를 위한 그녀 나름의 배려일 것이다.

"아, 어. 고맙다."

도중에 내가 자전거를 몰았던 탓에 잊었지만, 일단 오리모토는 나를 집까지 바래다줬다.

여러 의미를 담은 감사를 듣고 오리모토는 이해하지 못하는 표정이었지만, 차츰 말뜻을 알았는지 담백하게 웃었다.

"뭘 그런 걸 신경 써. 앗, 그보다 알바. 생각 있으면 진짜 소개해줄게."

"안 한다니까……."

"아하하, 갈게~."

"그래, 조심해서 가."

마지막으로 군말을 남긴 오리모토는 크게 손을 흔들고 힘차게 페달을 밟았다. 거기에 코마치가 고개를 꾸벅 숙이고 나도 가볍게 손을 흔들어 배웅했다.

자전거가 가로등 불빛이 닿지 않는 곳으로 사라진 뒤, 나는 코마치에게 돌아섰다. 그럼 우리도 집으로 들어갈까.

그렇게 생각한 순간, 웬 소년이 혼자 감탄사를 중얼거리며 내게 초롱초롱한 눈빛을 보냈다.

"형님, 지금 그 사람 애인이신가요?"

"넌 누군데 갑자기 튀어나와서 혼자 떠들어?"

"아까부터 있었습니다! 그리고 카와사키 타이시입니다!"

밤의 주택가에 비통한 외침이 울렸다.

동네 민폐잖아, 이 자식아. 그런데 너 누구냐.

어떻게 보면 카와사키 타이시는 대단하다.

카와사키 타이시.

카와 어쩌고 양, 다시 말해 나와 같은 반에 있는 카와사키 사키의 동생이다.

더 자세히 말하면 코마치와 동갑이고 같은 학원에 다닌다.

하지만 같은 학원이라는 소개로도 알 수 있듯이 딱히 같은 학교를 다니지는 않는다. 학군으로 따지면 옆 학군이었다.

물론 다니는 학원이 겹칠 만큼 우리 집에서 가까운 곳에 사는 모양이지만, 학원을 중심으로 우리 집과 카와사키 집은 반대 방향일 것이다.

카와사키 타이시가 학원에서 어떤 경로로 돌아가는지는 몰라도 굳이 우리 집에 들르면 먼 길을 돌아가는 꼴이었다. 보통은 타이시가 이곳에 있을 이유가 없었다.

하지만 방향이 반대든 거리가 멀든, 그런 것은 사소한 문제다.

카와사키 타이시가 이곳에 있는 것은 아무런 신기한 일도 아니었다.

왜냐하면 남자 중학생은 좋아하는 애를 뒤쫓아서 어디 사는지 알고 싶어 하니까! 출처는 나.

정말로 남자 중학생은 기분 나쁘네. 과거의 나를 패고 싶다고 생각하면서 타이시를 보는데 타이시가 코마치랑 무슨 이야기를 나누고 있었다.

하지만 코마치가 타이시를 기분 나쁘게 대하지 않는 것을 보면, 아무래도 코마치의 허가를 얻고 여기까지 온 듯했다.

두 사람의 대화가 끊기는 순간을 기다렸다가 코마치에게 말을 걸었다.

"같이 왔어?"

"응. 자습하다 보니까 나오는 시간이 겹쳤어."

그렇군…….

일부러 코마치가 돌아갈 때까지 기다렸구만. 제법 시간이 늦었지만, 그래도 억지로 버텼겠지. 지극정성이야. 아밍[26]도 그만큼은 안 기다려. ……아냐, 아밍이라면 기다릴지도.

유밍[27] 버금가게 매복한 타이시의 근성에 감탄함과 동시에 살짝 경멸하고 말았다.

코마치가 내 소매를 꾹꾹 당겼다.

"타이시가 오빠한테 상담하고 싶대."

"상담……."

흑심만으로 코마치를 기다리지는 않았나.

#26 아밍 일본의 가수. 「기다릴게」라는 곡으로 유명하다.
#27 유밍 「매복」이라는 노래를 부른 일본 가수 아라이 유미의 별명.

대체 무슨 상담인가 싶어서 타이시를 봤다.

타이시는 커흠커흠 과장스럽게 헛기침하고 한껏 무게를 잡으며 나에게로 돌아섰다.

"형님, 시간 좀 내주실래요?"

"안 돼. 형님이라고 부르지 마. 애초에 넌 누구냐."

"저도 못 물러납니다, 그리고 카와사키 타이시입니다."

말하면서 앞으로 크게 한 발짝 다가왔다.

어, 어떡해. 나, 이렇게 적극적으로 밀어붙이면 거절 못 해…….

그렇게 순정 만화 주인공 같은 기분을 맛볼 상황이 아니었다.

타이시가 정면에서 쳐다보니까 왠지 내가 눈을 돌리고 말았다. 야생이라면 이 시점에서 내 패배가 결정된다.

"……무슨 상담인데?"

어쩔 수 없이 묻자 타이시는 보란 듯이 어깨를 축 늘어뜨렸다.

"수험 때문에 그러는데…… 면접이 있잖습까?"

"아, 그런 게 있었지."

기억을 들추어 보자 내 고등학교 수험도 첫날은 필기시험이고 이틀째는 단체 면접을 했던 것 같다.

나도 모르게 그리움에 잠겼지만, 퍼뜩 정신이 들었다.

"코마치, 너는 면접 괜찮냐?"

"응. 코마치는 밑져야 본전으로 추천 입시 받을 때 면접 연습 자주 했어."

"흐음, 면접 연습?"

역시 입시 학원이라서 추천 입시에도 대응하나 보다. 정작 코마치는 추천 입시에 떨어졌지만…….

그것도 성적표의 숫자가 부족한 탓이었다니까 누구를 탓하겠는가.

이 히키가야 집안의 친화력 최종 병기가 고작 일반 입시의 면접 따위로 좌절할 리 없다. 필기만 잘 풀리면 어떻게든 되겠지……. 오빠는 널 믿어!

그러는 나는 고등학교 수험에서 일반 입시, 필기시험 한판 승부밖에 생각하지 않아서 이튿날 면접은 적당히 떠들어서 넘어간 것으로 기억한다.

필기시험 직후에 채점해 본 결과 「이거면 합격은 따 놓은 당상이지, 이겼군, 크하하!」라며 근심걱정을 모조리 잊은 게 면접의 비결이었는지도 모른다.

물론 그런 정신머리 빠진 상태로 면접을 받은 탓에 무슨 말을 들었는지 전혀 기억나지 않지만.

그런 해이한 상태로 임해도 특별히 문제가 없는 것이 입시 면접이지만, 고민 많은 수험생은 이런 사소한 일에도 걱정이 앞서는 거겠지.

"저, 면접을 한 번도 해 본 적이 없어서 너무 불안함다!"

타이시는 우울하게 말했다.

하지만 괜한 걱정일 뿐이었다.

개인적인 견해지만, 추천 입시라면 다소 면접의 비중이 높을지 몰라도 일반 입시에서 면접은 문제아 선별 검사일 뿐이라서 어지간한 사고를 치지 않는 한 넘어간다.

솔직히 말해서 아무리 면접을 잘 봐도 시험 점수가 부족하면 합격은 불가능하다. 고등학교 입시란 그런 것이다.

그런 부분을 간단하게 압축해 설명했다.

"일반 수험의 면접은 별거 안 물어. 그리고 그런 건 너희 누나한테 물으면 되잖냐?"

"에이, 아시면서. 우리 누나가 면접을 잘할 리가 없잖아요."

타이시는 자기 누나를 무시하듯 낄낄거렸다.

너 그러다 얻어맞는다……. 엄청나게 공감은 된다만. 카와사키 성격에 면접은 쥐약이겠지.

척 보기에 불량아 같고 말주변도 없어서 오해를 사지만, 실상은 평범하게 착한 애다.

그나저나 불량아는 사실 예의 바르고 착하다는 건 누가 퍼뜨린 소리일까. 그건 자기네 상하관계에 민감할 뿐이지. 밥 주는 사람한테만 꼬리 흔드는 멍멍이를 오구오구 착하네요 귀엽네요 칭찬하는 것과 다를 바 없지 않나.

아무리 생각해도 차카게 사는 내가 더 대단하니까 길에서 내하고 만나지 마소!

애초에 그런 괴변을 펼치는 인간은 양아치의 본고장인 치바와 치바의 양아치를 우습게 보는 거다. 그 족속들은 아무렇지 않게 경범죄 저지르는 사회악일 뿐이라고. 중학교 때 치바 난파 거리에서 500엔 삥뜯긴 거, 나는 아직 안 잊었다…….

"아무튼 우리 누나는 좀 그래서 물어볼 사람이 형님밖에 없어요!"

"오호라……."

타이시는 어딘지 모르게 누나를 무시하는 투로 말하지만, 이 녀석 누나는 극도의 브라콤이고 타이시도 누나를 걱정해서 봉사부에 의뢰를 한 전적이 있다. 아마 불안해하는 모습을 보여주기 싫지만 상담은 하고 싶다거나 그런 이유겠지.

흠, 그렇게 생각하면 진지하게 상담을 들어줄 마음도 드는구만.

그렇게 생각하자마자 타이시가 또 크허험 헛기침했다.

"이야기가 좀 길어질까요? 만약 그러면 다른 곳에서 하는 게 나을까요?"

그러면서 힐끔힐끔힐힐힐힐끔 현관을 봤다.

……이 자식, 혹시 에둘러 집으로 들어오고 싶다는 소리인가? 하지만 아쉽게 됐군! 나는 코마치의 생활공간에 모르는 남정네를 들이지 않는다!

"글쎄, 그럼……."

그러면서 나는 타이시의 시선을 차단하듯 현관문에 등을 턱 기댔다. 그래도 타이시는 흥미진진하게 히키가야 저택을 빤히 바라보았다.

절대로 집에 들이지 않으려는 나.

들여보내 달라고 현관을 힐끔거리는 타이시.

두 남자의 시선이 교차하는 가운데, 코마치가 싱글싱글 웃으며 끼어들었다.

"우리 집 지금 어지러우니까 역 앞 모스 버거가 좋지 않을까?

코마치는 안 가지만. 춥기도 하고."

타이시의 입꼬리가 경련하듯 떨렸다.

"앗. 아, 그렇죠. 춥네요."

타이시는 아하하 메마른 웃음소리를 냈다. 으음, 저 웃는 얼굴로 단호하게 잘라 버리는 느낌, 내 동생이지만 무섭다……. 타이시가 좀 불쌍해지잖아.

하지만 오빠로서 여기서 추가타를 날려야만 했다.

"그렇게 추우면 다음에 할까?"

"아뇨, 잘 생각해 보니까 별로 안 춥네요! 그러니까 형님, 부탁드립다!"

내가 말하자 타이시는 코를 비비며 씩 웃어 보였다. 오호, 제법이군, 애송이……. 지금 춥다고 말하면 돌아가야만 하니까. 밤바람이 두꺼운 옷을 파고들어도 오기를 부리는 게 남자지. 그 마음은 모르는 바가 아니다.

그 호기로움을 높이 사서 오늘은 코마치의 오빠라는 명함을 내려놓고 이야기를 들어주마.

"짧게 끝나면 들어줄게. 그 뭐냐, 면접처럼 질문하고 충고해 주면 되지?"

"네, 그럼 잘 부탁드립다!"

타이시는 패기 있게 답했다. 솔직히 이 기운만 있으면 일반 입시 면접 따위야 그냥 넘어갈 것도 같다만…….

아니, 됐다. 충고를 원하기도 하고 지금은 진지하게 도와주는 게 예의겠지. 나는 옷깃을 여미고 똑 부러진 표정으로 타이시를 응시했다.

"그럼 우선 지원 동기를 들어볼까?"

내 눈빛에서 진지함을 느꼈는지, 타이시는 살짝 긴장한 것처럼 마른침을 꿀꺽 삼키고 천천히 대답했다.

"네. 누나가 이 학교에 재적한 것이 첫 번째 이유고, 집에서 가까우며 학업과 체육을 고루 중시하는 교풍, 누나에게 듣고 느낀 학교의 분위기가 제게 잘 맞는다고 생각하여 본교에 지원했습니다."

진중하면서도 정중한 화법 때문인지 타이시는 막히는 부분 없이 술술 지망 이유를 읊었다.

나는 그것을 들으며 고개를 끄덕이고 싱긋 미소 지으며 면접관으로서 지극히 당연한 대답을 돌려줬다.

"실수 없이 말 잘하네? 연습해 온 말은 그게 끝이야?"

타이시는 할 말을 잃고 입을 쩍 벌렸다. 한편, 코마치는 내 옆에서 질색하는 표정으로 고개를 절레절레 저었다.

"으, 으아……. 오빠, 진짜 기분 나쁘게 말한다……."

"아니지. 내가 나쁜 게 아니라고. 진짜 이런 소리 하는 면접관이 있다니까."

정말로 있다. 농담이 아니라 있다. 나도 이 압박 면접을 받은 알바는 붙은 뒤에도 좌절해서 빛의 속도로 탈주했을 수준이다.

그래도 타이시는 꺾이지 않았다.

"하, 한 번 더 할게요!"

부탁드린다며 고개를 90도로 숙였다. 아니, 이런 장난 같은 면접 연습에 진심을 다해도 난감한데……. 순간 내가 주눅 들었지만, 여기서 물러서면 남자의 체면이 말이 아니다.

남자가 자존심을 땅에 내려놓고 머리를 숙였다.

그렇다면 나도 진지하게 대응해서 방금보다 더 압박해야지!

"음, 상관은 없다만……. 그럼 해 볼까? ……그러면 지원 동기를 들려주십시오."

재차 묻자 타이시는 후하후하 크게 심호흡했다.

"네……. 저는 대학 진학을 염두에 두고 당교의 학교 안내를 접하거나 이곳에 재학 중인 누님의 견해를 들으며 숙고한 결과, 당교의 교육 프로그램이 제가 가장 성장하기 적합하다고 판단하였기에 이 학교를 지망했습니다."

당교는 무슨 얼어 죽을 당교야, 어려운 단어 쓰면 다인 줄 알아. 네가 무슨 자존심 강한 귀족 히로인이냐? 조만간 「큿, 죽여라!」라고 하는 거 아냐?

속으로는 비난하면서도 나는 눈을 감고 타이시가 늘어놓은 지망 동기에 일언일구에 귀를 기울였다.

곧 긴 한숨 소리가 들렸다. 그것으로 타이시가 할 말을 끝냈음을 알았다.

천천히 눈을 뜨고 타이시를 직시했다. 나와 눈이 맞은 타이시가 어깨를 움찔 떨었다.

나는 긴장을 덜어주려고 빙그레 미소 지었다. 천천히 팔짱을 끼고 고개를 끄덕끄덕하자 타이시가 가슴을 쓸어내렸다.

그 순간을 기다렸다가 나는 조금 큰 동작으로 고개를 꼬았다.

"으음, 학생 아까 성장하고 싶다고 했는데, 그게 직장에서 할 일인가? 우리는 학생을 키워줄 의무가 없는데?"

끈적끈적하게, 머리부터 발끝까지 음험한 시선으로 타이시를 더듬으며 그렇게 말했다. 그러자 또 침묵 사이로 썰렁한 바람이 지나쳐갔다.

그리고 넉넉히 몇 초가 지난 뒤에야 겨우 경직에서 풀린 타이시가 조심조심 입을 열었다.

"저, 죄송한데 직장이 아니지 않나요······."

"학교! 학교야, 오빠! 키워줄 의무 있어!"

코마치도 제정신이냐고 확인하듯 내 눈앞으로 팔을 휘저으며 부정했다.

두 사람에게 이런 소리를 들으면 아무리 나라도 내 발언을 돌이켜 볼 수밖에 없었다. 뭐 이상한 말이라도 했나······. 돌이켜 보니까 아까나 이번이나 이상한 말만 했구나!

"그러냐······. 알바 면접은 역시 참고가 안 되나."

"형님, 대체 어떤 곳에서 일하시는 거죠?"

타이시가 상상만 해도 끔찍하다는 표정으로 나를 봤다. 네가 몰라서 그러는데 그런 소리 아무렇지 않게 하는 채용담당자 의외로 많아.

아무튼 내가 이 하찮은 면접 연습에 구태여 음험한 면접관의 기억을 끌고 온 데는 그만한 이유가 있었다.

"그런 거 있잖아, 최악의 경우를 알아 두면 마음이 편해지는 거?"

내가 으스대는 표정으로 말하자 코마치가 노골적으로 인상을 팍 썼다.

"아니아니아니, 그건 최악의 상황이 아니라 열악한 환경이 문제지. 코마치는 오빠가 일하기 싫어하는 이유를 조금 알 거 같아. 알고 싶지도 않은 걸 이해해 버렸어, 진짜 기분 최악."

코마치는 진심으로 벌레 씹은 표정으로 말했다. 으, 음……. 코마치? 그렇게 말하면 오빠의 마음을 이해해서 기분 잡쳤다는 것처럼 들리잖니. 아니면 정말로 그런 뜻이니~? 뭐, 안 물어도 뻔하지…….

코마치는 정말로 내가 싫은가, 하는 의문의 눈길을 보내는데 그 시야 한쪽에서 타이시가 뭐라고 꿍얼대고 있었다.

"어째 더 자신감 사라지는데요……."

방금 면접 연습이 어지간히 불안을 부추겼는지, 타이시는 의기소침한 표정으로 어깨도 힘없이 늘어뜨렸다.

"괜찮겠지. 입시 면접관은 기본적으로 다 착하니까."

너무 겁줘서 역효과가 났나. 조금 걱정되어서 위로하자 타이시는 고개를 냉큼 들었다.

"그, 그런가요?"

그 표정이 구원을 바라고 있었다. 아무리 그래도 여기서 절망의 구렁텅이로 내몰 만큼 내 성격은 삐뚤어지지 않았다. 타이시는 코마치에게 집적거리는 날파리라는 비호감 요소를 가졌으나, 본인의 성격은 착한 부류에 속하고 누나가 무섭다는 호감 요소도 갖췄다. 잠깐, 그거 호감 요소인가? 아니, 그 집

여동생이 귀엽다는 건 호감 요소지.

종합적으로 계산한 결과, 타이시를 격려하기로 했다. 그야 얘 누나 무서우니까……. 내가 겁줬다고 고자질하면 무서워서 학교도 못 가!

"입시에서 압박 면접을 하면 학부모한테 민원 들어와. 그러니까 면접하는 선생님들은 다들 착하게 대해줄 거야."

"선생님들도 살기 팍팍하구나……."

코마치가 인생무상을 한탄했다. 세상일이 다 그렇지. 일하는 사람들은 죄다 「히잉, 민원 무서워……」라는 생각을 달고 산다. 당연히 그런 귀찮은 일에 말려들지 않으려고 각별한 주의를 기울인다.

"어쨌든 큰 소리로 패기 있게 말하면 돼. 그것만 해도 합격이야."

분위기를 전환하려고 한 차례 헛기침하고 똑바로 보면서 말하자 타이시는 반신반의하며 나를 봤다.

"정말로요? 그렇게 쉬워요?"

"쉽다니까. 면접에 붙는 요령은 쓸데없이 큰 소리와 일할 시간 많다는 어필이야."

"아니, 고등학교에서 무슨 일이야……."

코마치가 어이없게 말했다.

어이쿠, 내 실수. 또 『알바 전사 탈주러』였던 시절의 버릇이 나와 버렸군…….

설명드리지! 『알바 전사 탈주러』란 면접 때 일 많이 잡아도 된다고 되지도 않는 거짓말을 나불댄 결과, 업무에 익숙해져서 도움이 된다 싶을 무렵 죽도록 일이 늘어나서 버티다 못해 탈주! 훗날 잔여 임금이 들어온 것을 확인하고 가슴을 쓸어내리는 존재를 말한다! 이 설명, 전혀 필요 없지 않아?

내가 생각해도 여전히 사람에게 도움 되는 말은 못 하는 인간이라고 생각하고 반성할 뻔했지만, 의외로 타이시에게는 효과가 있었나 보다.

조금 전까지 퀭하던 눈이 지금은 초롱초롱하게 젊음과 희망으로 가득 차 있었다.

"그래도 마음이 조금 편해졌어요!"

단순하다, 아니면 솔직하다고 평해야 할까. 그런 타이시의 태도 변화에 무심코 쓴웃음이 나왔다. 더불어 다정한 말도 혀 위로 굴러 나왔다. 이런 서비스 거의 안 하니까 고마운 줄 알아!

"몸에서 힘 빼고 편하게 해. 아마 그 면접은 떨어뜨리는 게 목적이 아닐 거야. 단순한 확인 절차 같은 거지."

일반 입시에서 면접은 질문이나 대답이나 틀에 박힌 방식으로 진행된다.

지원 동기를 물으면 교풍이 잘 맞는다고 대답하고 자기소개를 시키면 윤활유 같은 사람이라고 대답하면 그만이다.

그나저나 자칭 윤활유인 취준생 너무 많은 거 아니냐. 기업은 바라는 건 인간 톱니바퀴라고 깨달았으면 좋겠다. 기름만 친다고 회사가 돌아가겠냐고. 우리 아버지 같은 톱니바퀴 사축이야말로 기업을 움직이는 힘이다. 사축 만세.

비단 면접에 국한된 이야기는 아니지만, 언제나 준비한 말과 대답은 대개 마음에도 없는 거짓부렁이다.

그런 공허한 말로 사람의 가치를 판단할 수 있을 리 만무하고, 그건 면접하는 쪽도 알고 있다.

그러니까 애써 포장한 말보다 그 사람의 태도와 언설에 주목한다.

그 점을 고려하면 큰 목소리로 패기 있게 말한다는 행위는 언어적 의사소통이면서도 사실상 비언어적 의사소통이기도 하다.

일설에 따르면 인간의 의사소통에서 언어가 차지하는 비중은 약 30퍼센트며 남은 70퍼센트는 비언어적 의사소통으로 구성된다고 한다.

가령 면접시험 채점을 100점 만점으로 가정한다면, 소극적인 태도와 기어드는 목소리로 최고의 대답을 내놓아도 30점밖에 점수를 딸 수 없다는 계산이 나온다. ……맞지? 수포자라서 계산 못 하겠어!

아무튼 이 카와사키 타이시라는 밝고 쾌활하고 솔직한 소년이라면 면접으로 걱정하지 않아도 되리라.

하지만 하나 신경 쓰이는 부분이 있었다.

나는 목을 가다듬고 타이시를 척 가리켰다.

"단, 『슴다』라고 하지 마. 존댓말은 제대로 써."

"괜찮습다! 형님하고 얘기할 때만 이럼다!"

타이시는 주먹을 꽉 쥐어 보이며 웃었다. ……어? 설마 나,

무시당하는 건가? 이거 완전 사람 우습게 보네…….

진지하게 격려하고 충고할 마음이 가셔서 쉬쉬거리며 타이시에게 손짓했다.

"이쯤하면 됐지? 얼른 집에나 가라."

"넵! 감사함다!"

하지만 타이시는 내 태도를 신경 쓰는 내색도 없이 기운차게 머리를 숙여 인사했다. 음, 그래. 감사 인사는 제대로 할 줄 아는군. 방금 말은 못 들은 셈 칠까. ……내가 생각해도 쉽게도 풀리는구만. 나란 남자, 쉬운 남자.

그런 생각을 하는데 고개를 든 타이시가 손가락 하나를 슥 세우더니 목소리 죽여 내게 물었다.

"그, 그리고 하나만 더 괜찮습까? 묻고 싶은 게 있는데요…….

"아직 뭐가 남았냐……?"

뭐야, 네가 우쿄[#28] 씨냐……. 겨우 끝났다고 방심한 찰나에 핵심을 찌르려는 수작이렷다? 그 수법에는 안 넘어간다.

"우리 고등학교에 관한 건 네 누나한테 물으래도."

지겹다는 투로 말하자 타이시는 방금보다 훨씬 심각한 표정과 더듬거리는 목소리로 말을 꺼냈다.

"누나한테는, 못 묻는 거라…….

타이시가 쥐어짠 목소리에서는 고뇌가 엿보였고 이번 질문이 꽤 중대사라는 분위기가 감돌았다.

#28 **우쿄** 형사 드라마 『파트너』의 주인공. 「마지막으로 하나만 더(물어도 괜찮겠습니까?).」라는 대사를 자주 사용한다.

그 분위기를 민감하게 알아채고 배려했는지, 아니면 귀찮은 일에 말려들기 싫었는지, 코마치는 고개를 끄덕였다.

"코마치는 추우니까 들어갈게! 타이시, 바래다 줘서 고마워~! ……오빠, 진지하게 상담해줘야 한다? 코마치도 부탁할게."

코마치는 그 말만 남기고 재빠르게 잠금을 풀어 현관으로 들어갔다.

"타이시, 힘내!"

그러고는 문 옆으로 얼굴을 내밀고 손을 살살 흔들었다. 그 밝은 미소와 앙큼한 행동은 내 동생이지만 너무나도 귀여웠고, 또 수상했다. 역시 귀찮아질까 봐 도망쳤군…….

그런데 그 여우짓에 넘어간 가련한 남자가 하나 있었다.

"역시 착해……."

코마치가 사라지고 남은 것은 굳게 닫힌 문뿐이었다.

그런데도 타이시는 그곳을 헬렐레한 표정으로 하염없이 바라보고 있었다.

야야야, 저건 착한 게 아니지. 옆에서 기다리다 지겨우니까 나한테 떠넘겼을 뿐이라고.

내 동생이지만 뭐 저런 녀석이 다 있냐…….

×　×　×

겨울 하늘 아래를 뚜벅뚜벅 걸었다.

코마치가 집으로 들어간 마당에 이 추위를 감내하면서까지

타이시를 상대할 필요는 없었다. 하지만 그토록 심각하게 상담을 요청하는데 매정하게 내칠 수도 없는 노릇이었다.

그렇다고 너무 오래 집 앞에서 떠들면 이웃의 눈총이 따갑고, 남자 중학생과 둘이서 가게에 들어가기도 내키지 않았다.

그런 이유로 편의점에 가는 겸 카와사키 타이시를 도중까지 보내주며 이야기를 듣기로 했다.

마른하늘에 빛나는 별과 규칙적으로 선 가로등. 지나치는 자동차의 헤드라이트에 주택가에서 나오는 조명.

시간대에 비해서 의외로 밝은 길을 나와 타이시는 터덜터덜 걸었다.

이윽고 한 편의점이 눈에 들어왔다.

우리 집과 카와사키 집의 대충 중간 지점에 있는 곳이었다. 사실 카와사키 집의 정확한 위치는 모르지만.

그 편의점에 들어가서 적당한 캔 커피를 두 개 사서 바로 밖으로 나왔다.

"자."

내가 나오기를 기다리던 타이시에게 캔 하나를 던졌다. 타이시는 당황해서 저글링하면서도 간신히 잡았다. 나이스 캐치.

"아, 얼마죠?"

타이시가 주머니에 손을 넣고 지갑을 꺼내려고 했다. 나는 손을 가볍게 저으며 답했다.

"됐어, 이런 걸 가지고."

"정말요? 감사히 먹겠습니다."

타이시는 또 솔직하게 고개를 숙이더니 기쁜 기색을 내비치며 캔의 뚜껑을 땄다.

그리고 누가 먼저랄 것 없이 편의점 주차장 구석에 쭈그려 앉았다.

이제 100엔 동전 한 푼으로는 살 수 없게 된 온기. 뜨거운 캔 커피를 손에 쥐어 홀짝이면서 몸을 데웠다.

그러는 사이 추위로 굳은 입도 풀렸는지 타이시가 흰 입김을 푸 불면서 말문을 열었다.

어떤 이야기를 하려나 싶어서 눈길을 주자 타이시는 아주 진지한 표정으로 말했다.

"형님, 고등학교에서 어떻게 하면 인기 끕니까?"

들은 순간 나도 모르게 사레가 들렸다. 커피가 기도로 들어가서 계속 켁켁거리자 타이시가 괜찮냐고 물으며 내 등을 두드렸다.

모르는 사람이 보면 죽어가는 아버지를 모시는 아들처럼 보일지도 모르지만, 내 마음속은 그렇게 훈훈하지 않았다.

겨우 기침이 멎은 나는 타이시를 노려봤다.

"나도 몰라, 인마. 인기가 있어야 알지."

"거짓말! 그건 거짓말이죠! 오늘도 여자랑 같이 있었잖아요!"

타이시가 얼굴이 벌개져서 불같이 반박했다. 아무래도 오리모토를 말하는 모양이었다.

"집에 올 때 우연히 만났을 뿐이야. 아니면 뭐냐? 너는 같이 있기만 해도 좋아하는 거냐?"

그 논리대로면 지금 같이 있는 나랑 타이시도 좋아하는 사이다. 부(腐)후후 썩은 미소가 나오는 에비에비한 분위기가 됐잖아에비.

여기 있을 리 없는 에비나의 그림자에 벌벌 떨면서 항변하자 타이시는 굉장히 진지한 표정으로 생각에 빠졌다.

"……그건 아니네요."

그리고 굉장히 냉정한 목소리로 대답했다.

그래, 잘 아네. 남자는 그렇게 어른이 되어 가지……. 이미 내가 지나온 길이라서 그럴까, 나도 왠지 모를 여유를 담아 타이시를 타일렀다.

"그렇지? 애초에 같이 있기만 해도 사귄다고 말하면 나는 코마치랑 같이 있는 놈들을 모조리 처리해야 해."

손에 든 커피 캔을 꽉 쥐었더니 생각보다 힘이 들어갔는지 캔이 살짝 찌그러졌다. 그것을 보고 타이시가 기겁했다.

"형님, 무섭게 왜 그러세요!"

이 이야기를 듣고도 나를 형님이라고 부르다니, 이 녀석도 겁이 없구만. 어이없다 못 해 존경스럽다. 어떻게 하면 인기 끄냐고 뻔뻔스럽게 질문하는 꼴만 보아도 강심장이다.

그러나 일반 입시를 앞두고 수험 공부에 마지막 박차를 가해도 모자랄 이 시기에 입에 담을 질문은 아니라고 생각한다. 만약 현실 도피의 일환으로 하루 종일 그런 잡념에 빠져 있다면 그다지 좋은 상황은 아니었다.

내게도 그런 기억이 있었다. 바쁘거나 힘들 때는 「하아, 아이돌 되고 싶다……」라거나 「나, 장래에 야구 선수 될래」라는 소리를 대뜸 뱉거나 하거든! 어떡해, 타이시가 그렇게 될까 봐 걱정이야! 누나한테 죽도록 얻어터질라!

"근데 그건 왜 묻냐?"

그래서 들어보기로 했습니다.

하지만 내 걱정은 기우를 넘어서 아예 헛다리였다. 타이시는 어리둥절하게 고개를 갸웃거렸다. 그러고는 잠깐 생각하듯 뜸을 들였다.

"이걸 뭐라고 해야 하지, 동기 부여라고 하나요? 고등학교에서 좋은 일이 있으면 의욕이 생기잖아요?"

흠, 듣고 보니 일리가 있다. 하지만 무릇 지나친 기대는 부채와 비슷해서 훗날 자신을 짓누를지도 모른다.

나도 그러고 싶지는 않지만, 더 늦기 전에 그 꿈을 박살내 주마! 이게 다 너를 위한 거다!

"입학 전에 상상한 건 하나도 안 이루어지더라."

내 말에 타이시는 입을 부루퉁하게 내밀며 미심쩍은 눈길로 나를 봤다.

"……그렇습까?"

"그래. 생각하던 거랑 딴판이더라."

그렇게 말하는 내 목소리에 약간의 사적인 감정이 실렸음을 깨달았다.

하지만 한 번 밖으로 낸 말을 주워 담을 수도 없고, 오히려 감정은 방울처럼 맺히며 뚝뚝 새어 나왔다.

"……뭐, 달라도 별 상관은 없다만."

그 말을 끝으로 잠깐의 침묵이 있었다.

건너편 도로를 달리는 자동차 소리나 편의점 안에서 새는 매장 음악이 유난히 귀를 찔렀다. 얼마 안 있어서 훗, 하고 어딘지 모르게 만족스러운 숨소리가 들렸다.

"의욕이 좀 생기네요."

"엉? 왜?"

타이시는 일어서서 코트 위로 엉덩이를 탁탁 털고 내 쪽으로 돌아섰다.

"아뇨, 이유는 모르겠지만요."

그리고 책가방을 고쳐 메고 코트 자락을 여몄다.

"저, 입학하면 방금 그거로 바로 상담하러 갈게요! 그때는 다시 잘 부탁드림!"

여전히 솔직하게 고개를 숙인다. 그만 씁쓸한 웃음이 흘러나왔다.

내년, 4월, 입학, 신학기, 신입생.

그것은 지금 상태에서는 명백하게 다른 의미를 가진 말이다.

어느 것이고 앞으로 불과 3, 4개월 안에 일어날 일에 지나지 않지만, 거기에는 약간의 경과와 확실한 변화가 있으며, 언젠가 속절없이 끝을 맞이한다.

"……해주면."

"뭐가요?"

불쑥 입을 뚫고 나온 말을 이해하지 못해 타이시가 물었다.

잠깐 씽킹 타임을 거치자 내가 준비한 다른 대답이 자연스럽게 나왔다.

"네 누나가 허락해주면. 이상한 거 알려줬다고 무진장 혼날 거 같잖냐."

그러자 타이시는 높은 톤으로 웃음을 터뜨렸다.

"그건…… 그러네요!"

"입학하면 이야기 정도는 들어주마."

"넵! 열심히 하겠습니다! 형님, 감사합니다!"

"형님이라고 부르지 마. 빨리 선배라고 부르게 되라고."

타이시는 얼떨떨하게 나를 바라봤다.

하지만 얼이 빠졌던 눈에 곧 생기가 돌아오고 초롱초롱 빛나기 시작했다.

"우와, 방금 그거 뭐예요! 완전 멋있어! 진짜 존경한다! 지금 이야기, 누나한테도 해도 돼요?! 그러면 누나도 허락해 줄 거예요."

"시끄러워, 하지 마, 진짜 하지 마. 이상한 소리나 하고 앉았어. 가가가, 빨리 집에나 가."

창피함이 도를 넘어서 따발총처럼 쏘아 대자 타이시는 씩 웃었다. 그 웃음 때문에 괜히 더 부끄러웠다.

쉬쉬 손짓으로 내쫓으니까 타이시는 쌩하니 도망치듯 달려갔다.

그리고 반대편 인도로 건너가서 내게서 충분히 거리를 두고 인사했다.

"감사합니다! 히키가야 선배님!"

쩌렁쩌렁하게 말한 타이시는 시원시원한 발걸음으로 걸어갔다.

"……붙고 나서 말해."

멀어지는 뒷모습을 바라보던 나는 들리지 않는 응원을 보냈다.

**무슨 일이 있어도
히키가야 코마치는
오빠를 인정하고 있다.**

카와사키 타이시를 보내고 잠시 편의점 안을 어슬렁거렸다.

연말 분위기는 그대로지만, 과자를 채운 빨간 양말이나 상자에 어린이용 만화 캐릭터가 그려진 무알코올 샴페인 따위는 어느새 반값 코너로 내몰려 있었다.

대신 매장 곳곳에는 일본의 전통 색상인 홍백색으로 치장한 전단지가 붙어 새해맞이용 요리의 예약을 서두르라고 재촉했다.

계산대 앞에 나온 판매대에는 새해 도시락의 샘플용 빈 상자가 늘어섰고, 그 옆에 소형 카도마츠가 앙증맞게 서 있었다.

그리고 도시락 코너에는 카레 옆에 「명절 요리도 좋지만, 카레는 언제나 옳다!」라는 뻔한 문구가 들어간 손글씨 POP까지 붙었다. 점원의 수제라면 대단한 정성이다.

이럴 때 그림을 그릴 줄 아는 알바는 언제나 혹사당한다. 신상품과 이벤트가 있을 때마다 새로운 POP가 보이는데 혹사무쌍에도 정도가 있지. 아니, 본사에서 제시한 할당량이 있을 테니까 편의점 주인도 머리가 아프겠지만……

연말연시가 지나면 다음은 절분의 에호마키,[#29] 에호 롤케이크 예약이 기다리고, 또 금방 밸런타인데이 전시를 준비하는 것이 편의점 업계다. 에호 롤케이크는 대체 뭐야……

매해 반복되는 광경이지만, 크리스마스를 지난 뒤의 어수선함은 도무지 익숙해지지 않는다.

눈에 보이는 광경만이 빠르게 변해 간다. 변함없는 일상을 보내는 나는 거기서 점점 멀어지는 기분이다.

그렇다고 시대의 흐름을 거스를 수도 없다. 올해도 내년도 세월아 네월아 빈둥거리다가 정신을 차리면 봄이 되어 있겠지.

좋든 나쁘든 올해도 앞으로 며칠밖에 남지 않았다.

그리고 올 학년도가 끝날 때까지는 3개월.

세상이 바쁠 때 느긋한 시간을 보낸다는 것은 어떻게 보면 최고의 사치다. 옛날부터 그런 말이 있지 않은가. 허둥지둥하지 마, 연말이 온다![#30] 아니, 그건 세기말이었지. 후하하! 너도 밀랍 인형으로 만들어줄까![#31]

그렇게 재미난 생각을 하면서 혼자 큭큭 웃자 다른 손님이 괴상한 눈으로 쳐다봐서 또 어슬렁어슬렁 다른 자리로 이동했다.

잡지 코너를 얼추 훑어보고 과자와 컵라면 선반, 그리고 음

#29 에호마키 일본에서 절분에 먹는 두꺼운 김밥.
#30 허둥지둥하지 마, 연말이 온다 시부가키대의 노래 『NAI·NAI 16』의 가사를 패러디한 것.
#31 너도 밀랍 인형으로 만들어줄까 일본 헤비메탈 밴드 SEIKIMA II (聖飢魔II, 세이키마츠)를 대표하는 대사. 세이키마츠는 일본어 세기말과 발음이 같다.

료 코너를 봤다. 스테디셀러 상품에 더해서 연말연시 분위기를 타고 겉표지만 바꾼 상품, 그리고 겨울 한정이라고 광고하는 신상품이 꽉꽉 차 있었다.

그러고 보니 겨울 한정 상품이라고 하면······. 나는 생각나는 게 있어서 아이스크림 판매대로 걸음을 옮겼다.

찾는 것은 하얀 찰떡 아이스크림이었다.

세상 좋아져서 지금은 상시 온라인 판매를 하지만, 한때는 겨울에만 파는 물건이었다. 지금도 겨울에 먹는다는 이미지가 내 안에 강하게 자리 잡고 있었다.

기왕 사는 김에 코마치 거까지 살까······. 고타츠에서 한참 몸을 녹였으니까 아이스크림 생각이 나겠지.

그렇게 생각하며 바구니에 하나를 더 담았다.

겨울에 아이스크림이라고 하면 역시 이거지. 찰떡 아이스를 의인화하면 틀림없이 눈처럼 흰 피부에 거유인 유카타 미인이 될 거다. 나는 안다. 치바 롯데 마린즈[#32]를 좋아하는 나라면 알 수 있다.

WE LOVE 마린즈! 항상 응원하고 있어요!

×　×　×

계산을 끝내고 편의점 봉투를 덜렁거리며 급히 귀로에 올랐다.
겨울이니까 아이스크림이 녹을 우려는 없지만, 살을 에는

#32 치바 롯데 마린즈 일본 프로 야구단. 유카타를 입고 응원하는 이벤트를 연 적이 있다.

칼바람을 맞으면 자연스럽게 발걸음은 급해졌다.

집 앞에 도착했으나, 집안은 조용하여 계단을 오르는 내 발소리가 유난히 크게 울렸다.

낮에 엄마가 말한 것처럼 오늘도 부모님 모두 늦게 올 모양이다.

거실로 들어가자 예상대로 코마치는 고타츠에서 카마쿠라를 쓰다듬으며 TV를 보고 있었다. 수험 공부는 쉬는 듯했다.

나는 그 뒤에서 말을 걸었다.

"다녀왔어. 아이스크림 먹을래?"

코마치는 나를 휙 돌아보고 고개를 살짝 끄덕이며 응, 이라고만 대답했다.

흠? 뭐지, 평소라면 더 기뻐할 텐데…….

의아하게 여기며 나도 고타츠로 들어가서 책상다리를 하고 앉았다. 탁자 위에 편의점 봉투와 휴대폰, 지갑을 턱 올려놨다.

"자."

그 편의점 봉투에서 주섬주섬 꺼낸 찰떡 아이스를 코마치에게 건넸다.

"고마워. ……이따가 먹을게."

대답하고 일단 받기는 했으나, 코마치는 그것을 들고 냉장고로 갔다. 고타츠로 돌아온 뒤에도 코마치는 여전히 조용하기만 했다.

얘가 왜 이래? 오늘 기분 안 좋나……?

나는 쭈뼛쭈뼛 코마치의 안색을 살피면서 찰떡 아이스를

우물거렸다.

하나를 다 먹었을 즈음, 코마치가 결심한 것처럼 나를 돌아봤다.

그리고 바닥을 탁탁 두드렸다.

"오빠, 앉아 봐."

"응? 아니, 앉아 있는데……."

혹시 내가 앉아 있지 않나 싶어서 굳이 고타츠 이불을 들쳐 내 다리를 확인했다.

어느 모로 보나 책상다리를 꼬고 앉아 있었다. 엉덩이는 좌식 의자에 딱 붙었다. 코마치에게도 이것 보라는 식으로 이불을 퍼덕여 어필했다.

하지만 코마치의 말은 변하지 않았다.

"앉아."

"아니, 잘 앉아 있다만……."

뭐지, 설마 꿇어앉으라고? 꿇어앉으란 소리냐? 내가 뭘 잘못했다고 그렇게까지……. 그렇게 생각하면서도 나는 시키는 대로 고분고분 꿇어앉았다.

왠지 이야기가 길어질 분위기다. 그렇다면 아이스크림이 녹아 버리지 않나. 그렇게 염려하면서 남은 하나를 서둘러 입안으로 쏙 집어넣었다.

우물거리며 이야기를 들을 준비가 됐다고 눈짓하자 코마치는 목을 가다듬었다.

그러고는 노려보듯 눈을 찌푸리고 나를 응시했다.

"설명해 주실까요?"

"······뭘?"

입안에 든 아이스크림을 삼키고 물었다. 뭘까, 내가 코마치에게 아이스크림을 사다준 이유 말인가?

널 좋아하니까 그렇지. 꼭 말로 해야 아냐. 부끄럽게.

혼자 쑥스러워하는데 코마치가 나를 보는 눈빛은 왠지 모르게 싸늘했고 그다지 훈훈한 이야기를 나올 분위기가 아니었다.

그렇지만 코마치에게 추궁받을 만한 짓을 한 기억은 전혀 없었다. 나는 고개만 갸웃거렸다.

내 반응을 본 코마치가 조용히 한숨을 쉬었다.

"방금 거. 오리모토 선배. 그거 뭐야?"

"엉? 뭐냐니, 중학교 동창인데······."

"그건 코마치도 알아."

"알면 묻지 마. 대체 뭐야?"

살짝 짜증이 나서 받아치자 코마치는 말없이 나를 빤히 바라봤다. 뭔가 할 말이 있어 보이는 눈동자에는 불만스러운 기색이 역력했다. 내 마음속까지 들여다보는 듯한 눈빛에 기가 눌려서 뭐라도 말을 해야 한다는 압박을 느꼈다.

"어, 아니, 정말로 그거뿐인데······. 진짜야."

더듬더듬 말하면서 내가 마치 거짓말을 하는 느낌에 사로잡혔다.

전혀 거짓말이 아니건만, 옛날에 내가 오리모토에게 고백해

서 차였다는 사실 때문에 오리모토 카오리에 관해서 이야기
하려면 아무래도 입이 떨어지지 않는다. 그 덕에 끝내는 우그
으, 라는 말밖에 나오지 않았다.

그런 미묘한 남심을 설명하면 가장 빠르겠지만, 동생에게
할 말은 아니었다.

동생도 오빠의 연애사를 들어봤자 곤란할 뿐이겠지. 적어도
나는 가족의 연애담 따위 듣고 싶지 않다. 만약 나에게 형이
있고 뜬금없이 연애 이야기를 꺼내면 「어쩌란 거야, 관심 없어」
라고 대답하지 않을까 싶다. 그리고 코마치의 연애 이야기는
듣는 순간 아마 엉엉 울면서 이야기는 제대로 듣지도 않겠지.

생각이 옆으로 새서 나도 모르게 입을 다물고 있었더니 코
마치가 슬금슬금 다가왔다. 그리고 고개를 미심쩍게 기울이
고 눈을 치켜뜨며 내 눈동자를 응시했다.

"그냥 동창…… 그냥. 동창이 왜 집까지 따라와?"

그 한마디를 반복해서 강조했다.

코마치는 내 중학교 시절을 안다. 내가 이제 와서 동창과 친
하게 지내면, 그것도 집 앞까지 와서 이야기를 나누면 이상하
게 보일 만도 했다. 나도 이나가와 준지[#33]에 빙의해서 이상하
네~, 무섭네~, 라고 생각할 정도니까. 그래도 가장 무서운
것은 코마치지만. 물론 곶감이 무섭다는 의미로.

그래서 코마치를 위해서 자세를 바로 하고 논리정연하게 설
명하도록 하겠습니다.

#33 이나가와 준지 괴담 이야기꾼으로 유명한 일본 탤런트.

"오고 싶어서 왔다기보다 바래다줬다고 해야 하나…… 그냥 돌아오는 길에 겹친 거야. 잠깐 들른 가게에서 오리모토가 일하고 있더라고. 그 뒤에 돌아오면서 다시 마주쳤어. 그래서 집 앞에서 잠깐 이야기하는데 네가 돌아왔고……."

"그럼 우연히 같이 와서 잠깐 문 앞에 있었다?"

"그런 셈이지."

"흐음……."

코마치의 대답은 이해했는지 아닌지 모를 미묘한 뉘앙스였다. 코마치는 서서히 고개를 돌려서 거실 안을 둘러보고는 안심한 것처럼 중얼거렸다.

"그래? 집에 들어오진 않았구나."

"내가 다른 사람을 집에 들이겠냐."

반사적으로 항의하다가 문득 떠올랐다.

옛날에 유이가하마가 들어온 적이 있었지……. 하지만 그건 코마치가 불렀지 내가 부르지는 않았으니까 나랑은 상관없지…….

뭐, 그건 그렇다 치고 당면한 문제는 코마치였다.

코마치는 자기 영역을 경계하는 야생동물처럼 주의 깊게 방을 관찰했다. 그건 사건 현장을 분석하고, 혼돈의 조각을 지혜의 샘에서 재구성하는 탐정 같기도 하다.

하지만 지금 코마치를 더 간단하게 표현한다면…….

"이것 봐, 시어머니."

내가 부르자 코마치가 눈을 부릅뜨며 노려봤다.

"누가 시어머니야? 코마치는 코마치야."

"너다, 너……. 왜 그렇게 꼬치꼬치 캐물어? 대체 얼마나 날 좋아하는 거야. 네가 무슨 구속하는 여친이냐? 그런 여자는 미움받는다?"

내가 거세게 비난하자 코마치는 코웃음 쳤다.

"이것 봐, 오레기……."

코마치는 대단히 기가 차다는 말투였다. 어, 음, 그래. 나도 알아. 여자랑 사귄 적도 없는 주제에 연애를 들먹이면 찌질해 보인다는 거…….

그렇게 반성하는데, 코마치는 꺼낸 말을 전혀 다른 것이었다.

"코마치는 오빠를 걱정하는 거야. 오빠가 여자를 못 만나면 최악의 경우 코마치가 노후를 봐주면 되지만, 만약 인기가 생겨서 아침드라마처럼 되면 곤란하다구."

"아니, 그럴 일 없어……."

내 말은 들은 척도 안 하고 코마치는 피로가 가득한 한숨을 쉴 뿐이었다.

"코마치가 안 보는 곳에서 칼이라도 맞으면 어쩔 도리가 없잖아."

오늘 밤이 고비고 최선은 다했지만 운명하셨습니다 같은 얼굴로 천천히 고개를 저었다.

"아니, 그런 걱정 안 해도 된다니까……."

그보다 코마치가 보든 안 보든 칼에 찔리면 별수 있나?

"뭐가 됐든 괜한 걱정이야. 오리모토하고는 아무 관계도 아니고. 근데 너, 이상하게 물고 늘어진다? 오리모토랑 무슨 일 있었냐?"

현관 앞에서 오리모토와 만났을 때 코마치의 묘한 반응을 떠올리고 그렇게 말하자 코마치의 어깨가 움찔 떨렸다.

그 분위기가 조금 전까지 장난을 치던 때와는 확연히 달랐다.

역시 그때 느낀 이상함은 착각이 아니었다.

코마치는 기본적으로 말주변이 좋고 사교성이 뛰어나며 사람을 잘 따르는 성격이다. 실제로 유키노시타와 유이가하마, 심지어는 하루노에게도 그랬던 것처럼 초면인 상대에게도 친근한 태도를 보인다. 예전 여름방학 때 치바무라에서는 유일한 중학생이었는데도 고등학생인 우리, 혹은 하야마 그룹에게도 자연스럽게 녹아들었다.

그렇기에 오늘 오리모토에게 보인 태도는 이해할 수 없었다.

아무래도 핵심을 찌른 것 같다. 아니면 폭탄을 건드렸거나.

그래도 한번 꺼낸 말을 주워 담을 수 없는 법. 지금 할 수 있는 일은 말을 덧붙여 최대한 무난하게 포장하는 정도였다.

"그런 유형, 별로야?"

싫다, 라는 말을 교묘하게 순화하여 물으니까 코마치는 고개를 휘휘 저었다. 그리고 보충하듯 말을 이었다.

"오리모토 선배가 싫은 건 아니야. 오히려 솔직담백한 느낌은 좋아해……."

그럴 테지. 자의적인 이미지라서 미안하지만, 털털한 인상이 있는 오리모토와 밝고 쾌활한 척하는 코마치는 궁합이 나쁘지 않을 것이다.

"다만…… 주변에 있는 사람들이 좀, 별로야……. 좋은 인상이 아니었달까……. 그래서 오리모토 선배 개인에게 특별한 감정은 없지만, 종합적으로 계산해서 살짝 거북해……."

코마치는 시무룩하게 고개를 떨구고 말하기 어려운 듯 조금씩 심정을 밝혔다. 얼굴이 아래를 향한 탓에 표정은 보이지 않지만, 오리모토에게 살짝 거리를 두던 이유는 이해할 수 있었다.

뚝뚝 끊기는 요령부득한 말에도 답은 바로 나왔다.

옛날에 내가 오리모토에게 고백해서 차인 사건을 재미로 퍼뜨리던 인간은 제법 있었을 것이다.

그렇다면 그 이야기가 같은 중학교를 다니는 코마치 귀에 들어갔어도 이상하지 않다.

오빠가 비참하게 차인 이야기를 웃음거리 삼는 것은 썩 기분이 좋지 않겠지.

창피해서 얼굴도 들기 어려웠겠지. 틀림없이 불쾌한 경험이었을 것이다.

말은 얼버무렸어도 코마치의 태도만 보아도 알 수 있었다.

친구가 많다면 그만큼 다양한 가치관을 가진 사람과 접한다는 뜻이며, 개중에는 남의 뒷담으로 즐거운 시간을 보내는 족속도 있을 것이다. 오리모토가 다니는 카이힌 종합고의 어쩌고 마치 양을 예시로 들 필요도 없다.

그렇게 웃음거리가 되는 것은 본인뿐 아니라 가까운 사람 또한 마찬가지다.

"미안하다……."

저절로 사과의 말이 흘러나왔다.

사실은 더 예전에 깨닫고 했어야 할 말이었다. 너무 늦어서 이제 와서 말해 봤자 의미가 없을지도 모른다.

그래서 이건 사과도 참회도 아닌 선서에 가까웠다.

"그래도 걱정하지 마. 더는 그럴 일 없으니까. 너도 불쾌한 경험 안 해도 돼. 고등학교에서는 중학교 때 같은 일은 절대로 안 일어나."

코마치의 머리에 손을 얹고 안심하라고 말했다.

이제 그런 감정은 느끼고 싶지도, 느끼게 하고 싶지도 않다. 나는 나답게 나의 일상을 보내며 내 주변을 남몰래 지키는 게 가장 중요하다.

앞으로 내가 소원이나 마음을 말로 행동으로 드러내는 일은 없을 것이다.

언젠가 어른이 되어서 좋은 방법을 찾는다면 다행이지만, 그때는 아마 너무 늦어서 그저 아픈 추억을 그릴 뿐이리라.

그런 감상에 젖어 있는데 코마치가 멍하게 나를 바라봤다. 머리 위에 내 손 말고도 물음표가 떠 있는 얼굴이었다.

그리고 내가 쓰다듬는 손에 따라서 머리를 흔들며 오묘한 얼굴을 짓다가 곧 뭔가 깨달았는지 땅이 꺼지게 한숨 쉬었다.

"하아, 그래. 오빠는 그런 식으로 생각하는 사람이었지……."

그러면서 머리에서 내 손을 탁 쳐냈다.

"오빠."

그렇게 운을 떼고 코마치도 나와 무릎을 맞대도록 꿇어앉았다. 목 상태를 확인하는 듯 헛기침하고 손가락을 척 세워서 거침없이 떠들었다.

"뭔가 착각하나 본데, 코마치는 오리모토 선배의 친구가 조오금 많이 열 받고 싫을 뿐이지, 딱히 오빠를 무시한 것 자체는 아무렇지도 않아. 오히려 당연하게 생각해."

"그, 그러냐……"

다, 당연하게 생각하니……?

기세에 밀린 나를 두고 코마치는 계속해서 공세를 유지했다.

"그보다도 오빠는 특별히 뭘 안 해도 원래 사람들한테 놀림받아. 사실 코마치가 적극적으로 써먹기도 하고."

"그, 그러냐……"

그, 그랬어……?

지금 밝혀진 충격적인 사실에 뒤통수가 살짝 얼얼했다. 너무해, 코마치……. 어깨를 늘어뜨리고 잠시 시무룩해져 있는데 오히려 점점 화가 치밀어 올랐다.

대체 나를 뭐라고 생각하느냐는 원망스러운 눈길로 코마치의 얼굴을 봤다. 그러다가 눈이 맞았다.

"……그러니까 오빠가 어떤 멍청한 짓을 하고 아무리 꼴사나워도 웃으면서 인정해줄게. 코마치는 신경 쓰지 말고 마음대로 해."

코마치는 동생이니까, 라고 놀리듯이 덧붙이고 배시시 웃었다. 그 수줍은 미소는 어린 나이에 걸맞게 순수하고 귀여웠다. 그런데 다정한 눈길은 동생 주제에 나보다 훨씬 어른스러 웠다.

"내가 멍청하고 꼴사납게 굴 날은 없겠지만…… 알았어. 고 맙다."

그에 반해 내 대답은 얼마나 유치한가. 그 어린애 같은 말투 에 편승하려는지, 코마치는 누나라도 된 양 과장스럽게 고개 를 끄덕였다.

"알았으면 됐어. 절대로 코마치를 위한답시고 쓸데없는 생 각 하지 마."

"생각 안 한다니까."

혀를 차며 말하자 코마치는 흡족하게 후훗 웃었다.

"그럼 코마치도 아이스크림이나 먹어야지~."

코마치가 고타츠를 잡고 일어나는 바람에 고타츠가 바닥을 끌었다. 밀린 만큼 위치를 고치는데 탁자를 잡은 손에 부르르 진동이 전해졌다.

뭔가 싶어 진동의 원인을 찾으니까 고타츠 위에 던져둔 내 폰이 울리고 있었다.

냉큼 주워 보자 『☆★유이★☆』라고 표시되어 있었다. 전화 를 건 사람은 유이가하마였다.

휴대폰을 든 채로 반사적으로 코마치를 몰래 엿봤다. 지금 여기서 전화를 받아도 아무런 문제는 없었다. 그렇지만 방금 코마치가 한 말이 머리를 스쳤다.

코마치를 위한답시고 쓸데없는 생각 하지 마라. 그것은 마치 코마치를 변명 삼아 도망치지 말라는 것처럼 들렸다.

안이하게 코마치에게 기대서는 안 된다. 코마치가 있으면 나도 모르게 말을 걸고 싶어져서 탈이다. 방금 막 한소리 듣지 않았는가. 이 정도는 나 혼자서 대처하자.

휴대폰을 들고 서둘러 일어나서 거실보다 온도가 조금 낮은 복도로 나갔다. 나무 바닥재가 품은 한기 때문에 플라밍고처럼 한쪽 발을 들고 복도 벽에 기댔다.

아직도 손에서 울리는 휴대폰 진동이 몸 안쪽까지 전해졌다. 부르르, 두근두근. 기다려도 떨림은 멈추지 않는다.

진정하려고 나지막하게 심호흡하고 통화 버튼을 눌렀다.

"……여보세요?"

전화를 받기는 했으나, 이제야 대체 무슨 용건으로 연락했는지 궁금해졌다.

그래도 생각한들 의미 없는 짓이다. 미리 알고 해야 할 말, 전해야 할 내용을 생각해도 그건 공허할 뿐이다.

언제나 준비해 둔 말과 대답 따위, 대부분 마음에도 없는 거짓말투성이다.

『앗, 힛키? 지금 통화 돼?』

휴대폰 스피커로 익숙한 목소리가 들렸다.

그래서 하다못해 아무 준비 없이도 거짓 없이 말할 수 있게 되고 싶다고, 그렇게 생각했다.

**어색하게나마
유이가하마 유이와의
통화는 이어진다.**

문 하나 너머로 거실에서 희미한 TV 소리가 흘러나왔다.

아마도 아이스크림을 한 손에 들고 고타츠에 들어간 코마치가 보고 있겠지. 뭘 보는지는 모르겠지만, 어렴풋이 귀로 들어오는 잡음이 신경 쓰여서 성큼성큼 그곳에서 멀어졌다.

『힛키? 들려?』

귀에 댄 휴대폰에서 유이가하마의 목소리가 들렸다. 내가 갑자기 말이 없자 통화 상태를 의심하는 모양이었다.

"······그래, 들려."

대답하면서 기대던 벽에서 조용히 몸을 떼고 내 방으로 걸어갔다. 무의식중에 나는 발소리를 죽였다.

아마 전화를 해서 그런 것 같다. 통화 상대에게 잡음이 들리지 않게 사뿐사뿐 천천히 걸었다.

복도는 거실보다 훨씬 온도가 낮았다.

바닥재도 기온만큼 차가웠고 걸음을 내디딜 때마다 양말 너머로 서늘한 감촉을 느꼈다.

『갑자기 말이 없어서 무슨 일 있는 줄 알았어.』

"아무 일도 없다만……."

각오하는 데 시간이 걸렸을 뿐이다.

예상치 못한 전화가 오면 내가 무슨 사고라도 쳤나 불안해져서 한순간 불안해지잖아! 그리고 짐작 가는 전화면 그대로 무시! 음성사서함으로 중요도를 판단하고 「이거면 굳이 답신 안 해도 되겠지……」라고 하면서 결국 영원히 무시하지…….

그렇게 소원해지는 관계도 있다.

그러니까 전화란 어딘가 긴장감을 동반한다. 상대방의 얼굴을 안 봐도 되지만, 일방적으로 무시할 수 있기에 쉽게 관계를 끊어 버리는 요인도 될 수 있다.

가뜩이나 상대가 무슨 생각을 하는지 알 턱이 없는데 정보량이 제한되면 실패할 위험이 커진다.

쉽게 이어지는 관계는 잃기도 쉽다.

상대가 유이가하마라도 그 점은 마찬가지다. 아니, 유이가하마니까 실패하기 싫은 것이다.

긴장으로 떨릴 것 같은 목소리를 바로잡는 데 얼마간 시간이 필요했다.

"그래서 무슨 일이야?"

별로 넓은 집도 아니었다. 통화하며 걷는 사이 얼마 안 있어 내 방 안으로 들어왔다.

불을 켜고 돌아보지도 않은 채 문을 닫은 뒤 침대에 털썩 앉았다. 형광등 불빛이 미세하게 피어오른 먼지를 비췄다. 떠도는 먼지가 빛을 받아 반짝이는 것을 보며 대청소를 해야겠다고 멍하게 생각했다.

『그게…….』

머뭇거리며 유이가하마가 말을 골랐다. 조용한 방에서는 그 주저하듯 약한 소리도 잘 들렸다.

『……히, 힛키, 연말에 시간 있어?』

"어, 응……."

더듬거리는 말에 반사적으로 대답했다. 방금 들은 말이 서서히 머릿속으로 스며들었다.

"시간이야 있다만……."

굳이 확인할 필요도 없었다.

연말연시를 넘어서 연중 한가하고 연중 한량이기까지 하다.

나도 봉사부인가 뭔가 하는 동아리에 관련되면서 블랙 기업 체질에 익숙해지고 말았다. 정말 장래 유망한 사축이다.

또 무슨 일에 부려 먹힐까. 방금과는 다른 종류의 긴장감이 엄습했다.

하지만 유이가하마의 제안은 생각지도 못한 내용이었다.

살며시 숨을 들이쉬는 소리가 들린 다음 들뜬 목소리가 들려왔다.

『그럼 있지, 12월 31일에 새해 참배 안 갈래?』

"아, 니넨마이리?"

그러자 전화에서 당황하는 소리가 들렸다.

『……니넨, 마이리?』

아! 무슨 소리인지 못 알아들은 반응이다! 유이가하마가 이 전파의 반대편에서 고개를 갸웃거리는 모습이 눈에 선했다.

"해가 바뀌기 전부터 가 있는 게 니넨마이리야."

니넨마이리란 2년 참배라는 뜻이며, 신사에서 새해 0시를 넘기며 두 해에 걸쳐 참배하는 방식이다. 자세한 정의에는 여러 설이 있지만, 대충 설명하면 해를 넘기면서 참배하는 것이다.

『아하…….』

유이가하마는 알아들었는지 어떤지 모호하게 대답했다. 뭐, 못 알아들었겠지…….

그나저나 새해 참배라.

좋은 기운을 받을 수 있겠다.

새해 참배(初詣, 하츠모데)를 가면 발모(發毛, 하츠모)에 좋을 것 같다. 왠지 어감이 그렇다. 할아버지의 훤한 머리를 보면 내 두피의 장래가 심히 걱정된다.

『새해 참배로 발모하자!』 같은 괴상한 광고 문구가 붙은 머리카락 관련 신사가 나타나는 것도 시간문제.

그렇게 내 두피 문제를 애써 외면하는데 내 반응을 살피는 것처럼 유이가하마가 물었다.

『그럼 그 니넨마이리…… 안 갈래?』

"엇, 네…… 그, 글쎄."

나는 반사적으로 대답했다.

하지만.

하지만 잘 생각해 보자.

지금 말에는 정보량이 너무 부족하다.

연말에 유이가하마와 니넨마이리를 간다. 거기까지는 파악했다.

문제는 그 외 부분이 확실치 않으면 아무래도 답을 내놓기 어렵다.

예를 들어, 우리 두 명뿐인가.

지금까지 유이가하마의 말에서 다른 인물의 이름은 나오지 않았다. 방금 들은 말을 있는 그대로만 받아들인다면 나와 유이가하마만 갈 가능성이 굉장히 높다.

그렇지만 둘이서만 가면 위험한 느낌이 든다. 뭐가 위험하냐면, 아무튼 위험한 느낌이다.

무엇을 사러 간다거나, 다른 곳에 가는 김에 들른다거나, 행사 취재용이라는 이유가 있으면 괜찮다.

명확한 목적의식을 가지고 가면 남에게 비난받을 일도 없고 불평을 들을 이유도 없다. 나 자신도 괜한 생각을 하지 않아도 된다.

하지만 그것이 사적인 만남이라면 이야기가 달라진다.

……아니, 정말 뭘 해야 하지? 같이 새해 참배를 간다는 개념부터 잘 모르겠다. 평범하게 만나서 평범하게 얘기하고 평범하게 참배하러 가면 돼?

평범이 뭔데(철학).

그런 의문이 끊이지 않고 올라왔다.

게다가 다른 문제도 고개를 들었다.

아마 새해 참배는 이나게센겐 신사로 가겠지. 그곳은 이 근방에서 가장 크고 유명한 신사다.

그렇다는 말인즉, 우리 말고도 많은 사람이 온다는 뜻이다.

순간 여름에 벌어진 한 사건이 머릿속을 스쳤다.

그 불꽃 축제 때처럼 나와 같이 있다는 이유만으로 유이가하마가 불이익을 당할 가능성은 충분히 있었다. 한때 나를 멸시하던 사가미 미나미 같은 인간은 딱히 특별한 케이스가 아니다. 정말로 어디에나 있는 흔한 인간상이다.

결코 잊어서는 안 된다. 아직도 엄연히 존재한다는 카스트를.

착각하면 유이가하마에게도 폐가 된다.

착각하면 안 된다.

나는 거듭 자신을 훈계했다.

감정도 환경도 관계도, 방심하면 앗 하는 사이에 틀어진다.

그렇기에 나를 위해, 상대방을 위해 확실하게 예방선을 그어야 한다.

"어…… 나는 뭐 그렇다 치고……."

나 자신의 거취는 애매한 말로 미뤄두고 일단 말을 끊었다.

"……다른 사람은?"

내가 했지만 능숙한 질문법이라고 생각한다.

간접적이면서 제삼자의 개입을 가정한 듯한 단어 선택은 완곡적으로 단둘이 외출하는 상황을 견제한다.

과연 어떻게 나올까…….

혼자 긴장하고 귀를 기울이는데 스피커에서는 즉시 쾌활한 목소리가 돌아왔다.

『유키농도 같이 가!』

"아, 그러냐······."

나도 알고 있었어! 두 명만 갈 리가 없지! 푸흡, 혼자 견제 이러고 앉았네. 대박 웃겨! 아니, 안 웃기지······. 내가 부끄럽다. 나란 놈은 대체 얼마나 남을 의식하는 거야.

아무튼 좋다. 두 명이든 세 명이든, 애초에 여자랑 외출한다는 사태가 내 인생 전체를 따지면 이상사태지만, 세상에는 새해에 부서끼리 참배를 가는 회사도 있다고 한다. 부장 이하 몇 명이 새해 참배를 간다면 특별히 부자연스럽지도 않을 것이다.

구구절절 변명을 늘어놓으며 새해 참배에 참전할 각오 다지기에 몰두해 있으니 휴대폰에서 뭔가 떠올린 것처럼 목소리가 들렸다.

『앗, 그리구 코마치는 어때?』

나는 폰을 어깨와 볼 사이에 끼우고 방문을 봤다.

"······코마치 말이지. 잠깐만 있어 봐."

나는 전화를 끊지 않고 서둘러 방을 나갔다.

×　×　×

거실을 들여다보자 코마치는 고타츠에 들어가서 아이스크림을 먹으며 TV를 보고 있었다.

어느샌가 코마치 앞에는 카페오레까지 있었고, 무릎 위에는 핫팩 대용인지 카마쿠라가 올라탔다. 완전히 고양이 힐링 모드다. 고양이 귀 모드가 아니라서 못내 아쉽다.

그나저나 이 건어물 여동생 코마치, 너무 쉬는 거 아닌가……?

코마치는 갑자기 거실로 들어온 나를 신기한 눈으로 보고 있었다. 나는 기침하고 그 눈빛에 답했다.

"코마치, 너 니넨마이리 갈 거냐?"

코마치는 눈썹을 찌푸렸다.

"니넨마이리?"

"응."

"……난데없이 웬 니넨마이리?"

코마치는 나를 의심하는 눈빛으로 똑바로 쳐다봤다. 너무 거침없는 눈빛이라서 나도 모르게 기가 눌리고 말았다.

그러자 코마치는 생각에 빠지며 나를 더 뚫어지게 바라봤다. 그 시선이 내 오른손에 있는 휴대폰으로 갔다.

"전화, 유이 언니야?"

"……맞아."

짧게 답하니까 코마치가 어이없다는 듯 후우 한숨 쉬었다.

"……오빠."

"뭐, 뭐야?"

코마치는 과하게 어깨를 으쓱이고 자기 얼굴을 가리키더니 쓸데없이 오버액션을 붙이며 말했다.

"코마치, 그 시간, 졸려. 집, 안 나가. 안 따라가."

"그러냐……."

왜 뚝뚝 끊어서 말하는지 전혀 모르겠지만, 코마치가 무슨 생각을 하는지는 어렴풋이 알겠다.

언제까지고 코마치에게 기대면 안 된다. 코마치를 핑계 삼고, 변명 삼고, 자기 위치를 정해서는 안 된다.

그것은 비겁한 행위다.

"코마치는 안 가지만, 오빠는 진지하게 생각하고 정해. 가든 안 가든 말이야. ……알았지?"

그러면서 나를 찌릿 가볍게 쏘아봤다. 훈계하는 듯한 말은 비수처럼 내 가슴을 쑤셨다.

무심코 말문이 막혔다.

정말로 비겁한 짓이라고 생각한다. 물론 내가 방금 유이가하마에게 한 말도 비겁했다. 치사한 말로 피해갔다.

갈수록 나 자신에게 넌더리가 났다.

내가 「남」이나 「다들」이라는 단어를 편리한 변명으로 써먹는다는 것을 절실하게 깨달았다.

괴로운 마음으로 깊은 한숨을 한 번 쉬었다.

"알아. 똑바로 할게."

"알았으면 됐어."

내 답을 듣고 코마치가 흡족하게 고개를 끄덕끄덕했다.

사실은 코마치가 말하지 않아도 나는 알고 있었다. 다만, 줄곧 외면했을 뿐이었다.

코마치에게 마주 고갯짓한 나는 거실을 뒤로했다.

누구나 언젠가 똑바로 마주해야 한다.

그 상황에 당면했을 때, 내가 할 수 있는 일은 아까와 같은 비겁한 말을 후회하는 정도밖에 없지만.

× × ×

추운 복도는 몇 걸음 걷지도 않아서 발바닥이 시려왔다. 그 냉기에 떠밀려 빠른 걸음으로 원래 있던 방으로 돌아왔다.

손에는 아직 끊지 않은 휴대폰이 있었다.

그 폰을 들고서 짤막한 한숨을 토했다.

"……여보세요?"

작은 목소리로 부르자 유이가하마가 당황하며 대답했다.

『여, 여보세요?』

그 목소리가 들려서 안심했다. 아까 통화하고서 제법 시간이 지났는데 쭉 기다려줬나 보다. 미안한 탓에 나는 그만 보이지도 않는 사람에게 살짝 고개를 숙이고 말았다.

"미안하다, 기다렸지? ……코마치는 안 간단다."

『응, 들렸어.』

유이가하마가 픽 웃음을 흘렸다.

방금 대화가 고스란히 들렸다고 생각하니까 멋쩍은 감정을 숨길 수 없어서 말문이 막히고 말았다.

『……힛키는, 어떡할래?』

조심스럽게 묻는 달콤한 목소리가 귀를 간지럽혔다.

그래서 부지불식간에 몸을 쭉 꼬았다. 전파를 통한 목소리로도 내 약점인 귀는 반응하는 모양이었다.

이게 Zoom 같은 화상 통화가 아니라서 다행이다……. 아마 지금 귀를 보면 새빨갈 테지…….

콜록콜록 쿠우울럭 조금 과장스럽게 기침해서 억지로 기분을 일신했다.

방금 대화보다는 신중하게, 기만도 도피도 없이 가능한 한 진중하게 내가 할 수 있는 말만 입에 담았다.

"나는…… 일단 갈게. 나머지는 알아서 해."

『어, 아…… 응. 알았어.』

퉁명하게 들렸을지 모를 말에 당황하기라도 했는지, 유이가하마의 대답에는 놀라움과 당혹감이 보였다.

말투가 안 좋았을까. 나도 당황해서 말을 보탰다.

"그 뭐냐, 나는 어차피 예정 같은 거 없잖냐. ……대충 보고 맞출게. ……일단 가기는 할 거야."

……난감하네.

변명도 승낙도, 모두 못 들어줄 수준이다.

더 영리하게 대답할 수 있으면 좋겠는데.

직접 얼굴을 맞대지도 않았는데 휴대폰을 쥔 손에는 미끈한 땀이 번졌고 두피의 땀샘이 열리는 감각이 들었다.

준비하지 않은 말이란 왜 이리도 말하기 피곤할까.

들리지 않게끔 한숨 쉬는 와중에도 전화 너머로는 침묵이 깔려 있었다.

『…….』

"뭐, 뭐야……?"

내가 묻자 퍼뜩 정신이 들었는지 유이가하마가 허둥지둥 대답했다.

『아, 아니야, 아무것두!』

공백을 얼버무리려는 것처럼 아하하, 하고 웃는 유이가하마는 목 상태를 확인하려는 양 헛기침했다.

『그럼 만날 장소나 시간은 나중에 문자로 보낼게.』

"그래, 부탁하마."

『응.』

거기서 나눌 말은 끝났다.

……끝났을 텐데 왠지 서로 전화를 끊지 않았고 잡음 섞인 침묵을 가만히 듣고 잇었다.

"……."

『…….』

상대의 숨소리에도 귀를 기울이게 된다. 잠시 그렇게 있다가 유이가하마가 웃음을 터뜨렸다.

"뭐야……."

『앗, 미안. 그냥 이상해서.』

대체 뭐가 이상하냐고 생각하면서도 나도 이상한 기분이었다. 이야기가 끝났으면 빨리 전화를 끊으면 되는데 어째선지 그러지 못했다.

어디서 들은 이야기로는 전화는 건 사람이 끊는 게 매너라고 한다. 그런 출처도 모를 지식이 머릿속에 박혀 있기 때문인지도 모르겠다.

뭐, 딱히 매너를 신경 쓸 사이도 아니지. 내가 전화를 끊어도 특별히 문제는 없을 거다.

그렇게 생각을 고치고 다시 말했다.

"그럼 끊는다?"

『응. 담에 봐.』

말은 그렇게 했으나, 유이가하마가 전화를 끊을 기미는 없었다.

『…….』

여전히 들리는 희미한 숨소리에 무심코 헛웃음이 나왔다.

"……아니, 끊으라고."

『그, 그치…….』

대답한 유이가하마는 아마 지금쯤 평소처럼 배시시 웃으며 경단머리를 만지고 있겠지.

그 모습을 머리에 그리는 사이, 전화 너머로 뭔가 떠올린 것처럼 앗 소리가 들렸다.

『그럼 하나 둘 셋 하구 끊을까?』

자기가 말하고도 민망한지 아하하 웃어 버리는 모습이 눈에 선했다.

그것을 의식한 순간, 목을 타고 열기가 올라오는 것을 느꼈다.

"아 뭐야, 싫어, 끊을래."

『앗, 아닛, 잠깐.』

"응, 끊을 거야. 안녕."

그리고 바로 전화를 끊었다.

긴 한숨이 입술 사이로 빠져나왔다.

잠시 손에 든 휴대폰을 바라봤다.

뭐냐, 방금 그 대화······.

지금 막 나눈 대화를 떠올리고 침대에 드러누워 애꿎은 이불을 뻥뻥 찼다. 수영 연습 같기도 한 몸짓은 방금 나눈 어린애 같은 수다와 상통하는 부분이 있어서 자각할수록 급격히 창피해졌다.

한바탕 침대에서 몸부림친 뒤, 자포자기하고 대뜸 움직임을 멈췄다. 하아아, 하고 깊디깊은 한숨을 토했다.

갑자기 온 몸에 힘이 빠져서 목이 탔기에, 나는 겨우 자리에서 일어났다.

× × ×

지친 표정으로 거실로 돌아온 차에 이쪽을 돌아보는 코마치와 눈이 맞았다.

코마치는 내 얼굴을 보고 만족스럽게 콧김을 푸 뿜었다.

"니넨마이리, 가?"

"아마도."

부엌으로 들어가서 물을 한 컵 마시고 무뚝뚝하게 답했다. 그러자 코마치가 히죽 웃었다.

"오호라, 그렇단 말이지?"

"왜 열 받는 얼굴로 보냐……?"

"아니, 그냥~. 오빠치고는 잘했다 싶어서."

코마치는 미소 지으면서 그렇게 말하지만, 내가 보기에는 전혀 좋지 않았다. 더 나은 대답이 있지 않았을까, 라는 생각이 떠나지 않았다.

지나간 일을 반성하면서 느릿느릿 고타츠로 들어가는데, 나와 교대하듯 코마치가 일어났다.

"그럼 코마치는 따로 새해 참배 갈 곳 생각해야지."

"아빠가 카메이도 텐진 간다더라. 거기 같이 가지?"

내 말을 듣고 코마치가 노골적으로 인상을 썼다.

"으엑……."

으엑이 뭐야, 너무하네……. 아버지도 코마치한테 좋은 인상 주려고 얼마나 애쓰는데. 아버지가 불쌍하기 짝이 없지만, 코마치는 제 알 바 아니라는 분위기였다.

"알아서 찾아볼게. 그럼 잘 자~."

말을 마치기 무섭게 코마치는 총총걸음으로 거실을 빠져나갔다.

남은 것은 나와 카마쿠라뿐이었다.

카마쿠라는 뭐가 못마땅한지 콧김을 쿵 뿜고 앞발을 휘두르며 일어나서 기지개를 쭉 켰다. 그러고는 고타츠 안으로 엉금엉금 기어 들어갔다.

나도 그 뒤를 따라서 어깨까지 고타츠 안으로 집어넣어 달

팽이가 됐다.

　올해도 이제 얼마 남지 않았다.

　예년과 달리 조금 소란스럽고 부산한 연말이 될 것 같은 예감이 든다.

어떤 때라도 유키노시타 유키노의 체내 시계는 규칙성을 잃지 않는다.

　겨울밤은 대개 조용하지만, 이 날만은 다르다. 한밤이 되어도 거리에는 아직 활기가 있었다.

　곧 날짜가 변할 시각이어도 전철의 창으로 보이는 거리에는 점점이 들어온 불빛과 밤길을 걷는 사람들이 보였다.

　활기가 도는 것은 전철 안도 마찬가지였다.

　평소보다 훨씬 혼잡한 전철에 몸을 싣고 몇 정거장을 지났다.

　개찰구가 토해낸 인파에 끼어 걸어서 완만한 경사를 내려가자, 곧 센겐 신사의 첫 번째 토리이[#34]에 도착했다.

　국도 제14호선에 인접한 이 거대 토리이는 한때 바다 위에서 있었다고 한다. 치바 군 공식 계정이 트윗했으니까 틀림없다. 먼 옛날에는 그 유명한 세계 유산, 이츠쿠시마 신사처럼 장엄한 광경이었겠지. 한마디로 치바도 세계 유산에 등재될 가능성이 있었다는 뜻이고 내 안에서는 이미 세계 유산과 동

#34 토리이 두 개의 기둥이 서있고 기둥 꼭대기를 서로 연결하는 가로대가 있는 일본의 전통적인 관문. 주로 신사 앞에 세워져 있다.

급이다.

이나게센겐 신사는 제법 사람이 많았다. 역시 나의 세계 유산⋯⋯. 인기 폭발이군⋯⋯.

그 인파 속을 헤치고 나아가다가 큰 토리이 앞에서 약속한 사람을 발견했다.

내 눈길이 향한 곳에 있는 여자애도 나를 발견하고는 기운차게 손을 들었다. 그러자 밝은 갈색 경단머리가 흔들렸다.

"힛키, 좋은 밤이야헬롱~!"

"그 괴상한 인사는 뭐냐⋯⋯."

독기가 쭉 빠지는 느낌을 받으며 대꾸했다. 유이가하마는 골지 니트 위에 베이지색 코트를 입고, 목에는 긴 목도리를 둘둘 감았다. 치켜든 손은 벙어리장갑으로 쏙 들어가 있었다.

그 바로 옆에는 유키노시타가 있었다. 흰색 코트와 체크무늬 미니스커트 아래로 드러난 검은 타이츠는 완연한 겨울 복장이었다. 유키노시타는 나에게 힐끗 눈길을 주고 볼까지 가리던 타르탄 체크 목도리를 내려 고개를 까딱였다.

"왔니?"

"그래."

인사를 하는데 댕, 하고 장엄한 종소리가 멀리서부터 울렸다.

이제 곧 해가 바뀐다.

휴대폰을 보는 사람, 손목시계를 들여다보는 사람, 다들 저마다 묵은해가 지나가는 순간을 가만히 지켜보고 있었다.

곧 어디선가 카운트다운을 세는 소리가 들렸다.

5, 4, 3, 2, 1…….

　신사 토리이 앞에서 참배객들의 환성이 울렸다. 개중에는 해를 넘기는 순간, 제자리에서 폴짝 뛰어오르는 사람도 있었다. 아, 그거구만. 「나, 해가 바뀔 때 지구에 없었어」라는 그거. 지구에 없기는 무슨, 거기도 지구거든? 오존층 아래거든요?

　주위를 차게 식은 시선으로 보는 나와 대조적으로, 유이가하마가 눈을 초롱초롱 빛내며 나와 유키노시타 쪽으로 돌아섰다.

　"새해 복 많이 받아헬롱~!"

　"그 인사는 뭐냐니까……. 복 많이 받아라."

　어이없이 웃으며 얼렁뚱땅 인사를 돌려주는데, 쑥스러운 헛기침이 들렸다. 눈만 굴려서 그쪽을 봤다.

　"……새해 복 많이 받으렴."

　유키노시타가 목도리에 얼굴을 폭 묻으며 말했다. 하긴, 새삼스레 새해 인사를 나누면 역시 좀 쑥스럽지. 나도 괜히 목도리 끄트머리를 만지작거리고 말았다.

　"그래……. 그 뭐냐, 너도 복 많이 받아라."

　나도 인사 같지도 않은 인사를 돌려줬다.

　세 명이 서로에게 새해 인사를 마친 뒤, 유키노시타가 앞쪽을 가리켰다.

　"그럼 참배하러 갈까?"

　거대 토리이에서 완만하게 이어지는 비탈길에는 환한 등불이 규칙적으로 매달려 있었다. 그 빛의 점선이 가리키는 곳으로 우리는 걸음을 옮겼다.

×　×　×

참배로 양 옆은 수풀이 우거졌다. 참배객은 길에서 벗어나지 않고 경건하게 앞사람을 따라서 경내로 향했다.

인근에서 가장 큰 신사이기 때문일까, 니넨마이리를 오는 참배객도 많았다. 날이 바뀌고 손님의 발길은 더욱 늘어난 듯 보였다.

인파에 섞여 이동하던 유이가하마가 두리번두리번 주변을 살폈다. 보아하니 참배로 양쪽에 길게 늘어선 노점상에 관심이 쏠린 눈치였다.

"꼭 축젯날 같다, 그치?"

"그야 대목이니까. ……빨리 집에 가고 싶다."

산통 깨는 반응에 유이가하마가 볼멘 표정을 지었다.

"또 그런 소리 한다……. 기왕 온 김에 우리 뭐라도 먹구 가자."

유이가하마는 그러면서 어슬렁어슬렁 곁길로 새려고 했다. 그러자 옆에 있던 유키노시타가 목도리를 쭉 잡아당겨 제지했다.

"참배부터 하고 가렴."

나무라면서 유이가하마의 어깨에 손을 살며시 얹고 얼굴을 앞쪽으로 돌려놓았다. 나도 덩달아 앞을 돌아봤다.

앞쪽으로는 장사진이 펼쳐졌다.

그나저나 이 북새통 좀 어떻게 못 하나? 마음은 토하기 직전이었다. 지금 당장 돌아가고 싶다…….

하지만 그 혼잡함도 돌계단을 올라 경내로 들어서자 조금은 나아졌다.

경내에는 노점상이 없기 때문이겠지. 눈앞에 사당이 있다 보니, 다들 한눈팔지 않고 그쪽으로 직행한다. 우리도 그 대열에 껴서 사당 앞까지 왔다.

"둘 다 무슨 소원 빌 거야?"

우리 차례가 돌아오기 직전에 옆에 있는 유이가하마가 물었다.

"새해 참배는 그런 게 아니잖냐. 칠석도 아니고……."

"그래. 딱히 소원을 들어달라고 비는 타산적인 의식은 아니지."

유키노시타가 유이가하마 뒤에서 고개를 불쑥 내밀고 말하자 유이가하마는 이해가 안 된다는 얼굴로 반박했다.

"우음…… 그래도 급하면 하느님 찾는다는 말두 있구……. 급하면 들어주지 않을까?"

대단한 논리였다. 신이라는 존재가 그렇게 편리했으면 세상이 좀 더 평화로웠겠지.

"그건 평소에 믿지도 않으면서 필요할 때만 기대려는 나쁜 버릇을 꼬집는 말이란다……."

유키노시타도 머리가 아픈지 관자놀이를 눌렀다.

"엥? 그래도 온 김에 빌어두면 이득 아냐……?"

유이가하마는 혼란스러운지 머리에 물음표를 띄웠다.

곧 앞에서 참배하던 사람들이 옆으로 비키고 우리가 선두가 됐다.

유키노시타는 작게 한숨을 쉬었다.

"휴우……. 하긴 그것도 나쁘진 않겠구나. 굳이 따지자면 결의를 다지는 느낌에 가깝다고 생각되지만."

유키노시타가 빙그레 웃자 유이가하마도 열렬하게 고개를 끄덕이며 그 팔에 와락 안겼다.

"글쿠나……. 그럼 나, 꼭 빌고 싶은 소원이 있어."

"그러니……."

다정한 목소리로 말을 받고, 두 사람은 한 발 앞으로 나가서 새전함 앞에 섰다. 두 사람은 새전을 던지고 힘을 모아 딸랑딸랑 방울을 흔들었다. 그 후 두 번 절을 하고 짝짝 손뼉을 친 후 지그시 눈을 감았다.

신 앞에서 하는 선서. 그 모습에서는 어딘지 모르게 엄숙한 분위기가 묻어났다.

나도 두 사람을 따라 예법을 맞추어 합장했다.

소원, 혹은 다짐이라…….

힐끗 유키노시타와 유이가하마를 곁눈질했다.

유키노시타는 조용히 눈을 감고 가느다란 숨결을 토해냈다. 유이가하마는 미간을 찡그린 채 끄응 나직한 신음을 흘렸다. 그들이 무엇을 기원하고 무엇을 다짐했는지는 모른다.

나도 따라서 눈을 감았다. 소원다운 소원은 없지만, 최소한 내 노력 여하에 달린 일은 빌지 않기로 마음먹었다.

일단 코마치가 무사히 합격하기를……. 그것만큼은 내가 어떻게 해줄 수 있는 문제가 아니니까.

참배를 마치자 간신히 사람들의 물결에서 해방되었다.

넓은 경내를 불러보니 사방 천지에 무녀 무녀 간호사.[#35] 뻥이다. 간호사는 없다.

무녀 천지인 무녀무녀 파라다이스를 터벅터벅 걷다가 유독 긴 줄에 섰다. 그 앞에 있는 종무소는 에마[#36]에 파마(破魔)의 화살, 부적 등 각종 상품을 구비하고 참배객을 기다렸다.

잠깐 줄을 서서 원하던 부적을 샀다. 그리고 사는 김에 올해의 운수를 점칠 요량으로 제비도 뽑았다.

가느다란 막대기가 든 육각형 나무함을 달그락달그락 흔들고, 거기서 나온 막대에 적힌 번호를 무녀에게 알려서 운세 쪽지를 건네받았다. 나는 그것을 들고 서둘러 유이가하마와 유키노시타에게로 갔다.

넓은 경내 한쪽에서 두 사람을 발견했다. 유이가하마는 싱글싱글 웃는 한편, 유키노시타는 눈썹에 힘을 주며 손을 노려보고 있었다.

무슨 일 있었나? 의아하게 생각하며 인파를 뚫고 나가 둘에게 말을 걸었다.

"미안, 기다렸냐?"

#35 무녀 무녀 간호사 19금 게임 『무녀(巫女, 미코) 미코 너스』의 패러디.
#36 에마 신사에 소원을 빌거나 소원이 이루어졌을 때 봉납하는 목판.

유이가하마가 나를 홱 돌아봤다.

"아니, 그다지. 우리두 제비뽑기 하구 왔어."

그러면서 손에 든 제비를 살살 흔들어 보였다. 제비에는 대길이라는 글자가 대문짝만하게 적혀 있었다. 그것을 보는 순간 사정을 대강 이해했다.

알 만하군……. 유키노시타를 보자 아니나 다를까 입술이 삐쭉 나왔다. 그리고 나를 흘기다시피 쳐다봤다.

"히키가야는? 너도 제비 뽑았잖니?"

"뽑았지."

받고 나서 손에 쥐고만 있던 제비를 펼쳤다. 그러자 유키노시타와 유이가하마도 고개를 내밀고 들여다봤다.

"소길……."

미묘함의 극치다……. 하긴 고작 백 엔짜리 점괘에 거창한 걸 기대하는 게 잘못인가. 세부 항목을 죽 훑어보았지만, 죄다 하나같이 미묘했다. 얼마나 미묘하냐면 건강 운에 구내염을 조심하라고 쓰여 있을 정도의 미묘함이랄까.

완전히 나쁜 운세로 간주할 수도 없어서 묶을까 말까 고민하는데[#37] 옆에 있던 유키노시타가 자기 운세 쪽지를 팔랑 내밀어 보였다.

"……중길."

후훗 우쭐한 미소를 머금은 채 유키노시타가 선언했다. 이

[#37] **묶을까 말까 고민하는데** 일본에서는 운세를 뽑아서 나쁜 점괘가 나오면 액막이 차원에서 나뭇가지 등에 묶는다.

녀석 승부욕은 여전하구만…….

하지만 그 덕분에 유키노시타의 기분도 부쩍 좋아졌는지 흡족하게 콧바람을 불더니 어깨에 걸친 머리카락을 털었다.

유이가하마가 그 모습을 흐뭇한 미소로 바라보고 있었다.

"그래두 아무도 흉이 아니라 다행이야."

"……그건 그렇구나."

유이가하마가 생글생글 웃으며 하는 말에 유키노시타도 자기 승부욕을 반성했는지, 볼이 발그레해지며 고개를 돌렸다.

그런데 고개를 돌려서 유키노시타의 눈이 맞았다.

"그 주머니…… 부적이니?"

유키노시타의 호기심 어린 시선이 내 손을 주목했다. 계속 쥐고 있었던 부적, 센겐 신사의 이름이 붉게 인쇄된 조그만 종이 주머니를 들어 보였다.

"아, 이거. 응. 일단 코마치 합격 기원용으로."

"그래……."

유키노시타는 살포시 미소 짓더니 이번에는 고개를 까딱 기울여 아래에서 들여다보듯 내 얼굴을 봤다.

"혹시 괜찮으면 에마라도 쓰고 가지 않겠니?"

"우와, 그거 좋다! 코마치 합격 기원!"

유이가하마도 앞으로 한 발자국 폴짝 뛰어나오며 나와 유키노시타의 이야기에 끼어들었다.

"……근데 줄을 좀 서야겠다."

유이가하마는 아까 내가 갔던 종무소를 보며 말했다. 나는 두 사람의 제안에 바로 답할 수 없어서 입을 열 때까지 한동안 주저했다.

"……그래주면 고맙지."

시간을 들여서 나온 말은 그토록 밍밍했다. 내 대답을 듣고 유키노시타와 유이가하마는 눈만 깜빡거렸다.

"……뭐, 왜?"

너무 노골적으로 쳐다봐서 눈썹을 까딱 치켜 올리며 묻자 유키노시타가 아차 싶은지 헛기침했다.

"그냥, 의외여서."

"그치. 힛키가 고맙다구 하니까 기분 이상해. 줄서기 싫다구 할 줄 알았어."

유이가하마가 재미있다고 키득키득 웃었다. 아니, 지금 게 웃겨? 나도 고마우면 고맙다고 할 줄 안다. 그만 불쾌감 섞인 콧김이 훅 나왔다.

"나는 동생을 위해서라면 자존심을 버리는 인간이니까. 코마치만 아니었으면 벌써 집에 갔을 거다."

"자존심 말고 상식을 버렸나 보구나……."

유키노시타가 한탄하며 몇 발 걸어 나가더니 우리를 돌아봤다.

"우리도 갈까?"

유이가하마가 유키노시타의 눈빛을 받고 내 어깨를 살며시 밀었다. 나도 그 신호에 따라 순순히 걸음을 내디뎠다. 곧 앞쪽에서 기다리던 유키노시타를 따라잡고 우리 셋은 또 기나긴 행렬의 후미로 향했다.

진득하게 시간을 들여 셋이 함께 에마에 글자를 채웠다.

유키노시타의 표본처럼 또박또박 쓴 글씨에 내 악필, 도중부터는 유이가하마의 춤추는 듯한 이모티콘까지 더해져서 대체 뭘 기원하는지 모를 에마가 완성됐다. 이런 걸 봉납 받는 신도 난감하겠지.

하지만 에마란 신에게 보이기 위한 물건이니까 이렇게 화려해야 오히려 눈에 띌지도 모른다. 내가 대표로 에마를 걸고 짝짝 합장을 했다. 부탁한다, 에마 쨔응. 코마치가 합격하게 해주세요…….

넉넉히 묵도한 다음 뒤에 있는 둘을 돌아봤다.

"좋아, 이쯤 하면 됐겠지."

유키노시타와 유이가하마도 꽉 찬 에마가 마음에 드는지 고개를 끄덕였다.

솔직히 에마를 쓸 예정은 전혀 없었지만, 이만하면 새해 참배의 목적은 달성했다. 달리 할 일이 있나 잠깐 머리를 굴리다가 입을 열었다.

"이제 어쩔까? 집에 갈까?"

"안 간대두……. 왜 틈만 나면 간다구 해?"

유이가하마가 싸늘한 눈빛으로 나를 봤다. 아니, 볼일은 다 봤잖아……. 그렇게 변명이라도 하려는데 유키노시타가 고개를 갸웃거리며 내 말을 막았다.

"노점 돌아보기로 하지 않았니?"

경내로 오는 도중에 유이가하마가 노점에 지대한 관심을 보였던 것을 기억한 모양이었다. 유키노시타가 제기한 의문에 유이가하마가 고개를 빠르게 끄덕여 긍정했다.

어차피 집에 가려면 다시 참배로를 지나가야 한다. 나도 이견은 없었다. 더 정확히는 아예 발언권 자체가 없었는지, 두 사람은 이미 걸어가고 있었다.

왔던 길을 되돌아가자 노점이 즐비한 구역이 나왔다. 오코노미야키, 타코야키는 기본이고 새해에 맞춰 감주를 파는 곳도 있었다.

먹거리를 파는 노점들 사이에 경품 사격장도 끼어 있었다. 여름 축제에서는 흔히 볼 수 있는 광경이지만 겨울에도 장사를 하나 싶어서 시선을 주는데, 옆에서 나직하게 중얼대는 소리가 들렸다.

"설날인데 왜 사격장이 있지……?"

희한한지고……. 유키노시타는 기묘한 표정으로 사격 노점을 유심히 바라보았다.

"그야 물론 특이하다면 특이하지만, 애들도 오니까 돈벌이가 되겠다 싶으면 올 만도 하지 않냐?"

"불가사의하구나……. 어째서 이런 곳에……."

하지만 유키노시타는 내 말이 귀에 들어오지 않는지, 여전히 사격장을 뚫어지게 쳐다보는 중이었다. 자세히 보니 경품 중에 팬돌이 인형이 눈에 띄었다. 아하, 그래서 쳐다보는 거였군…….

"……한번 해볼래?"

"됐어, 딱히 그럴 생각은……."

말은 그렇게 했지만, 유키노시타는 여전히 안절부절못하는 기색이었다. 딱 봐도 갖고 싶어 하는 티가 팍팍 나잖아…….

유이가하마도 그 심경을 눈치챘는지, 거동이 수상한 유키노시타를 다정한 눈빛으로 바라보고 있었다.

"유키농은 팬돌이 좋아하니까."

유이가하마가 미소 섞으며 그렇게 중얼거렸다. 평소라면 즉시 반박하거나 변명할 유키노시타가 지금은 그 말도 안 들리는 듯했다. 눈앞에 있는 팬돌이 인형에 단단히 꽂힌 모양이었다.

유키노시타는 계속해서 중얼중얼 혼잣말을 하며 팬돌이 인형을 바라보았다. 반응으로 보아 따낼 때까지 여기서 꼼짝도 안 할 거 같은데 어떡하지? 그다지 자신은 없지만, 그래도 한번 시도나 해봐……?

지갑 사정을 따져보는데 유이가하마가 갑자기 작게 소리를 냈다.

"아, 맞아."

그러고는 내 소맷자락을 마구 잡아당겼다.

"어, 왜……?"

"저기……."

혼자 두근대는 내게 까닥까닥 손짓을 했다. 아무래도 자세를 낮춰달라는 뜻인가 보다. 시키는 대로 살짝 고개를 숙이자 유이가하마가 밀담이라도 하듯 내 귓가로 얼굴을 가져다 댔다.

이런 포즈를 취하면 서로 밀착하게 된다는 걸 모를 리 없다. 새삼스럽게 놀랄 만한 상황도 아니거니와 구태여 의식할 만한 일도 못 된다.

그럼에도 평소와 다른 시트러스 계열 향기가 코끝을 간질이고, 겨울바람을 맞아 은은한 복숭앗빛으로 물든 뺨이 코앞으로 다가오자, 눈 둘 곳이 없어졌다.

"있잖아. 유키농 선물, 언제 사러 갈까?"

"아, 그거……."

그 말을 듣고 생각해보았다.

이제 곧 유키노시타의 생일이다. 그리고 지난 크리스마스 파티 날, 함께 유키노시타에게 줄 선물을 사러 가기로 약속했다.

물론 그 약속을 까먹었던 건 절대 아니고, 오히려 어떡해야 좋을지 계속 고심해왔다. 언제 어디서 누구와 무엇을 어떻게 살 것인지는 말할 필요도 없고, 그 이전에 어떻게 이야기를 꺼내야 하는가라는 육하원칙 수준에서부터 고민해왔다. 내가 먼저 약속을 잡는 건 어렵단 말이지. 날짜 정하는 것도 진짜 힘들고. 내 마음대로 정했다간 불편해할 거 같고, 그렇다고 언제가 좋으냐고 물어보자니 상대방에게 전부 떠넘기는 느낌이어서 영 마음이 편치 않다. 뭐냐고, 이 평생 결정 못 하는 패턴.

어쨌든 저쪽에서 먼저 이야기를 꺼내줘서 다행이다. 지나치게 뒤로 미뤘다가는 또 이것저것 생각이 많아질 테고, 최종적으로는 가기 싫어질 게 뻔할 뻔 자라서 신속하게 결론을 내리기로 했다.

"……내일, 시간 되냐?"

"으, 으응. 괜찮아."

하지만 기다렸다는 듯 덥석 물어버린 탓일까, 유이가하마는 조금 당황한 기색이었다. 경단머리를 만지작거리며 입도 잘 떨어지지 않는지 오물거렸고 눈은 안절부절못하고 굴러다녔다. 그리고 망설이며 속삭이다시피 말했다.

"둘만…… 가두, 괜찮겠어?"

"음, 그건 뭐, 전혀……."

쭈뼛쭈뼛 눈치를 살피는 시선에 내가 더듬더듬 대답하자 유이가하마는 짧은 숨결을 토하고 고개를 끄덕끄덕했다.

"그, 그렇구나……. 응, 그럼 됐어."

"그, 그래……. 그럼 내일……."

"응……."

그 대답을 끝으로 유이가하마는 입을 다물어버렸고, 나도 자연스럽게 침묵했다.

그 침묵이 너무 길게 느껴져서 서로 어색함을 떨치려는 양 괜스레 주위를 둘러봤다.

그러다가 마침 사격장 쪽에서 유키노시타가 어깨를 늘어뜨린 채 터벅터벅 걸어오는 게 보였다.

"뭐야, 그냥 가려고?"

물어보자 유키노시타가 서글픈 미소를 지으며 싸늘하게 대꾸했다.

"그래, 됐어. 저 따위 것……."

"엉?"

나와 유이가하마는 서로를 돌아보고 고개를 갸웃했다.

대체 무슨 신경의 변화인가 싶어 다시 한 번 사격장을 유심히 살펴보았다. 자세히 보니 유키노시타가 뚫어져라 쳐다보던 인형은 팬돌이 팬이 아니라 팬돌이 팬더였다. 그래, 있지. 이런 축제 노점에는. 데O소다가 아니라 개O소다라든가, 아디다스가 아니라 삼O다스라든가.

"아하, 짝퉁(パチモン, 파치몬)이란 거네."

내가 흠흠 납득한 표정으로 말하자 유키노시타는 턱을 매만지며 고개를 갸웃했다.

"짝퉁? 어디선가 들어본 적이 있는 이름이구나. 아마도 성은 히, 히키……."

"저기요? 그거 제 이야기는 아니겠죠? 그보다 이름은 고사하고 성도 가물가물한 거냐?"

그러자 유키노시타가 자못 실망한 것처럼 어깨에 내려앉은 머리카락을 쓸어 넘겼다.

"실례잖니, 정확히 기억해."

"야야, 실례는 네가 했거든……?"

그래도 이름만 기억하면 됐다고 자기합리화하는 게 바로 나란 인간. 세상에는 카와 어쩌고 양이라고 불리며 이름도 안 외워주는 사람도 있지! 카와 어쩌고 양, 지금쯤 뭐 하고 있으려나…….

×　×　×

왔던 길을 되돌아가 커다란 토리이를 지나서 국도변으로 나왔다.

넓은 국도를 따라 차디찬 칼바람이 스쳐 갔다. 몸이 자동으로 부르르 떨려서 나와 유이가하마는 코트 깃을 여몄다.

반면, 유키노시타는 추위에 강한 편인지, 목도리를 살짝 고칠 뿐이었다. 다만, 그 표정에는 지친 기색이 묻어났다. 유키노시타가 길게 뱉은 숨은 바람을 타고 사라져갔다. 그래, 이 녀석은 사람 많은 곳을 싫어하지. 뭐, 나도 똑같지만.

역까지 가는 길에는 해가 바뀌고 참배객의 발길이 더 늘어나고 있었다. 그 광경을 보니 나도 한숨이 나왔다.

"케이세이 선은 미어터지겠구만……."

내 말에 반응해 유이가하마가 짝 손뼉을 쳤다.

"앗, 그럼 케이요 선까지 갈래?"

유이가하마의 시선은 국도를 끼고 바다 쪽, 우리가 다니는 소부고 쪽으로 향해 있었다. 케이요 선이 통하는 역은 신사에서 조금 떨어져 있어서 가장 가까운 역보다는 덜 붐빌 것이다. 게다가 우리에게는 모르는 길도 아니고 별로 먼 거리도 아니었다.

"그럴까. ……어쩔래?"

내 물음에 유키노시타는 말 대신 고개를 끄덕였다.

"좋아, 그럼 출발!"

유이가하마가 활기차게 유키노시타의 등에 안겨 재촉하듯 걸어갔다. 유키노시타는 저항할 생각도 없는지 그대로 힘없이 떠밀렸다.

가로등과 오가는 자동차 라이트가 국도변을 밝게 비추었다. 근처 공원에서는 젊은이들이 새해 카운트다운의 연장선인지 폭죽을 터뜨리고 있었다.

새해로 들뜬 심야의 거리를 또각또각 아스팔트를 울리며 걷는다. 평소 밤과는 달리 곳곳에서 떠드는 소리가 들렸고, 불빛이 수놓은 세계는 일상에서 크게 벗어나서 앞을 걷는 두 사람이 어딘지 모르게 환상적으로 보였다.

콧노래를 흥얼거리며 또각또각 리듬을 타는 발소리. 거기에 너무 붙지도 떨어지지도 않고 조용히 여유로운 소리를 내는 부츠.

바람이 불 때마다 코트와 목도리가 날렸고 때때로 따라오는지 불안한 것처럼 뒤에 있는 나를 돌아봤다. 그때마다 어쩐지 웃음이 나왔다. 굳이 확인하지 않아도 나는 어디 안 간다.

역이 가까워지면서 행인의 수도 늘었다.

12월 31일과 1월 1일에 걸쳐서 전철은 하루 종일 운행한다. 이제부터 새해 참배를 나오는 사람이 있는가 하면 해를 넘기고 집으로 돌아가려는 사람도 있었다.

우리도 그 흐름을 타고 역 내부로 들어갔다. 나와 유키노시타는 이대로 전철을 타고 돌아가면 되지만, 유이가하마는 집이 근처라서 혼자 남는다. 어떻게 할지 유이가하마를 봤다.

"너는 어쩔 거냐?"

"나는…… 어쩌지?"

유이가하마가 유키노시타를 힐끔 보자 다른 제안이 돌아왔다.

"오고 싶으면 우리 집에 와도 돼."

"정말?!"

"그래."

미소와 함께 대답한 유키노시타는 새끼 고양이처럼 크게 하품했다.

"그럼 일단 유키노시타 집 쪽으로 갈까."

상의가 끝나자마자 바로 개찰구를 넘어서 상행선 플랫폼으로 갔다. 어차피 이런 시간에 여자들끼리 돌려보내기도 마음이 불편했다. 바래다주는 게 사람 된 도리겠지.

플랫폼에도 사람이 드문드문 있었고, 새로 들어온 전철에도 제법 사람이 많았다. 그래도 신사에서 가장 가까운 역보다는 훨씬 적은 수였다. 바다 쪽에는 큰 신사도 없어서 니넨마이리의 영향은 거의 없는 듯했다.

마침 빈자리가 있어서 세 명이 나란히 앉은 뒤 전철은 서서히 움직였다.

그 미세한 진동과 발로 전해지는 따끈따끈한 난방이 편안했다. 나도 모르게 안도한 것처럼 숨이 나왔다. 그 소리를 들었는지 유이가하마가 살며시 웃었다.

"밖이 좀 추웠지?"

"그러게 말이다. 역시 겨울밤은 돌아다닐 게 못 돼."

"그래도 재밌잖아. 왠지 밤에는 더 신나구!"

유이가하마가 눈망울을 초롱초롱 빛내며 말했다. 뭐야, 밤놀이 좋아한다고 광고하냐? 그래도 밤에 산책하거나 심야에 편의점을 찾으면 살짝 두근거리는 마음은 나도 이해한다만⋯⋯.

그때, 유이가하마의 반대편, 옆에 있는 유키노시타가 말이 없다는 사실을 깨달았다.

문득 돌아보자 유키노시타는 꾸벅꾸벅 졸고 있었다. 어머나, 새해 첫 꿈이라고 세배하니? 세뱃돈 많이 받겠구나, 우후후후후. 아니, 새해 꿈은 설날 밤에 꾸는 거였나? 그럼 이건 새해 꿈은 아니군⋯⋯.

그렇게 여유 부리며 생각하던 것도 잠깐뿐이었다.

유키노시타의 몸이 흔들려 차츰 내 쪽으로 쓰러졌다. 어깨에 천천히 무게가 실리고 흘러내린 머리카락에서 샴푸 냄새가 은은히 피어올랐다.

코트 위로 부드러운 감촉과 온기가 전해지고, 색색 조용한 숨소리가 귀에 닿았다.

전철이 달리는 진동과 창을 때리는 바람, 승객들의 수다로 차내는 소리로 가득했다. 그래도 전철이 흔들릴 때마다 오른쪽에서 희미하게 들리는 숨소리는 귓가에 맴돌았다.

예상치 못한 접촉으로 몸이 굳어 버렸다. 섣불리 움직이면 유키노시타가 깰 테고, 그렇다고 이대로 있을 수도 없었다.

왜냐면 창피하니까. 왠지 쑥스럽잖아.

이거 어쩌면 좋나? 당혹스러워서 목소리를 죽여 불러봤다.

"야, 야……."

하지만 유이가하마가 검지로 쉿, 하며 나를 막았다.

"유키농, 피곤한가 봐."

그렇게 귓속말하면 거역할 수가 없다. 평소라면 적당히 거리를 두겠지만, 공교롭게도 도망갈 방향은 유키노시타의 가느다란 몸이 막고 있었다.

그래서 내가 할 수 있는 일은 가만히 고개를 끄덕이는 것뿐이었다.

유이가하마는 몸을 살짝 숙여 무릎 위로 턱을 괴고 미소 지으며 유키노시타의 얼굴을 들여다봤다.

그러다가 가끔 눈을 위로 뜰 때면 시선이 마주쳤다. 그러면 뭐가 우스운지 유이가하마는 히죽 웃었다. 그 때문에 더 심장이 쿵쾅거렸다.

결국 이 자세대로 수 정거장을 지나야만 했다.

치바가 이렇게 넓었던가. 불과 수 정거장이 몹시도 길게 느껴졌다.

×　×　×

익숙한 안내 방송이 목적지에 다가왔다고 알리고 전철이 서서히 감속했다.

그때까지도 유키노시타는 여전히 반들거리는 입술로 조용한 숨소리를 내면서 아담한 가슴이 미세하게 위아래로 움직였다.

그 자그마한 움직임이 이상하게 신경 쓰였지만, 그렇다고 빤히 볼 수도 없는 노릇이라서 나는 부동자세로 굳어 있었다.

그나저나 이제 내려야 하는데 어쩐다…….

어쩔 줄 모르는 내 옆에서 유이가하마가 벌떡 일어나서 유키노시타 앞으로 걸어갔다.

"유키농, 내리자."

유이카하마가 말을 걸면서 살살 몸을 흔들었다. 그러자 유키노시타는 음냐음냐 웅얼대는 소리를 내고 살며시 눈꺼풀을 들었다.

그리고 게슴츠레한 눈으로 잠시 그 자리에 굳어 있었다.

자신이 놓인 상황을 정확히 이해했는지, 부리나케 고개를 들어 자리를 박차고 일어났다.

"미, 미안…….”

"아니, 별 상관없다만…….”

말로는 그러면서도 눈을 피해 버렸다. 피한 김에 어깨도 가볍게 돌렸다.

지금까지 어깨를 누르던 무게에서 해방되어 목을 뚝뚝 풀었다. 어깨 결림은 어느 정도 해소된 모양이지만, 온기는 아직 남아 있는 기분이었다.

전철에서 내리자 개방된 플랫폼에서 칼바람이 볼을 찔렀다. 거기서 도망치듯 달음박질로 계단을 내려가서 개찰구를 빠져나갔다. 낮에는 사람이 끊이지 않는 역전도 역시 이 시간에는 한산했다. 사람이 하나둘 보이기는 하나, 찬 바람 몰아치는 밤거리는 적적한 분위기가 감돌았다.

고요한 겨울의 거리를 걸으며 유키노시타가 사는 아파트로 향했다. 앞을 걷는 유키노시타와 유이가하마를 따라서 나는 뒤를 쫓았다.

역 바로 근처에 있는 공원의 좁다란 오솔길을 지날 때, 어쩐지 나와 유키노시타의 거리가 멀어진 느낌이 들었다. 사실 나도 얼굴을 마주할 자신이 없어서 딱히 상관은 없지만…….

희미한 가로등이 비추는 두 사람의 모습은 대조적이었다.

유키노시타는 깊디깊은 한숨을 내뱉고 두통을 참는 것처럼 관자놀이를 누르고 있었다. 아까 보인 실수에 자기혐오를 느끼는 기색이었다.

한편, 유이가하마는 만족스럽게 푸하 숨을 내쉬었다. 그리고 나직하게, 곱씹듯이 중얼거렸다.

"유키농 자는 얼굴, 귀여웠는데……."

그 발언에 유키노시타의 어깨가 흠칫했다.

그러고는 말없이 빤히 유이가하마를 보다가 고개를 홱 돌리고 말았다. 창피해하는 그 모습이 웃음보를 자극했는지 유이가하마가 쾌활하게 웃었다.

"뭔가 좋네, 이런 거!"

"그러니?"

유키노시타의 목소리가 어딘지 모르게 원망스러웠다. 하지만 대답하는 유이가하마는 겨울의 북풍 같은 목소리마저 따뜻하게 녹일 듯 밝았다.

"응, 좋아!"

그렇게 딱 잘라서 말하자 유키노시타도 나도 말문이 막히고 대신 미소가 흘러나왔다.

뭐, 틀린 말은 아니군. 나도 딱히 싫지는 않다.

그런 생각을 하는데 몇 걸음 앞서가던 유이가하마가 제자리에서 빙글 돌아봤다.

"아, 맞아. 새해 해돋이! 바다도 가까우니까 해돋이 보자!"

난데없이 나온 엉뚱한 제안에 내 입에서 미소가 쑥 들어가고 불만스러운 소리가 흘러나왔다.

"으엑……."

"너무 싫은 티 낸다……."

유이가하마는 내게 눈총을 줬다. 안 그러게 생겼냐, 이 시기면 새벽 여섯 시에 해 뜬다고……. 나 그렇게 일찍 못 일어나…….

"애초에 치바에서 보는 도쿄만은 서쪽이니까 바다 해돋이는 못 봐……."

유키노시타가 당혹스럽게 말하자 유이가하마가 깜짝 놀랐다.

"그, 그래?"

그 반응을 보고 유키노시타가 더 싱긋 미소 지었다.

"그래. 해는 동쪽에서 뜬단다."

"그, 그 정도는 나두 알아!"

아무래도 방금 자는 얼굴을 언급한 복수 같았다. 해가 바뀌어도 여전히 사이가 좋으시군요, 두 분…….

"우리 동네는 별로지만, 치바 전체에서는 쵸시 시가 해돋이로 유명하지."

간토 지방 최동단인 이누보자키는 산 정상, 섬을 제외하면 일본에서 가장 일찍 해돋이를 볼 수 있는 곳이다. 그런 이유로 정초에는 많은 사람이 모여 자주 교통 체증을 빚는다고 한다. 딱 지금쯤 차로 출발하는 사람도 많을 것이다.

이상으로 오늘의 치바 토막상식을 마치겠습니다~.

그렇게 구구절절 설명한 결과, 두 분 모두 칠색 팔색 하고 계셨다.

유키노시타는 지친 것처럼 한숨을 푸 쉬었고, 유이가하마는 싸늘한 눈매로 나를 보며 넌더리를 냈다.

"또 시작이야, 치바 지식 자랑……."

냅두셔. 오히려 이제 익숙해질 때도 됐잖아?

그런 대화를 하는 사이에 유키노시타의 아파트에 도착했다.

정문까지 와서 유키노시타가 나를 돌아봤다.

"그럼 들어갈게. ……바래다줘서 고마워."

부끄럽게 말하는 감사 인사에 어떤 대답이 정답인지 몰라서 그저 대수롭지 않은 척 고개만 끄덕였다.

"……나도 가련다."

"응."

"그래, 잘 자렴."

두 사람에게 가볍게 손을 들어 보이고 나는 아파트에서 멀어졌다. 정문 자동문을 넘어서 다시 밤의 어둠에 젖어 들어

찬란하게 빛나는 고층 아파트의 불빛을 올려다봤다.

이렇게 새해를 시작할 줄은 꿈에도 몰랐다.

일년지계는 정월에 있다고 했다. 아무래도 올해는 파란만장한 해가 될 듯했다. 그렇지만 그게 마냥 나쁘다는 생각은 들지 않았다.

새해는 저승길의 이정표, 경사스럽기도 하고 아니기도 하다.

잇큐 소준의 말이었던가. 그 말에 따라 생각하면 무슨 일이든 표리일체, 생각하는 방식에 따라서 달라지게 마련이다. 물론 자동으로 이면부터 보려는 이 기질 때문에 부정적인 면만 보이는 게 문제지만.

잡념에 잠기며 아파트에서 멀어졌다.

그런데 뒤쪽에서 자동문이 열리는 소리가 들리고 급한 발소리가 쫓아왔다. 돌아보자 유이가하마가 서 있었다.

"힛키."

"왜?"

무슨 볼일이라도 있나 묻자 유이가하마는 경단머리를 만지작거리며 몸을 꼼지락댔다. 그리고 살짝 숨을 들이켰다.

"그게…… 내일 봐."

내 안색을 살피듯 빼꼼 위로 뜬 눈.

새해를 맞이한 특별한 밤에 아무런 특별함도 없는 일상적인 말. 그것이 어째선지 우스워서 나도 모르게 웃음이 나왔다.

"……그래. 내일 보자."

나는 똑바로 눈을 보며 대답했다. 유이가하마가 손을 흔들며 아파트 안으로 돌아갔다. 그 모습을 바라보다가 나는 아무 것도 변하지 않은 새로운 한 해로 발을 내디뎠다.

아는 것과 모르는 것에 관해 히키가야 하치만은 생각한다.

맑은 겨울 하늘을 올려다보는데 머리 위로 모노레일이 지나갔다.

그것을 눈으로 좇으며 숨을 내쉬었다. 흰 숨결은 가늘게 꼬리를 끌다가 이내 바람에 실려 사라졌다.

오늘 해야 할 일을 생각하면 자꾸만 마음이 무거워 깊은 한숨이 나왔다.

아니다, 딱히 오늘만 그렇지도 않다.

아마 앞으로도 비슷한 날이 오겠지.

언젠가 「다음」이 있다는 것도 안다.

약속이라고 불러도 될지는 모르겠으나, 일단은 약속을 했다고 생각하니까.

문제는 언제 어디서 어떻게 뭐라고 말하느냐. 사람과 어울려본 경험이 적으면 이럴 때 난감하다. 다들 놀러 갈 때 어떤 식으로 꼬드겨?

어쨌든 그 문제는 제쳐놓고.

지금은 오늘의 약속에 집중해야 한다.

어제 신사에서 돌아온 후, 유키노시타의 선물을 사러 가자고 유이가하마가 문자를 보내왔다.

약속 장소는 치바역의 대형 전광판 앞. 이보다 알기 쉬운 곳도 없다. 역에서 나오면 바로 내가 보일 테지. 그 반대 역시 마찬가지다. 그렇게 생각하니 하얀 입김이 새어나오는 빈도가 올라갔다.

이윽고 유이가하마가 개찰구 밖으로 나오더니 나를 알아보고 힘차게 손을 흔들었다.

"야헬롱~!"

"왔냐."

"미안해, 좀 늦었지!"

유이가하마는 베이지색 코트를 팔락팔락 휘날리며 경쾌한 부츠 소리와 함께 달려왔다. 코트 자락이 나부낄 때마다 무릎 근처까지 오는 롱 니트와 퀼로트 진이 얼핏얼핏 엿보였다.

"그나저나 어디로 갈 거냐?"

"일단 여기저기 돌아다니면서 정하려구."

그렇게 말한 유이가하마가 손가락으로 역 주위를 둥글게 훑으며 걸음을 옮겼다.

"그래, 알아서 정해라……."

여자에게 줄 선물은 뭘 사야 좋을지 잘 모르겠다. 이런 건 잘 아는 사람에게 맡기는 편이 좋다.

약은 약사에게, 여자 마음은 여자에게, 황제의 것은 황제에게 돌려주라고 했다. ……마지막 건 아닌가.

아무튼 유이가하마의 센스를 믿는 편이 낫다고 판단하여 나는 고분고분 유이가하마를 따라가기로 했다.

치바는 쇼핑 천국이다.

그리고 고교생이 즐겨 찾는 쇼핑 장소의 대명사라면 바로 대형 쇼핑몰 파르코겠지.

젊은 치바 시민의 강력한 아군, 그것이 바로 파르코다. 아마 치바의 핫하고 영한 패션 피플들은 옷 구입처를 두고 파르코 파와 라라포트 파로 나뉘어 각축전을 벌이고 있을 게 틀림없다. 그 파르코 파도 치바 파르코 파와 츠다누마 파르코 파로 나뉘어 처참한 골육상쟁을 벌이는 중일 거다.

그만둬! 다들 사이좋게 지내라고! 같은 치바 시민이잖아! 츠다누마는 나라시노 시지만! 게다가 이미 치바 파르코는 없어졌어! 전쟁은 끝났다고! 세련된 옷을 사고 싶으면 다 같이 손잡고 도쿄로 가면 돼! 치바에 세련된 게 있을 리 없으니까!

그렇게 마음속으로 반전을 부르짖는데 유이가하마가 앞쪽을 척 가리켰다.

"아, 그럼 C·one부터 가볼까!"

C·one. 아는 곳이다. 그래, 이치란 라면이 입점한 곳이다.

이치란은 카운터석을 독서실처럼 칸막이로 나눠놓아, 온전히 식사에만 전념할 수 있는 맛 집중 시스템으로 유명하다. 참고로 맛 집중 시스템은 특허도 따낸 바 있다. 그 논리를 적용하면 외톨이는 인생 집중 시스템을 탑재한 셈이다. 얼른!

얼른 특허를 따내야 해!

나는 쓸데없이 설레는 마음을 달래며 당장 C·one으로 이동했다.

신년 세일을 알리는 장식물로 단장한 쇼핑몰 안에는 갖가지 점포가 줄줄이 늘어서 있었다. 고가도로 밑의 빈 공간을 활용해서 만든 상점가라, 길이 일직선으로 끝없이 이어진다. 새해맞이 창고 대방출 기간인 탓인지, 평소보다도 활기찬 분위기였다.

그중에서도 특히나 쇼핑에 빠진 유이가하마가 얼마나 기운이 넘치는지, 점원과 이런저런 대화를 나누며 옷을 고르고 패션에 관해 열띤 토론을 벌였다.

그사이에 남자인 내가 끼어들 수 있을 리 만무했고, 한 발짝은커녕 세 발짝 뒤에 우두커니 서서 초장부터 소외된 느낌을 풀풀 풍겨야 했다.

"힛키, 힛키! 이것 좀 봐! 진짜 귀엽지 않아?!"

"음, 뭐, 괜찮네."

솔직히 뭐든 어떠냐……라고 이어질 뒷말은 목구멍으로 삼켰다.

"이거면 봄에도 입을 수 있으려나?"

유이가하마는 이 옷 저 옷 집어 들고는 신나게 떠들어댔다. 즐거워 보여서 다행이다만, 너 유키노시타 선물 사러 온 거 맞지? 네 옷 사러 온 거 아니지?

유이가하마는 털 달린 후드 집업을 입고 거울 앞에 서서 빙그르르 도는 등, 옷맵시를 체크하느라 바빴다.

남자인 내가 매장에 들어가기는 아무래도 껄끄러워, 그냥 먼발치에서 지켜보기로 했다.

이런 모습을 보면 정말로 여자애답다고 느꼈다. 유키노시타와는 대조적인 인상이다.

예전에 유이가하마의 생일 선물을 사러 유키노시타, 코마치와 함께 돌아다녔을 때는 요즘 여고생답지 않은 유키노시타의 감각에 경악했더랬지.

……나도 남 말 할 처지는 아니지만.

게다가 나와 유키노시타를 같은 선상에 놓는 것도 양심 없는 짓이다.

적어도 유키노시타는 본인에게 어울리는 스타일은 알고 있는 눈치고, 패션에 무관심한 편도 아니다. 그런데도 유이가하마의 생일 선물을 사러 갔을 때 고전을 면치 못한 까닭은 남을 위해 무언가를 고른다는 행위가 생소했기 때문인지도 모른다.

그 융통성 없고 인간관계에 서툰 면모가 몹시 유키노시타다웠다.

문제는 그 무뚝뚝이가 선물을 받을 경우는 어떠냐는 것이다.

"나도 잠깐 돌아보고 오련다."

유이가하마와 헤어져 이 근처를 좀 쏘다녀 보기로 했다. 실제로 상품을 구경하면서 생각하다 보면 뭔가 떠오르는 게 있겠지.

유키노시타한테 선물이라…….

뭐가 좋을까…….

누가 뭐래도 서투른(ぶきっちょな, 부킷쵸나) 유키노시타 양, 줄여서 부키노시타 양에게 줄 선물 아닌가. 난감하다고, 부키 농. 취미 이외의 분야에서는 실용적인 물품을 선호하는 녀석이다. 더 정확하게는 취미부터가 그렇다. 독서 쪽은 자기가 알아서 사보는 편이고, 자취를 하니까 생활용품이나 요리 도구도 빠짐없이 구비해놨을 테지. 빨래판도 가슴에 표준 장착 상태고.

미치겠네, 대체 뭘 줘야 하냐고…….

어슬렁어슬렁 돌아다니다 보니 디스티니 캐릭터 상품을 파는 가게가 눈에 띄었다.

으음, 팬돌이는…… 나보다 유키노시타가 훨씬 빠삭할 테니까 패스.

계속 걸어가자 애완용품을 파는 매장이 나왔다.

고양이는…… 실제로 키우는 게 아니니까. ……키우는 게 아니지. 그냥 키우면 좋으련만. 유키노시타네 아파트, 애완동물 금지인가? 꿩 대신 닭이라고 고양이 사진집을 주자니 이미 잔뜩 갖고 있을 거 같고…….

그렇다고 저기 있는 액세서리 매장에서 뭔가 사주자니 그것도 좀 그렇고…….

끙끙거리며 근처 매장을 순회하다 보니, 출발 지점으로 되돌아오고 말았다.

그러자 옷 몇 벌을 품에 안은 유이가하마가 주위를 두리번 거리는 게 보였다.

"앗, 힛키! 혼자 어디 갔던 거야……."

나를 발견한 유이가하마가 이쪽으로 오라며 크게 손짓했다.

"이런 곳에 계속 있기 영 거북해서……."

"왜?"

영문을 모르겠다고 유이가하마는 고개를 갸우뚱했다.

"왜냐니…… 왠지 쑥스럽잖냐……."

"쑥스러워? 왜?"

왜왜왜, 그만 좀 물어. 블랙 비스킷츠의 타이밍이냐? 그런 노래, 요즘 아재밖에 모른다고.

하지만 나도 이유를 정확하게 설명할 말이 떠오르지 않았다. 그냥 심정적인 측면이나 분위기를 전할 수밖에 없었다.

"아니, 그 왜…… 그런 거 있잖아. 단둘이 이런 곳 들어가면 좀 그렇잖아……."

"뭐어? 그런 걸 누가 신경 쓰……."

그런데 거기서 유이가하마의 목소리가 멈췄다. 지금까지 계속 고개를 기울이고 눈살을 찌푸리던 표정이 점점 빨갛게 익어갔다.

"왜, 왠지 나두 신경 쓰이기 시작했어……."

"거 봐."

역시 분위기 파악과 공감 능력으로 정평이 난 가하마 양이다. 내 애매모호한 말도 제대로 알아들은 모양이었다.

그렇지만 단둘이 있는 상황에서 그 감정을 이해해 버리면 더 창피해지는 것이 난점이다.

유이가하마가 머리를 감싸고 기어드는 목소리로 후회했다.

"역시 코마치도 부를걸……."

"그건 어렵지……."

그 녀석, 자기 딴에는 배려한답시고 몰래 사라져 버리기도 하니까……. 전에 유키노시타와 라라포트에 갔을 때도 어느새 사라지고 없었다. 그 애는 이럴 때 도움이 될 것 같아도 실상은 전혀 그렇지 않다.

"맞다…… 코마치, 수험생이지."

그야 그런 이유도 없잖아 있겠지, 라고 덧붙이려고 생각한 순간, 유이가하마가 얼굴을 휙 들었다. 그리고 주먹을 꽉 쥐어 아자아자, 하고 힘을 넣었다.

"좋아, 힘내자!"

"뭘……?"

내가 물어도 유이가하마는 듣지 않았고 뭔가 골똘히 생각에 빠졌다. 그러다 금방 생각이 정리됐는지 손에 든 옷을 고쳐들고 내 눈치를 살피듯 고개를 비스듬히 기울였다.

"혼자 고민해 봤는데…… 힛키, 좀 봐줄래?"

"도움이 안 돼도 괜찮다면야."

"응! ……그래두 도움은 돼줬으면 좋겠지만."

"노력은 해보마."

그러자 유이가하마가 매장 안쪽의 거울 앞으로 다가갔다.

나도 그 뒤를 따랐다.

"스웨터나 카디건은 블라우스 위에다가두 걸칠 수 있구, 학교에서두 입을 수 있지 않을까 싶어서 골라봤는데……."

설명을 마친 유이가하마가 코트를 벗더니, 그 안에 입은 니트까지 벗기 시작했다.

어쩐지 봐서는 안 될 것 같은 느낌이 들어 얼른 시선을 피했다. 피팅룸을 이용하라고……. 아하, 그런가. 밑에 셔츠를 받쳐 입었으니 거리낄 것 없다는 심리인가. 저는 신경 쓰이니까 자제해주세요.

가게 안에 음악을 틀어놨을 텐데도 옷자락 스치는 소리는 유독 크게 들렸고, 유이가하마의 숨소리도 저절로 귀에 들어왔다.

"옷차…… 어때?"

부르는 소리에 쭈뼛쭈뼛 돌아보았다.

몽실몽실하고 따뜻해 보이는 골지 스웨터였다.

"어떠냐니……. 뭐 괜찮다고 생각한다만……."

좋고 나쁘고를 따질 필요도 없다. 잘 어울린다.

다만 문제는 그 옷이 유이가하마가 입을 게 아니라 유키노시타에게 줄 선물이라는 점이다. 유키노시타가 그 스웨터를 입으면 옷감이 남아돌지 않으려나……? 으음, 그 뭐시냐, 어느 부분이라고는 말 안 하겠지만.

"근데 유키노시타 사이즈는 고려 안 해도 되냐?"

옷을 살 때의 기본 원칙은 자신에게 맞는 사이즈를 선택하는 거다. 핏이 중요하다느니 뭐니 하는 건 전부 코마치한테서 주워들은 거지만. 참고로 오늘의 내 복장 역시 돈 코마치[#38]의 깐깐한 패션 체크를 거쳤다. 내가 고른 옷은 「짓뭉개 버릴 테야!」라고 부르짖을 수준으로 지독하게 까였다. 아니지, 그건 피코 대사잖아. 어라 오스기 대사였던가? 하긴 누구면 어때.

"사이즈……."

그 단어를 뇌까린 유이가하마가 자기 배 언저리를 살짝 꼬집어보았다.

"크려나……?"

그렇게 중얼거리는 얼굴에는 절망의 빛이 어른거렸다. 배를 만지던 손이 다시 팔뚝으로 이동했고, 표정은 점점 더 어두워져만 갔다. 괜찮아! 안 커! 크지만, 하여튼 안 커! 정확히는 안 작아!

"아니 저기 괜찮아. 괜찮은 정도가 아니라 그야말로 딱 좋아. 그러니까……."

수습하려는 의도는 아니었지만, 다급한 김에 횡설수설 둘러댔다. 하지만 내가 너무 허둥댄 탓인지, 유이가하마는 새치름한 눈초리로 의심스러운 시선을 보내올 따름이었다. 아, 진짜 미치고 팔짝 뛰겠네! 이럴 때는 뭐라고 대답해야 정답인 거냐고!

"아무튼 잘 어울린다고. 그럼 된 거 아니냐?"

힘겹게 그 대답을 쥐어짜 냈다.

#38 돈 코마치 패션 디자이너 코니시 요시유키, 통칭 돈 코니시에서 따온 것. 참고로 피코는 패션 평론가며, 오스기는 그 쌍둥이 형제임.

"……에헤헷, 고마워."

겨우 웃는 얼굴이 된 유이가하마가 스웨터를 벗더니 주섬주섬 개기기 시작했다. 그 모습을 직시할 수가 없어서, 낯 뜨거운 마음에 딴청을 피우다가 문득 깨달았다.

"근데 유키노시타는 교칙을 지키니까, 학교에서는 그런 거 안 입을 거 같다만."

비록 유명무실한 수준이긴 하지만, 소부고에도 교칙이 존재하기는 한다. 그중에는 당연히 복장에 대한 규정도 있어서, 스웨터나 카디건은 학교에서 허가한 것만을 입게끔 되어 있다. 그래 봤자 시키는 대로 하는 학생은 거의 없으니 별로 신경 쓸 필요도 없지만, 유키노시타를 비롯한 일부 모범생들은 그 교칙을 철저하게 준수했다.

"그런가? 하긴 그러네. 그럼……."

유이가하마가 생각에 잠긴 얼굴로 스웨터를 한쪽 팔에 걸치더니, 이번에는 목도리와 장갑 같은 소품을 모아놓은 매대로 향했다.

그리고는 매대를 훑어보다가 아, 하고 탄성을 질렀다.

"귀여워~! 이거 끼구 사브레랑 놀면 재미있을지두!"

그렇게 말하며 집어 든 것은 고양이 손 모양 벙어리장갑. 그리고 강아지 얼굴 모양 벙어리장갑이었다.

고양이 손 벙어리장갑은 말 그대로 고양이 손 같이 생겼다. 반면에 강아지 얼굴 장갑은 손등에 귀와 얼굴이 달려 있고, 엄지손가락은 아래턱에 해당했다. 유이가하마가 그 장갑을 끼고 손을 꼼지락거렸다.

"뭘 잡을 때 좀 불편하려나……?"

"벙어리장갑이란 게 다 그렇지 뭐."

우움~ 하고 고민하던 유이가하마가 뭔가 생각났다는 듯 고개를 들더니, 오므렸던 손을 쫙 폈다.

"에잇, 덥석!"

그리고 강아지 장갑이 내 손을 와작 깨물었다.

"……그, 그냥 심심해서."

변명하듯 말한 유이가하마의 얼굴이 확 붉어졌다. 쑥스러우면 하지 말아 주시렵니까. 저도 쑥스럽단 말입니다. 나는 침착하게 벙어리장갑에서 손을 빼낸 다음, 가볍게 손부채질을 했다. 이 가게, 난방이 너무 센 거 아닌가?

"그보다 그 녀석, 그런 디자인 밖에서는 안 할 것 같다만."

"……그럴지두."

유이가하마가 납득한 기색으로 고개를 끄덕였다. 실제로 유키노시타가 평소에 입은 옷들을 생각해보면, 저렇게 대놓고 귀여운 척하는 건 없었던 것 같다. 선물해도 안 쓰지 않을까. ……아냐, 과연 그럴까? 의외로 유이가하마가 선물하면 겉으로는 냉정한 척하면서도 내심 설레는 마음으로 낄 것 같은 느낌도 든단 말이지.

"다른 걸 찾아봐야 하나……?"

고양이 손 장갑을 살랑살랑 흔들며 생각을 거듭하던 유이가하마가 다시 탐색에 들어갔다.

"아, 이거 괜찮을지두."

그렇게 말하면 집어 든 것은 고양이 발을 본떠 만든 양말이었다.

"양말이냐. 어째 신발 신기가 힘들 것 같다만."

"실내용이라구! 아무리 그래두 밖에서 이런 디자인은 못 신지."

그런 논리라면 아까 그 장갑도 절대로 밖에서는 못 낄 거라고 봅니다만……. 하지만 듣고 보니 발바닥 쪽에 분홍색 젤리 모양의 고무로 미끄럼 방지 처리가 되어 있는 게, 정말 실내용이기는 한 것 같았다.

"집에서 신는 거니까 남의 눈을 신경 쓰지 않아두 될 거 같은데…… 어떻게 생각해?"

"글쎄, 뭐 좋아하지 않겠냐?"

유이가하마가 주는 선물이면 유키노시타는 뭐든지 환영일 테니까. 품목 자체보다도 누가 주었는지가 더 중요한 셈이다. 실제로 무슨 말을 했느냐보다 누가 한 말인지에 더 무게가 실리는 경우도 있으니까.

"좋아, 이걸루 할래."

유이가하마가 들고 있던 물건들을 부스럭부스럭 챙겨서 계산대로 향했다. 그 속에는 아까 본 카디건과 벙어리장갑 두 개도 포함되어 있었다. 고양이 손 장갑도 선물하려는 건가…….

그나저나 고양이 손, 고양이 발이라…….

여기 혹시 꼬리는 안 파나?

×　×　×

어쨌거나 나는 나대로 열심히 찾아봐야 한다. 아까 그 가게, 고양이 꼬리는 안 팔더라고.

그리하여 방문했습니다. 소고 치바점 센시티. 이름부터가 유행에 민감할 것 같은 느낌. 그건 센시티가 아니라 센서티브 겠지.

평소 같으면 남성복 매장으로 직행했을 테지만, 오늘은 유키노시타에게 줄 선물을 사러 온 참이다. 자연스럽게 여성용품을 취급하는 플로어로 향하게 되었다.

그래 봤자 내가 패션에 빠삭할 리 없는 관계로, 유이가하마가 앞장서는 형태가 되었다.

유이가하마가 낙점한 곳은 옷은 물론이고 그 밖의 각종 소품과 아이템도 폭넓게 갖춰놓은 매장이었다.

"다양하게 돌러봄 도움이 되지 않을까? 장갑이나 액세서리나 목도리나……. 아님 아예 잡화 쪽이라든가……."

유이가하마의 제안에 나도 매장으로 들어가 이것저것 살펴보았다.

유이가하마가 옆에 붙어서 살뜰하게 추천해준 덕분에, 여태까지는 점원이 신고를 한다거나 경비원이 으름장을 놓듯 순찰을 도는 불상사는 일어나지 않았다. 만약 나 혼자서 매장 안을 서성댔더라면 점원이 「뭔가 찾으시는 게 있으신가요?」라고 묻는 것을 시작으로, 철통같은 밀착 마크를 당하는 것도 모자라 계산대 안쪽에서도 따가운 시선이 끈질기게 따라붙었을 게 틀림없다. 출처는 예전에 별생각 없이 들렀을 때의 나. 혼자 오는 남자 손님이 드문 거야 압니다만, 가능하면 저기, 아주 조금만 경계 레벨을 낮춰주셨으면 좋겠는데요…….

점원의 시선을 신경 쓰며 진열대에서 진열대로 이동하는데, 유이가하마가 문득 걸음을 멈췄다. 그 진열대에 붙여놓은 팻말에는 아이웨어라고 적혀 있었다.

아이웨어는 또 뭐야. 그냥 안경이라고 하면 되잖아, 안경. 아무 데나 외국어를 못 갖다 붙여 안달이야. 외국어 익숙하지 않은 사람은 전혀 못 알아듣는다고. 행거도 옷걸이라고 하면 되잖아. 미트 소스를 볼로네제라고 하질 않나, 스파게티를 파스타라고 하질 않나. 엇, 근데 미트 소스도 스파게티도 외국어잖아……. 일본어로는 뭐라고 해야 되지……?

고민에 빠져 있는데 유이가하마가 내 어깨를 툭툭 쳤다.

돌아보자 유이가하마가 어째서인지 으스대는 표정으로 안경테를 쓱 추켜올렸다.

"에헴, 어쩐지 똑똑해 보이지 않아?"

"안경=똑똑함이라는 발상 자체가 유식함과는 거리가 먼 거 아니냐……."

"몰라, 바보."

토라진 목소리로 대꾸한 유이가하마가 다시 안경을 이것저것 살펴보며 디자인을 체크하기 시작했다. 나도 덩달아 안경을 집어 들었다.

흐음, 신기한 게 많은데?

디자인뿐만 아니라 기능성도 겸비한 상품이 많았다. 꽃가루 차단용이니 블루라이트 차단용이니 하는 설명들이 눈에 띄었다. 단순한 시력 교정 목적 이외의 안경 착용이 보편화된 덕분인지, 가격대도 그럭저럭 합리적인 편이었다.

구경하고 있는데, 유이가하마가 그중 하나를 내밀었다.

"아, 맞다. 힛키두 한번 써봐. 이거 어때?"

"어……?"

이거 아무리 봐도 놀림감이 되는 패턴이잖아……. 주저하는데, 유이가하마가 재촉하듯 내게 안경을 떠넘겼다.

"자, 얼른!"

각오를 다지고 안경을 쓰기 위해 기합을 불어넣었다. 페르소나……! 참고로 4보다는 3을 좋아하는 저로서는 소환 시에는 꼭 머리에 권총을 겨누고 싶습니다!

"이러면 되냐?"

안경을 장착하고 집게손가락으로 테를 스윽 밀어 올렸다. 그러자 유이가하마가 웃음을 터뜨렸다.

"안 어울려!"

"시끄러……."

이래서 싫단 말이다……. 넌덜머리를 내며 안경을 벗자, 유이가하마가 지치지도 않고 다른 디자인의 안경을 내밀었다.

"자, 그럼 다음은…… 이거!"

"싫다니까."

"에이, 뭐 어때서 그래. 자!"

그렇게 말하며 우격다짐으로 내게 안경을 씌웠다. 거치적거려······. 어중간하게 귀에 걸린 안경을 제대로 고쳐 쓰고, 불평이라도 한마디 해줄 심산으로 유이가하마를 돌아보았다.

그러자 유이가하마가 입을 헤 벌린 채 나를 빤히 쳐다보고 있었다.

"······."

"야야, 침묵이라니······."

자기가 시켜놓고 무반응이냐······. 뭐든 말 좀 해보라는 눈으로 쳐다보자, 그런 내 시선을 감지한 유이가하마가 허둥지둥 손사래를 쳤다.

"아, 그냥. 아무것두 아니야. ······그게, 의외루 어울릴지두."

"······그러냐. 고맙다."

칭찬을 받으니 그건 그것대로 어떤 반응을 보여야 할지 난감했다.

그나저나 의외라······.

안다고 생각해도 모르는 것들은 많이 있다. 예컨대 평상시에는 안경을 쓰지 않는 유이가하마지만, 일단 써보니 생각 외로 잘 어울린다든가.

언젠가 유키노시타가 후회하듯 말한 적이 있었다. 유이가하마에 대해서 하나도 아는 게 없었다고.

그 점은 나도 마찬가지다.

예전의 내게는 정말로 알고자 하는 마음이 없었던 거겠지.

십중팔구 유키노시타뿐만 아니라 유이가하마에 대해서도.

그러나 지금은 비록 아주 조금이지만. 이해와는 거리가 먼 데다 이상적이라고는 입이 찢어져도 말 못 하지만, 그래도 확실히 셋이서 켜켜이 시간을 쌓아왔다. 반년 남짓이라고 해봐야 결코 긴 시간은 아니다. 그래도 그때에 비하면 확실히 그녀에 대해 조금은 알고 있다.

내가 아는 유키노시타 유키노…….

유이가하마가 졸라대면 결국 들어줘 버리고, 고양이라면 사족을 못 쓰며, 휴일에는 팬돌이 쿠션을 끌어안고 컴퓨터로 고양이 동영상을 본다.

의외로 많은 것을 알고 있잖아.

유이가하마가 고양이 발 모양 실내용 양말을 선물한다면, 나도 그에 어울리는 것을 주도록 하자.

유키노시타가 보내는 혼자만의 시간이 따스하고 안락할 수 있도록.

× × ×

쇼핑을 마친 후, 한참을 돌아다녔으니 다리도 쉬어줄 겸 카페에 가기로 했다. 바깥에 있는 스타벅스로 가도 되겠지만, 나돌아다니기에는 추운 시기다. 게다가 주문하는 법을 모르는 관계로 오늘 같은 날에는 별로 가고 싶지 않았다.

그래서 몇 번 가본 적이 있는 익숙한 가게로 향했다.

"여기 괜찮냐?"

"응."

유이가하마의 의향을 확인하고 센시티 안에 있는 카페로 들어갔다. 건물 안쪽 깊숙한 곳에 위치해서인지, 시끄럽지 않고 차분한 분위기가 감돌았다.

"두 명이요."

점원에게 인원수를 알려주자 4인석으로 안내되었다. 창가 자리라 치바역 주변의 번화가가 한눈에 내려다보였다. 유이가하마에게 안쪽 자리를 양보하고, 그 등 뒤로 펼쳐지는 풍경을 감상했다.

모노레일이 지나가는 모습도 보여서, 왠지 치바가 눈부시게 발전한 것처럼 느껴졌다. 완전 미래도시라니까, 치바.

멀어져가는 모노레일을 눈으로 좇다가, 대각선 맞은편에 앉은 사람과 눈이 마주쳤다.

"어라, 히키가야잖아?"

그 사람 또한 유리창을 등지고 소파에 앉아 있었다.

흰색을 기조로 한 프릴 달린 셔츠. 가슴까지 내려오는 금색 목걸이. 그것은 바깥의 불빛을 모조리 빨아들이기라도 한 것처럼 찬란하게 반짝였지만, 재미있다는 듯 미소 짓는 눈동자는 저물어가는 밤하늘보다도 어두운 검은색이었다. 그렇게 엇갈리는 인상을 봉합하듯, 화사한 붉은색 숄을 여미며 유키노시타 하루노는 내 이름을 불렀다.

그러자 유이가하마도 흘끗 옆자리를 곁눈질하더니, 놀란 표정으로 입을 열었다.

"하루노 언니……하구."

유이가하마의 시선이 그 맞은편으로 옮겨갔다. 그곳에는 밝지도 어둡지도 않은 회색 티에 남색 재킷을 걸친 남자가 있었다. 금색에 가까운 연한 갈색 머리카락 밑에는 놀란 눈으로나마 빙그레 웃어 보인 남자는 다름 아닌 하야마 하야토였다.

"하야토잖아?"

"……안녕?"

소맷자락 사이로 은은한 광택이 감도는 은색 손목시계를 얼핏 내비치며, 하야마가 가볍게 손을 들어 짤막하게 인사를 건넸다.

두 사람을 발견하고 불현듯 머리를 스치는 생각이 있었다.

일년지계는 정월에 있다.

파란만장한 해가 될 듯하다는 불길한 예상이 정확히 들어맞았다고 절실히 깨닫는 순간이었다.

무슨 일인지 몰라도
유키노시타 하루노는
뭔가 꾸미고 있다.

    카페에서 잔잔하게 틀어놓은 재즈넘버가 유난히 크게 들렸다. 평소라면 신경 쓰이지 않을 정도의 음량일 것이다. 하지만 방금 백화점에서 귀에 딱지가 앉게 듣던 새해용 음악과의 차이가 너무 심해서 자리에 앉아 있어도 자꾸만 정신이 산만해졌다.

    어디로 가야 할지 모르던 시선은 테이블 위를 헤매다가 옆자리와 맞은편에 앉은 얼굴들을 봤다. 4인용 좌석에서 내 앞에 앉은 사람은 당혹스러운 미소를 짓는 유이가하마였다.

    당혹감의 이유는 유이가하마의 옆에 있었다.

    유이가하마의 살짝 뻣뻣한 미소와는 대조적으로 방긋 즐겁게 웃는 유키노시타 하루노였다.

    하루노는 우리와 만나자마자 형식적인 새해 인사만 나눈 뒤 뭐라고 할 틈도 없이 자연스럽게 우리 테이블로 옮겨왔다.

    "그러고 보니 히키가야랑 가하마랑 만나는 것도 오랜만인 거 같은데?"

"아, 그쵸! 엄청 우연이네요!"

"그치?"

"그러게요~!"

사이좋게 함께 싱글싱글 웃고는 있지만, 겉으로 분위기만 맞춰주는 느낌을 지울 수 없었다. 그런 대화를 듣고 있자니 식은땀이 났다.

어쩌다 이렇게 됐지……. 불편한 마음에 조심스레 대각선 앞에 앉은 사람을 힐끔힐끔 쳐다봤다.

눈길이 마주치자 하루노는 의미심장하게 후후 코웃음을 흘리고 서서히 눈이 가늘어졌다.

그 눈빛은 사냥감을 포착한 짐승을 방불케 하여 난방이 나오는 가게 안인데도 등골이 서늘해졌다.

유이가하마와 하루노에게서 슬쩍 눈길을 피하자 이번에는 나랑 똑같이 난처하게 웃는 하야마 하야토가 보였다. 하야마는 두 여성의 대화에 무난한 맞장구를 치면서 신속하게 주문을 마쳤다. 어머…… 센스 있는 남자, 멋져…….

그래, 나도 잡무를 하면서 시간을 축내면 되는 거군! 완전히 이해했어!

깨달음을 얻은 나는 물수건으로 학이나 토끼라도 접으려고 무심으로 물수건을 조물딱거리는데, 앞쪽에서 불길한 소리가 들렸다.

"에잇, 요놈들. 데이트나 하고 말이야. 여전히 알콩달콩하네. 근데 유키노는 같이 안 왔어?"

하루노는 억지웃음을 지은 유이가하마를 팔꿈치로 쿡쿡 찔렀다.

"아, 그게요. 오늘은 유키농 선물 사러 온 거라서요······."

"아하. 하긴 그 애, 곧 생일이지. ······그래, 그렇구나."

하루노는 흠흠 고개를 끄덕이며 유이가하마의 설명을 들었지만, 이내 휴대폰을 꺼내 들더니 누군가에게 전화를 걸기 시작했다.

그 모습을 지켜보던 하야마가 옅은 웃음기를 유지한 채 조심스레 입을 열었다.

"······안 받지 않을까? 안 오겠다고 했다며?"

"그땐 그랬지. 근데 또 모르잖아? 마음이 바뀌었을지도."

휴대폰을 꺼내고 귀에 댄 하루노는 눈웃음을 지었다. 그 눈 깊은 곳에 감추어진 진의까지는 들여다볼 수 없지만, 어쩐지 이 상황을 즐기는 것처럼 보였다.

"으음, 전화만 받으면 올 거 같은데······. 받지를 않네······. 언니 서운해."

훌쩍훌쩍 우는 시늉을 하면서 한탄하지만, 하루노는 포기할 기색이 없었다. 휴대폰을 꼼지락대다가 한 번 더 도전하겠다며 다시 전화를 걸었다.

유이가하마가 그 모습을 신기한 얼굴로 지켜보고 있었다. 그 표정이 의미하는 바를 깨달았는지, 하야마가 목소리를 죽여 설명했다.

"매년 지인들에게 새해 인사를 하러 다니거든. 그 다음에

우리 가족과 하루노 누나네 가족이 회식할 계획이고. 지금은 부모님들을 기다리는 중이야."

"와, 그렇구나. 인사 다니려면 힘들겠다."

"익숙해서 힘들 것도 없어."

감탄하는 유이가하마에게 하야마는 대수롭지 않은 투로 답했다. 실제로 하야마의 소통 능력, 정확히는 표면상으로 능숙하게 흘려 넘기는 능력을 생각하면 그런 인사는 정말로 익숙할 것이다. 대인관계 능력은 본인의 자질도 물론 중요하지만, 경험의 수로도 좌우된다. 하야마의 학교생활, 혹은 부모님의 일을 돕는 입장상 사람 앞에 설 기회는 차고 넘칠 것이다.

그 반면, 나를 보라.

학교생활에서 도마 위에 오를 일은 자주 있지만, 자발적으로 사람 앞에 설 기회는 끝끝내 없었다. 집안에서도 친척에게조차 만족스럽게 인사하지 못하는 게 나란 놈이다.

인생이 이 꼴이니까 양가 부모님과 함께 식사한다는 하야마의 말은 먼 나라 이야기처럼 들렸다.

"야……."

하야마를 뭐라고 불러야 할지 몰라서 잠시 고민한 끝에 결국 이름을 부르지 못하고 테이블을 톡톡 두드리며 하야마를 불렀다. 그러자 하야마는 내 쪽을 보고 대답 없이 눈빛만으로 뒷이야기를 물었다.

"가족끼리 모이는 거면 우리는 그냥 딴 데로 가련다. 좀 그렇잖아, 방해되잖냐."

"……아, 글쿠나."

내가 하려는 말을 이해한 유이가하마가 끄덕끄덕 수긍했다. 하지만 하야마는 고개를 휘휘 젓고 안심하라고 웃어 보였다.

"딱히 마음 쓸 필요 없어. 오히려 시간 보내줄 사람이 있으면 하루노 누나도 기쁠 테고."

그러면서 하야마는 하루노 쪽을 슬쩍 봤다. 하루노는 아직 휴대폰을 귀에 대고 있었지만, 우리 대화는 들렸는지 조용히 고개만 끄덕였다. 그 반응을 확인한 하야마가 나를 돌아봤다.

"봤지? 신경 안 써도 돼."

하야마는 나에게 동의를 구하려고 하지만, 거기에 넘어갈 수는 없었다.

"아니, 신경을 어떻게 안 써. 네 부모님과 마주치기라도 하면 좀, 껄끄럽잖냐."

애초에 딱 마주친 탓에 이렇게 같이 있을 뿐이다. 그런데 갑자기 부모님과 인사하라면 곤란하다. 그런 상황 긴장되니까 더 차근차근 단계를 밟고 해주시면 안 될까요 죄송합니다. 이로하스 뺨치는 생각을 하는데, 대각선상에 앉은 하루노가 휴대폰을 내리고 어리둥절한 표정을 지었다.

"그렇게 신경 쓸 필요 없어."

"아니, 쓰지 말래도 쓰인다고요……."

딱히 하야마와 친하지도 않은데 부모님과 얼굴을 마주하라고? 그건 무슨 벌칙이냐…….

내 대답을 들고 하루노는 눈을 찌푸리며 빤히 나를 봤다.

"흐음……."

흥이 깨졌다는 투로 말하고는 불현듯 뭔가 떠오른 것처럼 또 전화를 걸기 시작했다. 상대는 물론 유키노시타겠지.

조용한 실내에서 신호음이 희미하게 새어나왔다.

그래도 유키노시타가 전혀 받을 기미가 없었고 음성사서함으로 연결될 때마다 하루노는 전화를 다시 걸었다.

이래도 전화를 걸어……? 이 사람 대체 뭐야, 히라츠카 선생님이야? 두렵다. 그런 글러 먹은 부분을 은사에게 이어받는 게 좋게 보이지는 않는데. 내가 당했으면 전원 꺼버렸을 수준이다.

지긋지긋하다는 눈으로 보는 와중에도 하루노의 전화는 끊임없이 신호음을 흘려보냈다.

"……오?"

그러다 마침내 연결됐나 보다. 하루노가 작게 놀라는 소리를 냈다. 의외라는 감정이 입으로 새어나오고 입매가 살며시 풀어졌다.

그리고 전화 너머로 지긋지긋한 목소리가 들렸다.

『여보세요…….』

잔뜩 처진 유키노시타의 목소리와 대조적으로 하루노의 목소리는 상큼발랄했다.

"아, 유키노? 언니야~. 지금 잠깐 나올 수 있어?"

『끊을게…….』

빠르다! 재깍 되돌아온 대답에 옆에서 듣고 있던 유이가하마와 하야마도 쓴웃음을 지었다. 그러나 하루노는 그런 반응에도 이골이 났는지, 눈 하나 까딱하지 않고 장난스러운 말투로 응수했다.

"어라아? 정말 끊으려고오~?"

『……용건을 말해.』

하루노가 음흉하게 웃었다.

"그게 말이지, 실은 나 히키가야랑 같이 있거든!"

『또 얼토당토않은 거짓말을……. 어지간히…….』

"자, 히키가야."

말이 끝나기 무섭게 하루노가 내 손에 휴대폰을 들려주었다.

"엇, 잠깐만요……."

손에 쥔 휴대폰과 하루노를 번갈아 보았지만, 하루노는 손을 등 뒤로 감추고서 시치미를 뚝 뗐다. 받을 생각은 털끝만큼도 없는 눈치였다. 그러는 사이에도 전화기 너머에서는 유키노시타가 하루노를 찾는 소리가 들려왔다. 하는 수 없지, 일단 받아볼까…….

"어…… 여보세요."

뭐라고 해야 좋을지 몰라 일단 그렇게 말했다. 그러자 전화기 너머에서 숨을 죽이는 기척이 느껴졌다.

짧은 침묵이 흐른 후, 한숨 소리가 들려왔다.

『휴우, 기가 막혀서……. 왜 네가 거기 있는 거니?』

도리어 내가 묻고 싶을 정도다. 그냥 쇼핑하던 중이었는데…….

"그게, 어쩌다 외출했는데 그만 덜컥 붙잡혀버려서……."

그 원흉을 흘끗 째려보며 사정을 설명하려 했으나, 내 말을 가로막듯 또다시 한숨 소리가 들려왔다.

『됐어. 지금 갈 테니 언니를 바꿔주렴.』

"……네, 죄송합니다."

얼떨결에 사과하고 말았다.

물수건으로 화면을 닦은 후 주인에게 휴대폰을 돌려주자, 하루노는 장소 등에 관해 유키노시타와 두세 마디 짧은 대화를 나눈 뒤 전화를 끊었다.

"유키노, 온대."

하루노가 만족스러운 기색으로 미소 지으며 말했다. 하지만 나와 유이가하마는 쓴웃음밖에 나오지 않았다. 뭐 이런 막무가내가 다 있어……. 그런 사람인 줄 알고는 있었지만, 오랜만에 보니까 역시나 무시무시하다.

단 한 사람, 하야마 하야토만은 이럴 줄 알았다는 것처럼 어이없게 한숨을 쉬었다.

아마도 하야마는 유키노시타 하루노가 이런 성격임을 이해하고 익숙해졌겠지. 아니면 포기했거나. 저 쓸쓸함이 번진 하야마의 미소는 하루아침에 완성되지 않았을 것이다.

"그보다 선물은 뭘 샀어?"

하루노는 그렇게 물으며 휴대폰을 집어넣고 같은 소파에 앉은 유이가하마에게 찰싹 달라붙었다. 그 갑작스런 접근에 당혹스러워하며 유이가하마가 쇼핑백을 보여주었다.

"아, 그게…… 저는 실내용 양말을 줄까 하는데요……."

"흐음, 하긴 겨울에는 마룻바닥에서 냉기가 올라오니까."

"맞아요! 유키농네 집 거실이 마루길래, 지난번에 갔을 때 좀 추우려나 싶었거든요."

"나도 몸이 찬 편이라서 공감이 가는걸."

지극히 여성스러운 화제로 이야기꽃을 피우는 사이, 시커먼 남정네인 나와 하야마는 별다른 대화도 없이 묵묵히 두 사람의 수다에 귀를 기울였다.

하지만 하야마에게는 그런 상황이 지루하게 느껴졌는지, 나직하게 중얼거렸다.

"생일 선물이라……"

그리고 흘끗 나를 곁눈질했다.

"뭐 샀어?"

"어, 뭐 그냥 좀."

"그래?"

더 이상 캐묻지도 않고, 미련 없이 시선을 돌려버린다.

하야마는 그 후에도 하루노와 유이가하마의 대화에 귀를 기울이다가 이따금 맞장구를 치곤 했다. 찻잔을 들고 있는 하야마의 손목에서 초침이 느릿하게 돌아갔다.

나는 잠자코 그 움직임을 눈으로 좇았다.

흐트러짐 없이 계속해서 같은 리듬을 새기며, 바늘은 그저 정해진 대로 움직인다. 한 바퀴 돌고 두 바퀴 돌아 제자리로 돌아와서는 평소와 다름없는 얼굴을 보여준다. 그럼에도 결코 똑같지는 않다. 초침은 변하지 않지만, 주위가 가리키는 시각은 끊임없이 변화해간다.

포장된 선물꾸러미를 물끄러미 바라보던 하루노가 불쑥 입을 열었다.

"나도 오랜만에 뭔가 선물해볼까나~?"

그리고 흘끗 시선을 돌렸다.

"어때? 하야토."

"……그러게."

가볍게 어깨를 으쓱해 보인 하야마가 창밖으로 시선을 돌렸다. 그 눈에 담긴 것은 거리의 불빛만은 아닐 테지.

나도 유리창에 비치는 하야마를 곁눈질하다가, 문득 옛날에 뭘 선물했을까 하는 시답잖은 생각에 빠져들었다.

×　×　×

거북한 시간이 흘러갔다.

하루노가 유키노시타한테 전화한 지도 30분가량이 지났다.

그 아파트에서 오는 거라면 조금 더 시간이 걸리겠지. 그렇다고 사람을 불러내 놓고 나 몰라라 돌아가 버릴 수도 없는 노릇이다. 빨리 와줘—! 오공—! 안 그러면 내가 못 가—!

홀짝홀짝 마시던 커피도 진즉 바닥을 드러냈고, 모락모락 김을 피워 올리던 찻주전자도 싸늘하게 식어버렸다.

나뿐만 아니라 유이가하마도 초조한 기색으로 자꾸만 입구를 흘끔거렸다.

여유작작한 태도를 보이는 건 앞자리에 앉은 두 사람뿐이었다.

하루노는 휴대폰으로 뭘 조사하는지, 화면에 뭔가 표시될 때마다 옆에 앉은 하야마에게 보여주고 있었다.

"아, 이런 건?"

"괜찮은데? 귀엽고."

상쾌한 미소와 함께 답하자 하루노는 코웃음 쳤다.

"그런 대답이 참 하야토답네."

그 반응에 하야마는 난처하게 어깨를 살짝 으쓱였다. 무엇을 보여주고 의견을 바라는지는 모르지만, 나도 굉장히 무난한 대답이라고 생각했다. 하긴 그게 아주 하야마답지만.

본인이 물어놓고 하루노는 하야마의 대답에 이미 관심을 잃었는지, 이번에는 몸을 쭉 내밀어 내 눈앞으로 휴대폰 화면을 들이밀었다.

화면에 표시된 물건은 나이트웨어 같았다. 은은한 파스텔톤 색상과 솜사탕처럼 복슬복슬한 소재감이 대단히 귀여운 인상을 줬다. 옆에 앉은 유이가하마도 화면을 슬쩍 보고는 「우와, 귀엽다」라며 입속말로 중얼거렸다.

아무래도 아까부터 하루노는 이걸 알아본 모양이었다. 방금 대화의 맥락으로 보아 아마도 유키노시타에게 줄 선물이겠지.

"봐, 히키가야. 이거 어때, 이거 어때?"

하루노는 엉덩이를 들어 테이블에 팔꿈치를 대고 상반신을 살랑살랑 흔들어 내 얼굴을 들여다봤다.

그렇게 들이대면서 물어보셔도 애초에 똑바로 볼 수 있어야

말이죠……. 그 가슴골부터 제대로 가리라고요! 그리고 얼굴 너무 가까워! 이러지 마! 화면을 볼 엄두가 안 나잖아. 이게 격투 게임이었으면 순식간에 KO다.

"괜찮은데요, 귀엽고."

무심결에 하루노에게서 고개를 돌리며 대답했다.

"빈정대는 게 참 히키가야답네."

하루노는 씩 웃으며 받아치고, 만족했는지 도로 몸을 빼서 자리에 앉았다. 그리고 「그럼 이걸로 할까?」라고 혼잣말하며 또 휴대폰을 만지작댔다.

어째 갑자기 기운이 쭉 빠진다…….

푸슈우우 길게 한숨을 토하고 눈을 감았다.

그렇게 잠시 고개를 숙이고 쉬는데, 유이가하마가 뭔가를 발견한 것처럼 아, 하고 탄성을 질렀다.

얼른 고개를 들어서 그쪽을 보자 잰걸음으로 이쪽을 향해 다가오는 유키노시타가 보였다.

"유키농, 여기야 여기."

유이가하마가 그렇게 말하며 손을 흔들자, 그 모습을 본 유키노시타가 우리들이 앉은 테이블로 다가왔다.

"유이가하마……. 너도 있었구나."

놀란 기색으로 유키노시타가 말했다. 하긴 전화할 때는 말 안 했으니까.

"응. 그게…… 뭐라구 해야 되나, 힛키랑 쇼핑하다가 갑자기 붙들리는 바람에……."

유이가하마는 무안함을 얼버무리려고 아하하 웃으며 경단 머리를 만지작거렸다.

선물을 받을 당사자에게 이야기하기가 껄끄러웠던 탓인지, 미묘하게 말꼬리를 흐렸다.

"쇼핑……? 그, 그랬구나……."

그 대답에 유키노시타는 미심쩍은 눈빛으로 유이가하마와 나를 번갈아 보았다. 사정을 묻는 눈빛에 주눅이 들어 유이가하마도 나와 유키노시타를 힐끔힐끔 봤다.

오가는 것은 시선뿐이고 대화는 없었다. 짧은 시간이지만, 침묵이 흘렀다.

다른 손님이 떠드는 소리, 컵과 컵받침이 부딪치는 소리, 잔잔하게 깔린 BGM, 점원이 신은 로퍼의 구두 소리, 하루노가 픽 웃는 소리.

잡음이 많은데 그 정적이 묘하게 귀를 찔렀다.

"우선은 앉는 게 어때?"

침묵을 깬 사람은 하야마였다. 그 한마디에 유이가하마가 튕겨 오르듯 소파에서 일어났다.

"아, 유키농, 여기여기."

그러고는 자기 옆에 한 사람이 앉을 만한 공간을 터주며 유키노시타에게 자리를 권했다.

"그, 그래……. 고마워."

유키노시타도 순순히 따랐다. 코트를 벗어 살포시 접고 옆에 내려놓은 뒤 자리에 앉았다.

그리고 유이가하마에게 고개를 숙였다.

"언니가 불편을 끼쳤구나. 미안해."

"에이, 아냐."

유이가하마가 밝은 표정으로 손을 내저으며 대답하자, 유키노시타가 조금 안심한 기색으로 가슴을 쓸어내렸다. 유키노시타는 나를 향해 돌아앉았더니, 눈치를 살피듯 눈만 살짝 들어 나를 보았다.

"그리고, 히키가야도……"

"됐어. 어차피 딱히 할 일도 없었고."

실제로 쇼핑을 한 후에 뭔가 구체적인 계획이 있었던 것도 아니다.

단둘이 시간을 보내지 않아도 됐던 만큼, 오히려 마음이 편했는지도 모른다. 그렇다고 그게 좋았냐고 하면 천만의 말씀이지만.

이 사태의 원흉이 도발적인 미소를 지으며 짓궂은 목소리로 유키노시타에게 말을 걸었다.

"유키노, 왜 이렇게 늦었어? 기다렸잖아~."

"뜬금없이 불러내 놓고 파렴치하게 잘도 그딴 소리를……."

매섭게 노려보는 유키노시타와 그 시선을 태연하게 받아넘기는 하루노. 그 둘 사이에 낀 유이가하마가 난처한 얼굴로 웃었다. 대난투! 유키노시타 시스터즈는 삼가다오…….

"너무 그러지 마. 유키노도 최대한 서둘러 온 모양이고……."

살벌한 분위기를 누그러뜨리는, 귀에 익은 서글서글한 음성. 그 속에 생소한 호칭이 섞이는 바람에 무심코 그쪽을 돌아보고 말았다. 그러자 그 음성의 주인공, 하야마 하야토는 아차 싶었는지 얼굴을 찡그렸지만, 이내 얼버무리듯 미소를 머금었다.

"……."

유키노시타가 놀란 듯 말없이 쳐다보자, 하야마가 어깨를 으쓱했다.

"유키노시타는 뭘 마실래?"

"……홍차로 할게."

그 대답을 들은 하야마가 신속하게 주문을 넣었다. 홍차가 나오자, 하루노가 후우 나직한 숨결을 토해냈다.

"다 함께 차 마시는 것도 오랜만이네."

"그러게."

"……."

하야마는 맞장구를 쳤지만, 유키노시타는 찻잔을 들고 지그시 눈을 감은 채 아무 말도 하지 않았다. 침묵이 흐르자, 대화의 이음매를 찾듯 유이가하마가 입을 열었다.

"어, 우웅……. 하야토랑두 옛날부터 아는 사이라구 하셨죠?"

"그래그래. 하야토는 외아들이잖아? 그래서 하야토네 부모님이 우리를 무척 예뻐하셨거든. 그렇지, 유키노?"

"나는 딱히 그런 것 같지도 않은데."

"오해야. 두 사람 다 우리 부모님뿐만 아니라 모두에게 예쁨 받았는걸."

하루노가 말을 걸어도, 하야마가 미소 띤 얼굴로 이야기해도 유키노시타의 태도는 여전히 냉랭하기만 했다. 하지만 하루노는 그런 반응에도 개의치 않고 아련한 눈빛을 했다.

"옛날 생각나네⋯⋯. 어릴 때는 부모님들이 볼일 보러 가시면 항상 내가 너희 둘을 돌봤었는데."

그 말에 유키노시타의 눈썹이 꿈틀했다.

"부하처럼 멋대로 끌고 다녔다는 걸 잘못 말한 거겠지. 끔찍한 경험이었어."

찻잔을 달칵 컵받침에 내려놓으며, 하루노를 향해 조용한 음성과 싸늘한 시선을 보낸다. 그 말에 하야마가 반응했다.

"아, 그래. 동물 공원 갔을 때라든가⋯⋯. 거기 놀이공원에서 정말 죽는 줄 알았지⋯⋯."

"린카이 공원에서도 그랬어. 내버려두고 가지를 않나. 관람차를 흔들어 대지를 않나⋯⋯."

과거의 아픈 기억이 떠오르는지, 하야마와 유키노시타의 표정은 어두웠다. 오직 하루노만이 즐거운 표정으로 힘주어 고개를 끄덕였다.

"아, 맞아맞아. 기억나네. 그럴 때는 대개 유키노가 울음을 터뜨리곤 했지."

"뭐⋯⋯? 기억을 날조하지 마."

"에이, 날조는 무슨. 맞지? 하야토."

"아하하⋯⋯. 글쎄, 어땠더라?"

하루노가 화제를 제공하면 하야마가 웃으면서 맞장구를 치고, 유키노시타가 말없이 고개를 끄덕인다.

지난날을 추억하듯 이야기하는 세 사람을 보며 새삼 실감했다.

저들 사이에는 함께 쌓아올린 시간이 분명히 존재하며, 외부인이 그 추억에 개입하는 것은 불가능하다는 사실을.

세 사람의 대화에는 유이가하마도 좀처럼 끼어들지 못했다. 하물며 나는 말할 필요도 없다.

과거에 그들이 어떠한 관계였는지는 모른다. 설령 알게 된다 한들 어찌해볼 도리도 없다.

할 수 있는 일이라고는 이따금 씁쓸한 커피를 홀짝이는 것과 끊임없이 이어지는 세 사람의 추억담을 흘려들으며 맞장구를 치는 것, 그리고 상상해보는 것뿐이다.

언젠가 이런 질문을 받은 적이 있다.

내가 그들과 같은 초등학교에 다녔더라면 어떻게 됐을까.

그때 나는 뭐라고 대답했던가.

회상과 사색에 잠겨 있으려니, 한숨 소리와 함께 찻잔을 내려놓는 소리가 들려왔다.

그쪽을 돌아보니, 하루노가 감흥 없는 눈으로 하야마와 유키노시타를 바라보고 있었다.

"그때는 둘 다 귀여웠는데 말이야……. 지금은…… 뭔가 시시해."

촉촉하고 고운 입술에서 그 아름다울 만큼이나 차가운 말이 흘러나왔다. 얼음 같은 미소에 꿰뚫려, 그 자리에 있는 모두가 할 말을 잃었다.

테이블 위에 올려놓은 유키노시타의 주먹에 힘이 들어갔고, 하야마는 이를 악물며 시선을 피했다. 유이가하마는 어쩔 줄 몰라 하며 내 얼굴을 흘끔거렸다.

테이블이 찬물을 끼얹은 듯한 정적에 휩싸이자, 하루노가 키득 웃었다.

"뭐 그래도 지금은 히키가야가 있으니까. 대신 히키가야를 예뻐해 주면 그만이려나?"

그 말을 들은 순간, 등골에 오싹해졌다. 나를 들여다보듯 치켜뜬 눈동자는 어딘가 탁해 보였다.

"아뇨. 죄송하지만 저는 운동부 식으로 예뻐해 주시는 건 좀……."

어두운 눈동자에 잡아먹히지 않으려고 가급적 하루노의 얼굴을 보지 않고 대답했다. 그러자 하루노가 킥킥 웃었다.

"바로 그런 점이 사람을 더 자극한다니까? 아유, 우리 하치만. 착하기도 하지~."

그러면서 손을 뻗어 내 머리를 쓰다듬으려 했다.

나는 몸을 뒤로 젖혀 슬쩍 그 손을 피했다.

"에고, 도망쳐버렸네."

너스레를 떨며 배시시 웃는 하루노는 꼭 성격 좋은 누님처럼 보였다. 연상의 미녀가 나를 향해 웃어주는 일이 자주 있는 것도 아니니 기분 나쁘지는 않았다.

설령 그 미소가 거짓일지라도 상관없다는 생각마저 들 정도였다.

예를 들어 잇시키 이로하로 대표되듯, 자신을 매력적으로 포장하고자 하는 양면성은 누구나 가지고 있으니 그런 거라면 조금도 무서울 게 없다.

다만 유키노시타 하루노는 그 이면에 도사린 정체불명의 무언가를 거리낌 없이 드러낸다는 점이 무서운 거다.

하지만 지금의 하루노는 그 화제를 계속 이어나갈 생각이 없는지, 미소 띤 얼굴로 전혀 다른 이야기를 꺼냈다.

"운동부 이야기가 나와서 말인데, 곧 학교에서 마라톤 대회 하지 않아?"

"아, 맞아요. 이번 달 말에 한대요."

유이가하마의 대답에 하루노가 약간 뜻밖이라는 표정을 지었다.

"어라, 올해는 2월이 아닌가 보네?"

"고문 선생님한테 듣기론 올해는 날짜가 꼬여서 조금 앞당기기로 했다던데."

마치 아무 일도 없었다는 양, 하야마가 부드러운 미소를 지으며 차분한 목소리로 설명했다.

그리고 유키노시타 양은 음울하기 짝이 없는 표정이시군요, 네네. 하긴 저 녀석, 저질 체력이니까…… 마라톤 계열은 완전 쥐약이겠지.

어쨌거나 다시 분위기가 밝아졌다.

그건 다행이지만, 네 사람이 모여앉아 화기애애하게 이야기를 나누는 모습은 자연히 주위의 이목을 끌었다. 결코 요란한 느낌은 아니지만, 어딘가 화사한 분위기가 감돈다고나 할까.

이 사람들, 역시 눈에 띈단 말이야…….

아까부터 입구 쪽에서 흘끔흘끔 이쪽을 쳐다보는 시선이 느껴졌다.

물론 수다를 떠느라 조금 시끄러워진 탓도 있지만, 하나같이 수려한 용모의 소유자들이다. 길거리에서 마주치면 저절로 시선을 빼앗길 만한 인물들인 셈이다.

그 덕분에 내 존재감은 더욱더 희미해져만 갔다. 나는 그림자……. 하지만 그림자는 빛이 강할수록 짙어져서 밝은 빛을 더욱 두드러지게 만들죠…….

어차피 달리 할 일도 없고 해서, 나 혼자 배경 역할(黒子, 쿠로코)에 철저(徹底)하기로 했다. 그나저나 배경 역할에 철저하다는 말의 쿠로야나기 테츠코(黒柳徹子)[#39]스러움은 가히 경이로운 수준.

대화에 참여하지 않고 그저 커피잔을 입으로 가져가기만 하는 기계 노릇을 하다 보니, 그 커피도 금방 거덜 나고 말았다.

마침 좋은 타이밍이다. 이 기회를 이용하면 아주 영리하게 자리를 뜰 수 있다.

"미안, 잠깐만……."

최소한의 말만 남기며 후다닥 일어나서 자리를 빠져나왔다.

#39 쿠로야나기 테츠코 일본 여배우. 『창가의 토토』의 저자이자 『테츠코의 방』이라는 토크쇼로 유명함.

딱히 무슨 볼일이 있어서는 아니었다.

하지만 이런 카페나 식당에서 「잠깐만……」이라고 하면 대부분 화장실에 간다고 생각해 대수롭지 않게 넘어간다. 그리고 보통은 그런 사람을 막지 않으므로 자연스럽게 자리를 벗어날 수 있다.

그렇기에 사람과 단체로 만날 때 입에 넣을 주전부리로 차나 커피, 알코올처럼 이뇨 작용이 있는 음료가 선택되었다고 봐도 무방하다.

다시 말해 차나 커피, 알코올에는 의사소통을 원활하게 하거나 리셋하는 효능이 있는 셈이다.

예를 들자면 술자리에서 싫어하는 인간과 같은 테이블에 앉더라도 화장실을 핑계로 자리를 떴다가 돌아왔을 때 은근슬쩍 다른 테이블에 앉는 식이다. 앞으로 차와 커피에 「전통 커뮤니케이션 음료!」 같은 의미 모를 광고 문구를 붙이면 팔리지 않을까? 팔리겠냐.

그런 시답잖은 생각을 하면서 가게 밖으로 나가려는데 뒤에서 불길한 말이 들렸다.

"아, 나도 잠깐 볼일이 있어."

목소리는 밝고 쾌활했다. 하지만 어딘지 모르게 작위적이고 거짓말 같았다. 내 뒤를 따라서 총총 달려오는 발소리가 들리고 곧 어깨가 턱 눌렸다.

……돌아보자 그 인간이 있었다.

"누나랑 얘기 좀 할까? 시간은 별로 안 뺏을게."

유키노시타 하루노는 고개를 기울여 놀리는 것처럼 미소 지었다.

"아뇨, 저는 잠깐 저기 볼일이……."

나는 굳은 입꼬리를 억지로 끌어올려 부드럽게 거절하고, 어깨에 올라온 손을 무시하고 가게 문으로 슬금슬금 이동했다. 이대로 가면 도망칠 수 있다!

그렇게 생각한 순간, 어깨에 올라왔던 손이 스르륵 내려와 내 팔에 감겼다.

"섭섭하게 이러기야~? 잠깐이면 돼. ……하지만, 데이트하자."

갑자기 팔을 확 잡아당기며 귓속말을 속삭였다.

이런 게 거절할 수 없는 제안일까.

나는 굳어 버려서 저항도 하지 못한 채 팔을 잡아당기는 대로 끌려갔다.

1

아무리 시간이 지나도
유키노시타 자매의 관계는
헤아릴 수 없다.

카페에서 나오고 얼마쯤 시간이 지났다.

에스컬레이터 근처에 올 때까지 쭉 나를 붙잡고 있던 팔에서 조심스럽게 빠져나와 하루노에게 말을 걸었다.

"······저기, 지금 어디 가시는 거죠?"

조금 전까지 팔을 잡혀 있던 탓에 평범한 말을 꺼내는 데도 묘하게 신경이 쓰였다. 귓가에서 속삭인 말은 아직 달콤한 향을 품고 둥둥 떠다니는 기분조차 들었다.

그 때문에 말은 걸었어도 얼굴을 똑바로 볼 수 없었다. 나는 따각따각 경쾌하게 바닥을 때리는 하루노의 발소리를 들으며 순순히 뒤를 따라 걸었다.

그러자 하루노가 우뚝 멈췄다. 상반신을 살짝 굽혀 내 얼굴을 들여다보고는 유쾌하게 웃었다.

"말했잖아. 잠깐 쇼핑하는 데 따라와 달라고."

"말 안 했는데요······."

······데이트라며! 데이트라며! 남자의 순결한 마음을 이렇게

짓밟다니!

그렇지만 이제 와서 하루노에게 이의를 제기한들 뭐가 바뀌지도 않는다. 사실 하루노는 이미 내 이야기 따위 듣지도 않았고 콧노래를 흥얼거리며 흥겹게 에스컬레이터에 폴짝 올라탔다.

그리고 제자리에서 빙글 돌았다. 펄럭인 치맛자락이 둥실 내려앉았다. 거기에 정신이 팔릴 사이도 없이 하루노는 빨리 오라며 내게 손짓했다.

"사둘 물건은 정해놨으니까 정말로 시간은 안 잡아먹어."

싱긋 미소 짓는 모습과 의외로 장난기 있는 몸짓은 나보다 연상 여성이라기보다 소녀 같았다.

사실은 1초도 경계를 풀고 싶지 않은 상대건만, 그런 표정을 보이면 항상 어디선가 느끼는 그녀에 대한 두려움이 옅어지고 만다.

"그런 문제가 아닌데요……."

독기가 빠져서 그렇게 답하고 나도 하루노를 이어서 에스컬레이터에 탔다.

내려가는 에스컬레이터는 천천히 움직였고 곧 우리를 아래층으로 옮겨줬다.

폴짝 뛰어서 내린 하루노는 망설임 없는 걸음걸이로 나아갔다.

새해 첫날이라서 점내는 붐볐으나, 하루노가 발을 내딛는 곳마다 인파가 갈라졌다. 이 사람 뭐야? 모세야?

하지만 길을 터주는 사람들의 심정도 이해한다. 나도 길거리에서 하루노 같은 미인이 광채를 뿜으며 걸어오면 저절로 그늘로 들어가 길을 비킬 것이다. 혹은 걸음을 늦춰서 눈호강에 힘쓸지도 모른다. 물론 유키노시타 하루노의 새까만 속을 단편적으로나마 엿본 지금은 그럴 마음도 안 들지만.

아름다움은 일종의 위압이자 위협이다. 더불어 거기에 자신감이 더해지면 비단에 꽃무늬, 호랑이에 날개, 세일러복에 기관총이다. 마주한 사람이 위축되는 것은 당연한 이치다.

그렇기 때문에 유키노시타 하루노는 혼자 있을 때가 많은지도 모른다.

딱히 친구가 없지는 않을 테니까. ……아마도.

아니, 생각해 보면 나는 하루노의 교우관계를 전혀 모른다. 매우 개인적인 감상을 말하자면, 이 사람 친구 없어 보인다. 어쩌면 내가 제일 친할지도 모른다는 생각마저 든다.

그렇지만 친구가 있다는 암시는 분명히 있었다.

옛일을 돌이켜보면 처음 만났을 때 친구 같은 사람과 같이 있었고, 도넛 가게에서 만났을 때도 친구를 기다리는 중이라고 하지 않았던가. 그녀의 은사인 히라츠카 선생님의 증언에 따르면 학교에서 폭넓은 교우관계를 가졌다고 들었다.

하지만 그런데도, 그녀는 고독을 좋아하는 듯 보였다.

외모와 재능, 게다가 집안. 사람이 원하는 거의 모든 것을 가졌으면서도 고독을 바라는 모습은 한때 내가 꿈꾸던 고고한 삶과 매우 닮았다.

예전 내가 착각하던 유키노시타 유키노의 모습과 매우 닮았다.

그래서 아마도 내가 하루노에게서 보는 이 환상도 어딘가 크게 잘못되었겠지.

그녀는 고독을 좋아해도, 결코 고독을 바라지는 않으니까.

그 증거가 동생인 유키노시타 유키노를 향한 집착이다.

오늘 끝없이 전화를 걸던 그 편집증 같은 행위, 지금까지 걸핏하면 동생을 귀찮게 하던 자세만 보아도, 하루노에게 유키노시타가 무시할 수 없는 존재임은 의심할 여지가 없다.

바꿔 생각하면 그것은 유키노시타를 바라 마지않는다는 반증인 동시에 고독을 바라지 않는다는 증거이기도 했다.

물론 하루노의 이런 집념이 어디서 오는 것인지 나는 모른다. 단순한 가족애나 형제애라고 보기에는 너무 도가 지나치다고 느꼈다.

나도 동생이 있지만, 굳이 찾아가서 귀찮게 굴거나 사생활에 간섭하기까지는…… 했네. 응, 했어.

코마치가 집에 있으면 이래저래 귀찮게 굴고, 수험에도 참견했고, 날파리가 붙으면 없애려고 한다. 아주 당연한 일이다. 그게 남매니까!

그렇다는 말은 자매도……. 어라? 그럼 하루노가 하는 행동은 평범한 일 아냐?

끙끙 고민하며 미간에 주름을 잡고 하루노를 보는데, 앞서 걷던 그녀가 우뚝 걸음을 멈췄다.

"이 가게야."

하루노는 그렇게 말하며 긴 손가락으로 가리킨 곳은 한 점 포였다.

여성용품 플로어에서도 부드러운 색감과 포근하고 아기자기한 분위기로 눈길을 사로잡았다. 진열된 상품은 척 보기에 실내복이나 욕실용품 같았다.

빼꼼히 안쪽을 보자 실내복에 실내용 양말, 담요, 바스 로브와 샤워 가운, 세안 밴드…….

어느 것이고 아이스크림이나 케이크 따위를 모티브로 한 귀여운 디자인이고 가게에는 여성 손님뿐이었다.

도저히 나 같은 놈이 들어가도 될 가게가 아니었다.

"……저, 여기서 기다릴게요."

가게 분위기에 지레 겁먹어 두피에 땀이 맺혀서 말하자, 하루노가 짓궂게 웃었다.

"에잇."

그리고 내 등을 팍 밀었다.

엉겁결에 떠밀린 발은 가게와 복도의 경계선을 한 발자국 넘어 버렸다.

……아이고, 점원이 「찾으시는 게 있으신가요?」라며 굳은 웃음으로 위협하는 미래가 보였다.

그런 질문을 들으면 말문이 막혀서 「아뇨, 딱히……」라고 거물 여배우[#40] 같은 대답밖에 할 수 없어서 제대로 대화하지 못

#40 거물 여배우 사와지리 에리카. 영화 시사회에서 불성실한 태도로 크게 물의를 빚었다. 그 중 「딱히(別に, 베츠니)……」라는 대답이 유명하여 베츠니 사건으로 불리기도 한다.

하는 자신에게 혐오감이 들어서 식은땀이 확 올라온다. 게다가 그 땀을 본 점원이 「어머! 땀을 많이 흘리시네요! 난방이 센가요?」라는 둥 경멸 80퍼센트, 배려 20퍼센트로 구성된 말을 걸며 티슈를 건네고, 그 친절과 이상하게 쳐다본다는 자각 때문에 더 땀구멍이 넓어지기도 한다. 누가 작은 친절이 큰 감동이랬냐? 친절은 아끼지 말고 팍팍 퍼줬으면 좋겠습니다.

하지만 이런 걱정은 남자, 정확히는 소심한 인간만 한다. 여성은 애초에 주 고객이라서 누구든 꺼릴 것이 없다. 또한, 여자친구와 동행하거나 좀 놀 줄 아는 남자라면 이런 곳에 와도 동요하지 않으리라.

당연하지만, 하루노는 낯빛 하나 바뀌지 않고 점내를 제 안방처럼 성큼성큼 걸었다.

나는 아우아우 물개 같은 소리를 내면서 하루노를 눈으로 좇았다. 그 거동이 어찌나 수상한지 물개를 넘어서 아우는 OH! 에우는 YO!#41 하고 고어 연습까지 할 수준.

우두커니 선 채 따라올 기미가 없는 나를 이상하게 생각했는지, 하루노가 돌아봤다. 순간 고개를 갸웃했지만, 곧 상황을 파악한 듯했다.

"부끄러워하지 마. 여기 남성용도 팔아."

그러면서 내 옆에 서서 팔을 쭉 당겼다.

이렇게까지 떠밀어주면 얼어 있을 수만은 없었다. 사실 하루노가 달라붙어 있는 쪽이 훨씬 창피했다.

#41 아우는 OH! 에우는 YO! 일일본 고전 문법으로 따른 발음.

하루노의 팔에서 스르륵 빠져나와서 아기사슴 밤비처럼 떨리는 발걸음으로 하루노 뒤를 졸졸 따라갔다.

후에엥…… 여자 손님밖에 없어서 무섭다구…….

가급적 눈에 띄지 않게 스텔스 능력을 풀가동하는데, 콧노래를 부르며 실내복을 구경하던 하루노가 그중 한 벌을 들었다. 그리고 내 쪽으로 휙 돌아서 자기 가슴에 살며시 댔다.

"봐 봐, 폭신폭신하게 생겼지?"

그 말투와 즐거운 미소가 평소보다 훨씬 어려 보여서 조금 놀랐다.

"……폭신폭신한 소재니까요."

그런 대화를 나누며 가게 안을 거닐었다.

이런 장소에 익숙하지 않아서 나는 시종 흠칫거리기 바빴다.

하지만 하루노가 항상 내게서 한두 걸음 사이에 있으며 이런저런 말을 걸어준 덕분에 거북함은 거의 없었다. 그렇다고 하루노와 있는 상황 자체가 편하다는 말은 절대로 아니지만.

단, 주변에 있는 여성 손님과 점원에게 경계의 눈빛을 사지 않는 건 고마울 따름이었다.

가게 상품 중에서도 성격이 다른 옷이 놓인 구역으로 들어서자 하루노가 아무렇게나 한 벌을 집어 들었다.

"아, 이거 봐. 여기 남자 옷 있다."

하루노가 든 옷은 회색과 흰색 줄무늬가 굵게 들어간 후드 달린 실내복이었다. 옷감은 역시나 폭신폭신한 소재였다. 끈에 달린 털실 방울도 아주 귀여웠다.

자, 하고 내민 옷을 마지못해 받아들었다. 그때 가격표가 흘러내렸고, 경악스러운 숫자가 눈에 들어왔다.

"……비싸. 너무 비싸! ……뭐가 이렇게 비싸?"

무심코 가격표를 두 번 보고 말았다. 그러고도 믿기지 않아 세 번 봤다. 어떻게 잠옷 가격이 다섯 자리지……. 여름이라면 티셔츠에 팬티 한 장, 겨울이라면 추리닝에 덧옷 하나 걸치면 충분하잖아?

패션 업계의 살벌함에 전율하는데 하루노가 웃음을 풉 터뜨렸다.

"남자라 그런가, 별로 관심이 없나 보네. 그래도 여기 남자 옷은 제법 평가가 좋아. 히키가야도 이런 거 입어보면 어때?"

"으으……"

그 멋들어지고 귀여운 실내복을 내가 입은 모습을 상상하고 무심결에 진저리치고 말았다.

후에엥…… 내가 이런 귀여운 옷 입어봤자 안 어울릴 거라구…….

실내복이라서 누가 보지는 않으니까 어울리든 말든 상관은 없지만, 더 중요한 문제가 있었다.

내 안의 고2병이 부르짖었다. 이런 여자애가 좋아할 브랜드 옷을 입겠다니, 이걸 계기로 여자한테 관심 끌고, 운 좋으면 인기도 끌려는 심산이 뻔히 보여서 너무 추하다고! 껄렁한 인간이 이상하게 여자 옷 브랜드를 잘 알면 뭐 하는 놈인가 싶잖아!

그 어디를 향하는지 모를 혐오감이 새어나왔나 보다. 내 얼굴을 본 하루노가 웃음을 흘렸다.

"히키가야는 이럴 때 얼굴로 싫은 티를 팍팍 내는구나? 감탄했어."

"제가 솔직해서 그만……."

"그럼 우리 닮은꼴이네."

내가 농담처럼 받은 말에 하루노는 뻔뻔한 소리를 했다. 그리고 눈이 마주치자 입가에 고혹적인 미소를 머금으며 살며시 내 귀에 속삭였다.

"그런데 닮은꼴이란 말, 귀엽지 않아? ……어때? 옷도 커플룩으로 해볼래?"

그 목소리에는 관능적인 마력이 있었고 목에 닿은 숨결은 달콤한 물기를 머금었다. 놀린다는 사실은 잘 알지만, 볼이 저절로 뜨거워지는 탓에 하루노의 표정을 곁눈질할 엄두도 나지 않았다.

하루노는 내 반응을 마음껏 즐겼는지, 키득키득 웃고 한마디를 덧붙였다.

"유키노랑♪"

톡톡 튀는 목소리 덕분에 경직이 풀렸다. 기가 막혀 한숨과 함께 비아냥거리는 말이 자연스럽게 흘러나왔다.

"귀여운 척하려면 저보다 자매끼리 하는 게 나을 텐데요?"

"귀여운 척도 과하면 역효과야. 나는 지금 상태로 충분한걸."

내 역공도 예상한 것처럼 하루노는 즉시 받아쳤다. 바보 같은 대화지만, 하루노는 나름대로 재미있는지 눈동자에 가학적인 빛깔이 깃들었다. 어떡해, 역시 이 사람이랑 잘 안 맞아······.

하지만 곧 그 눈동자에 그늘이 졌다.

"······그래도 옛날에는 옷을 맞춰 입기도 했는데 말이야."

나직한 말소리에는 그리움이 묻어났다.

"······의외네요."

그래서 솔직하게 말해 버렸다.

"······의외랄 게 있어? 그냥 부모님이 사준 옷이니까 딱히 신기할 것도 없다고 보는데."

반박하는 하루노에게 조금 전과 같은 미소는 없었고, 그저 손에 든 옷을 가늘어진 눈으로 한번 봤다.

딱히 유키노시타 자매가 같은 옷을 맞춰 입은 과거가 의외라는 소리는 아니었다. 우리 부모님도 나와 코마치에게 같은 옷을 입힌 적이 있었다. 부모님의 취향? 혹은 재미의 일환으로 그랬으리라고는 상상할 수 있었다. 하물며 이만큼 미인 자매 아닌가. 사이좋게 같은 옷을 맞춰 입은 모습을 보고 싶다고 생각하는 편이 자연스럽다.

그러니까 내가 의외라고 생각한 점은 그 부분이 아니었다.

유키노시타 하루노의 그 말투였다.

과거를 그리워하는 말투에는 다정함만 묻어 있지는 않았다. 뭔가 다른 감정이 숨어 있는 느낌이 들었다.

굳이 말하자면 처량함과 비슷할지도 모르겠다. 이제 다시는 손이 닿지 않는, 돌이킬 수 없다고 이해하는 아련함이 있었다.

왜 그녀의 목소리에서 절망적인 거리감을 느꼈는지, 그 이유는 잘 모르겠다. 다만 막연히 그렇게 느꼈을 뿐이었다. 아직 이 사람은 내 이해 범주 밖에 있었다. 아마도 영원히 이해하지 못하겠지만.

나와 가까이 지내는 사람조차 잘 모르는 게 나다. 가까이 오도록 허락해도 선을 넘도록 해주지 않는 유키노시타 하루노를 이해할 리 만무했다.

지금도 그녀는 내 생각 따위 알 바 아니라는 기색으로 진열된 옷을 뒤지고 있었다.

"으음, 역시 이게 낫나?"

그러면서 꺼내든 실내복을 흰 셔츠 위로 걸쳤다.

폭신폭신한 연한 회색 옷감에 연분홍색 물방울무늬가 박혀 있었다. 하루노는 양쪽 옷깃 끝을 잡고 입을 폭 감쌌다. 그러고는 눈을 살짝 위로 뜨고 물었다.

"어때?"

"……동생분이랑 별로 이미지가 안 맞지만, 그건 그거대로 괜찮지 않을까요?"

내 말을 듣고 하루노는 뺨을 볼록 부풀리며 나를 노려봤다. 이 사람, 이런 귀여운 반응도 할 줄 알아? 강화 외골격 성능이 너무 좋은 거 아니냐……. 본성을 알아도 속아 넘어가겠고, 이 정도면 속아도 후회하지 않겠구만.

하지만 상대는 유키노시타 하루노였다.

"나한테 어울리냐고. 애초에 사이즈부터 유키노 게 아니잖아."

그렇게 말하고 하루노는 은근슬쩍 자기 가슴을 더듬었다.

그것은 말하지 않아도 전해지는 유키노시타 자매의 절대적 차이였다. 그런 잔인한 소리를 하는 점이 정말 하루노답다. 동생도 살짝 콤플렉스 느낀다구요! 본인한테는 절대로 말하면 안 돼! 오빠랑 약속이야!

하지만 감상을 묻는다면 대답해주는 것이 인지상정. 아마도 그러려고 데리고 오기도 했을 테고.

"……그럼 물어볼 필요도 없죠."

그래도 내 입에서는 그런 말밖에 나오지 않았다.

솔직하게 말해서 유키노시타 하루노라는 인간은 외모만 따지면 흠잡을 곳이 없다. 그러니까 물어볼 필요도 없으며 방금 시착한 모습과 불시에 보인 귀여움도 무엇 하나 빠짐없이 매력적이었다.

그리고 난감하게도 지금 말만으로는 부족하다는 듯 묵묵히 이어질 말을 기다리는 그 맹랑한 눈동자 또한 매력적이었다. 나를 보는 눈빛에는 제대로 말하라는 압력이 담겼다.

"……어, 어울립니다, 아마도."

똑바로 쳐다봐서 낯간지러운 마음에 눈을 피하고 쩔쩔매자 하루노는 흡족하게 고개를 끄덕였다.

"좋아, 말 잘했어. 그럼 이것도 사야지."

그러더니 지금 시착한 옷을 벗어 빠르게 개켰다. 그리고 근처에 걸린 같은 디자인의 흰색 옷도 휙 들었다.

"계산하고 올게."

하루노는 말하자마자 바로 계산대로 갔다.

다른 여성 손님과 점원의 시선에서 나를 지켜주던 하루농 배려어를 잃은 나는 냉큼 남성 코너로 자리를 옮겼다. 이곳이라면 간신히 버틸 만하다……

그때 문득 눈길을 끈 것은 방금 하루노가 들었던 실내복과 디자인이 같은 옷이었다.

오, 이쪽은 검은색이군……. 흐음…… 호오…… 허어……. 같은 디자인이라도 색이 다르면 인상이 또 다르구만……. 흐음…… 이건 내가 입어도 별로 이상하지 않을지도……. 호오…… 허어……

그 폭신폭신한 옷으로 손을 뻗으려고 한 순간이었다.

"나 왔어~."

뒤에서 밝은 목소리가 들렸다. 엉거주춤 들었던 손을 부리나케 주머니에 쑤셔 넣었다.

"빨리 오셨네요."

최대한 아무렇지 않은 척 말하는데, 하루노는 조금 미안한 기색이었다.

"미안, 포장 끝나려면 시간이 좀 걸린대."

하루노는 가게 밖, 플로어 끝에 있는 휴식 공간을 가리켰다. 그곳에는 의자 몇 개가 놓여 있었다.

선물용 포장이 끝날 때까지 그곳에서 기다리자는 뜻이겠지. 하루노는 쇼핑백을 끌어안고 그 의자를 향해서 걸었다.

하루노가 가게에서 나가 버리면 나는 이곳에서 설 자리를 잃는다. 지금은 고분고분 따라갈 수밖에 없었다.

하루노와는 의자 하나를 사이에 두고 떨어 앉았다.

하루노는 자기가 입으려고 산 옷을 확인하려고 콧노래를 흥얼거리며 쇼핑백을 벌렸다. 그것을 흡족하게 보면서 말문을 열었다.

"그런데 히키가야는? 벌써 골랐어?"

"네? 아…… 선물이라면 이미 샀어요."

뜬금없는 질문에 순간 무슨 소리인가 싶었지만, 정황상 유키노시타의 생일 선물에 관한 이야기일 것이다.

하지만 하루노는 콧방귀 치듯 피식 웃고, 목을 한 바퀴 돌린 뒤 나를 똑바로 쳐다봤다. 그 느릿한 동작이 고개를 치켜드는 뱀을 닮았다.

"그거 말고, 너희 말이야."

말을 듣자마자 숨이 턱 막혔다.

나를 빤히 보는 시선은 심장을 옭아매는 것처럼 몹시 끈적거렸고, 맑지만 검은 눈동자는 깊은 우물을 들여다보듯 그 안을 헤아릴 수 없었다.

안이하게 질문의 저의를 물으면, 무엇에 관한 이야기인지 설명을 요구하면, 도망칠 수 없는 답을 들이민다.

그렇다면 가능한 선택은 하나뿐이다.

입꼬리를 올리고 목구멍에 막혀 있던 공기를 토해냈다.

"……너희라고 말씀하셔도, 단체로 행동할 때는 가급적 제 의견을 피력하지 않거든요. 제가 좀 겸허한 성격이라서."

"그런 식으로 피하는 거, 꽤 좋아해."

하루노가 고혹적으로 웃었다.

그러자 아주 조금이지만 분위기가 이완됐다.

그래도 그녀의 눈동자는 아직 어두웠고 이 시간이 끝나지 않았다고 전해왔다.

"……사실 나는 어느 쪽이든 상관없어. 하지만 이대로 아무 일 없이 지나가리라고는 너도 생각 안 하지? 그건 부자연스러우니까."

구체적인 내용은 아무것도 말하지 않아도 무엇에 관한 이야기인지 확실하게 알았다.

유키노시타 하루노가 들이민 것은 변명할 여지가 없는 진실이었다.

나도 진즉 깨달은, 대수롭지 않고 흔해 빠진, 어디에나 있는 단순한 사실.

그래도 관측할 때까지 그 현상은 사실이 되지 않는다.

그래서 보고도 못 본 척했다.

"……자연의 반대말은 인공(人工)이잖아요. 사람이 관련되면 대부분 부자연스럽지 않을까요? 그 부자연스러움을 받아들이는 것도 인간의 사명 아닐지……."

엉뚱한 방향만 보는 관측자가 장광설을 펼치는 모습을 보고 방관자는 비웃었다.

키득키득, 하고.

목구멍을 타고 올라온 웃음소리가 망언 같은 말을 가로막았다.

"그런 걸 진짜라고는 하지 않아, 라고 했던가? ……그럼 진짜는 뭘까?"

부드러운 목소리. 차가운 눈빛. 촉촉한 눈동자. 젖은 숨결.

날아든 말은 규탄인지 힐문인지 모를 중얼거림이었다.

거기에 대답하는 사람은 없었고, 단지 주기적으로 플로어에 흐르는 BGM만 들렸다. 몇 초인지 몇 분인지 모를 길고도 짧은 침묵이 내려앉았다.

아무도 말이 없는 가운데, 급하게 뛰어오는 발소리가 들렸다. 살짝 고개를 틀어서 그쪽을 보자, 방금 쇼핑한 가게 점원이 예쁘게 포장한 선물 봉투를 들고 이쪽으로 오는 중이었다.

그 모습을 발견한 하루노는 콧김을 후 뿜고 벌떡 일어났다. 그리고 싱긋 미소 지어 보였다.

"아쉬워라, 시간이 다 됐네. 데이트는 여기서 끝. ……돌아갈까?"

하루노는 그 말을 끝으로 점원에게 걸어갔다.

그 뒷모습을 바라보면서 나는 좀처럼 일어서지 못했다.

×　×　×

카페로 돌아올 때까지 하루노는 쭉 말이 없었다. 나도 마찬가지로 입을 열지 않았다.

아마 나와 그녀 사이에서 나눌 이야기는 이미 끝났을 테니까.

새삼스럽게 물어도 돌려줄 대답 따위 없을 테니까 이 문제는 미해결로 끝이다.

그 반동은 아니겠지만, 카페에서 자리에 앉을 때 하루노는 유난히 기분이 들떠 있었다.

"받아, 유키노. 생일 선물이야. 언니가 엄청 진지하게 골랐어!"

하루노는 유키노시타에게 안기다시피 몸을 밀착하고 선물 봉투를 꾹꾹 들이밀었다.

"……갑자기 왜 이래?"

유키노시타도 생일 선물이라고 하면 거절할 수도 없는지, 곤혹스럽게 그것을 받았다.

포장을 본 유이가하마가 탄성을 지르며 눈을 초롱초롱 빛냈다.

"와, 그 가게구나! 거기 엄청 귀엽죠~!"

"맞아맞아! 역시 가하마가 뭘 좀 아네! 귀여운 동생을 위해서 귀여운 걸 찾아왔지! 언니의 사랑을 마음껏 느끼렴!"

유이가하마를 척, 가리킨 하루노가 자랑스럽게 가슴을 폈다.

두 사람의 대화를 듣고 유키노시타도 어느 정도 경계심이 풀렸는지, 자기 팔에 안긴 봉투를 물끄러미 바라보다가 한숨 쉬었다.

"……사랑이라고? ……뭐 그래도, 귀엽기는 하네."

유키노시타가 조그맣게 중얼거리고 고개를 끄덕였다. 마음에 들었나 보다. 유키노시타는 봉투를 무릎 위에 다소곳이 놓고 손가락 끝에 살짝 힘을 주어 잡았다. 그리고 고개 숙인 채 모기만 한 소리로 말했다.

"……고마워."

"별말씀을."

얼굴이 화끈 붉어진 유키노시타를 흡족하게 바라보며 하루노가 웃었다.

평소 관계가 워낙 험악해서 어떻게 될지 걱정이었지만, 무척 평화롭고 훈훈하네요. 유리(百合, 백합)노시타 자매가 언제나 이렇게 백합백합하면 제 위장도 평화로울 텐데 말입니다.

그런 우애로운 광경을 보고 온화한 기분을 맛보는 것은 나만이 아니었다. 하야마 하야토도 둘을 바라보는 눈빛이 부드러웠다.

그런데 갑자기 하야마가 움찔했다.

그리고 테이블 아래로 슬쩍 손을 내리더니 휴대폰을 꺼내서 확인했다. 아마 문자라도 왔나 보다.

"……하루노 누나, 슬슬 가자."

"어라, 벌써 시간이 그렇게 됐어?"

하야마가 속삭이듯 말하자 하루노도 블라우스 소매를 넘겼다. 가늘고 흰 손목에 찬 금색 시계를 확인하고 다이얼과 우리를 번갈아 봤다.

아무래도 부모님과 만날 시각이 된 것 같았다.

그렇다면 우리는 여기서 헤어져도 되겠지. 이 흐름을 타고 함께 식사라도 하자고 하는 날에는 긴장해서 토할지도 모른다. 하야마네 부모님이랑 인사? 아직 마음의 준비가 안 됐는 걸! 집에 가려면 지금이 기회다!

"그럼 우리는 가볼게요."

"응, 그러자."

내가 말하자 유이가하마도 동조했다. 하루노와 하야마도 지금이 좋은 타이밍이라고 생각했는지 고개를 끄덕였다.

"아……."

다만, 유키노시타만 어쩔 줄 모르는 것처럼 눈을 굴려 우리와 하루노를 살펴봤다.

하루노는 짧게 한숨 쉬고 빤히 유키노시타를 봤다.

"유키노, 너는 어떡할래?"

"어떡하다니?"

"식사. 갈 거야, 말 거야. 일단 네 생일 축하도 겸한 자리야. 뭐, 나야 볼일 다 봤으니까 오든 말든 상관없지만."

하루노의 목소리에는 차가운 가시가 있었다. 그만큼 집요하게 불러내더니 지금은 놀라울 만큼 쌀쌀맞았다.

하루노의 볼일이 유키노시타에게 생일 선물을 주는 것뿐이라고 생각하지는 않지만, 선택의 자유는 유키노시타에게 있었다.

"……글쎄."

입은 열었으나 결정을 내리기 힘든지, 유키노시타는 머뭇거리며 나와 유이가하마에게 힐끗힐끗 눈길을 보냈다. 그 모습을 보고 유이가하마가 난처하게 미소 지었다.

"유, 유키농, 우리는 신경 안 써두 돼."

"그래. 이제 집에 갈 거니까."

"그러니……."

유키노시타가 미적지근하게 대답하고 고개를 숙이자 유이가하마의 얼굴에도 흐릿하게 그늘이 졌다. 하지만 불현듯 뭔가 생각난 것처럼 옆구리에 꼈던 봉투를 만지작거렸다.

"아. 맞다, 이거. 쫌 이르지만, 내일 생일이라서 준비했어."

유이가하마가 선물이 든 봉투를 유키노시타에게 건넸다. 유이가하마가 준다면 나도 지금 주는 편이 낫겠지.

"축하한다."

"고, 고마워……."

유키노시타는 당황한 눈치로 잠시 그 봉투를 물끄러미 바라보며 굳어 있었지만, 겨우 더듬거리나마 말을 꺼냈다. 그리고 봉투를 가슴으로 꽉 안고 표정을 풀었다.

그런 유키노시타를 보고 유이가하마도 웃음을 흘렸다.

"나, 다음에 케이크 사 갈게. 학교에서 다시 파티 하자!"

유이가하마 나름의 배려겠지. 이런 곳에서 친구와 헤어지면 쫓아내는 것 같아서 기분이 찜찜하다. 그래서 나도 그 마음 씀씀이를 보고 배우기로 했다.

"다음에 보자."

가볍게 손을 들어 말하자 유키노시타가 살며시 미소를 띠었다. 유이가하마의 마음은 충분히 전해졌는지 유키노시타는 반쯤 편 손바닥을 살살 흔들었다.

"그래. ……다음에 봐."

"응, 또 봐!"

그에 대해 유이가하마는 활기차게 손을 들었다.

자리에서 일어나서 하루노에게 가볍게 목인사를 했다.

"먼저 가볼게요."

설렁설렁 손을 흔드는 하루노와 상쾌하게 웃으며 우리를 보내주는 하야마와 헤어져 나와 유이가하마는 가게를 나왔다.

가게에서 엘리베이터 홀까지는 그다지 멀지 않았다.

같은 층에서 타는 사람은 없었고, 휑한 공간에는 나와 유이가하마의 발소리만 울렸다.

"케이크 말인데, 뭐가 좋을까? 쇼트케이크, 아님 초코도 있구⋯⋯."

엘리베이터 버튼 앞에 섰을 때, 유이가하마가 명랑하게 말을 걸었다.

"뭐든 어때. 마음대로 고르셔⋯⋯."

내 시원찮은 반응에 유이가하마가 볼멘소리를 냈다.

"뭐야, 힛키두 생각해 봐. 나는 다 좋아해서 못 고른다구⋯⋯. 아! 반반은 안 되나?"

"무슨 피자도 아니고⋯⋯."

좌우지간 돌아가는 길에 케이크 종류라도 생각해 둬야겠다. 어이가 없어서 핀잔을 준 나는 엘리베이터 버튼으로 손을 뻗으려고 했다.

손가락 앞에 있는 버튼은 두 개.

위를 향하는 삼각형과 아래를 향하는 삼각형.

한쪽밖에 고를 수 없는 그 버튼을 누르려던 손이 나도 모르게 멈췄다.

　―그럼, 누굴…….

　불현듯 그 날의 밤바람에 실려 가버린, 작고 비밀스러운 물음이 귓속에 되살아났다.

　그 질문에는 결국 답하지 못했다. 생각조차 포기한 팔이 힘없이 떨어질 뻔했다.

　약한 빛이 들어오면 다시 취소할 수는 없다.

　그래도 고르지 않으면 어디로도 가지 못하고 멀뚱히 선 채로 끝나 버린다.

　내가 있어야 할 곳으로 향하는 올바른 길을 택한다.

　그러기 위해서 나는 하나만 버튼을 눌렀다.

《계속》

■ 작가 후기

안녕하세요, 와타리 와타루입니다.

오늘도 도쿄 칸다 히토츠바시 진보초에 위치한 쇼가쿠칸 5층 와타리 와타루 부스에서 이 후기를 쓰고 있습니다.

이 와타리 와타루 부스라는 정신 나간 곳에서 풀려날 기미가 안 보입니다.

역내청은 완결됐을 텐데…… 어째서……?

그건 말이지, 역내청 외 작품도 쇼가쿠칸에서 하기 때문이란다…… 라고 진실을 적어 버리면 여러 방면에서 혼날 것 같으니까 비밀로 해주십시오. 물론 역내청 일도 산더미처럼 쌓여 있습니다. 완결됐을 텐데 어째서…….

아뇨, 어쩌면 완결됐기 때문일지도 모르겠네요.

전부 끝마치고 시간이 흘러 조금 거리를 두고 나서야 비로소 보이는 것이 있습니다. 끝을 보았기에 쓸 수 있는 것도 있습니다.

조금 거리를 두어야 보이는 것, 그리고 보이지 않는 것이 있죠.

그 관점이 현재 그녀의 입장과 비슷할지도 모르겠군요.

각자가 바라보는 방향에 따라서는 앞선다고도 할 수 있고 뒤처졌다고도 할 수 있는 정말 작은 한 걸음, 아니, 반걸음 차이, 보폭조차 개개인이 다르건만, 그 반걸음의 거리감은 과연 줄여야 할까, 벌려야 할까. 그것도 아니면 유지해야 할까.

결말은 아직 알 수 없지만, 이건 그녀의 이야기입니다. 그렇다면 당연히 그녀의 이야기이기도 하겠죠.

이렇게『역시 내 청춘 러브코메디는 잘못됐다. 결』1권은 시작됐습니다.

역내청 시리즈 너무 많아진 거 아냐? 대체 몇 가지야? 본편이 끝났는데 뭐가 이렇게 많아? 미연시 팬디스크냐? 그렇게 생각하는 나, 꽤 많지 않나요? 그런 나를 위해서 내가 보려고 만든 정리글을 올립니다.

본편 후일담을 담은 앤솔로지가『역시 내 청춘 러브코메디는 잘못됐다. 유키노 side』,『역시 내 청춘 러브코메디는 잘못됐다. 온 퍼레이드』,『역시 내 청춘 러브코메디는 잘못됐다. 유이 side』,『역시 내 청춘 러브코메디는 잘못됐다. 올스타즈』로 총 네 권 발간되었습니다. 앤솔로지가 무엇인지 모르는 사람에게는 조사할 권리를 주겠어! 여기에 내가 쓴 에피소드도 있으니까 꼭 읽어줘! 그 인물 시점은 쓰면서도 엄청나게 재밌었지.

그리고 역내청 완결 후 완전 신작 정통 속편이라고 거창하게 허풍 떨면서 정말로 평범하게 뒷내용을 써 버린 애프터 스토리, 3학년 편이라고 할 수 있는『역시 내 청춘 러브코메디는 잘못됐다. 신』되겠습니다. 이쪽은 TV 애니메이션『역시 내 청춘 러브코메디는 잘못됐다. 완』BD&DVD 특전이므로 관심이 있으신 분은 구입하여 주시기 바랍니다.

다음은 단편집 『역시 내 청춘 러브코메디는 잘못됐다. 14.5』 입니다. 14.5라는 괴상한 넘버링으로도 알 수 있다시피 마찬가지로 본편 뒷내용을 다룹니다. 이쪽도 꼭 읽어주셨으면 좋겠네요!

그리고 『역시 내 청춘 러브코메디는 잘못됐다. 퐁칸⑧ ART WORKS』은 퐁칸⑧ 신의 화집입니다. 그러니까 이걸 구하는 건 우리 퐁칸⑧ 신 신도의 사명이라고 생각해주십시오. 아니지, 사명이라는 말로도 부족합니다. 이걸 구하는 건 운명입니다.

아, 역내청 결 이야기를 빨리 하고 싶다고 14.5권 후기에 적었는데, 지금 말하겠습니다. 역내청 결 이야기. 역내청 결은 another와 다른 이야기로 빠지기 십상.

대충 끝났네요. 역내청과 관련된 프로젝트는 이것저것 많기도 하지만, 앞으로도 꼭 즐겨주셨으면 하는 바람입니다.

전부 끝난 날에는 꼭 함께 이렇게 말합시다.

—안녕, 모든 역내청.

마지막으로 감사의 말을 전하겠습니다.

퐁칸⑧ 신. 신이야! 그는 신이야! 수고하셨습니다! 이번에도 최고였다고요! 그리고 또 시작됐네요, 역내청 지옥이! 히히, 도망 못 가……. 앞으로 새로운 10년 간 저희를 구원해주십시오! 앞으로도 오래도록 잘 부탁드리겠습니다. 감사합니다.

호시노 담당 편집자님. 거봐요! 이번에도 역시 껌이었죠! 크하핫! 가하마 양을 가하핫 양으로 칠 만큼 껌이었죠! 크하핫! 추후 예정 따위 모르고, 알고 싶지도 않고, 들어도 전부 무시할 거지만, 어차피 안 봐도 껌이죠! 크하핫! 수고하셨습니다. 감사합니다. 크하핫!

미디어믹스 관계자 여러분. TV 애니메이션과 만화 등 많은 매체에서 시세를 졌습니다. 원작이 완결을 맞이하고도 관련 기획 및 콘텐츠가 이어지는 것은 여러분이 힘써주신 덕분입니다. 정말로 감사합니다. 앞으로도 잘 부탁드리겠습니다.

그리고 독자 여러분. 언제나 응원해 주셔서 감사합니다. 『역내청 결』로 다시 이 세계를 그릴 수 있는 것도 다 여러분의 성원 덕분입니다. 중의적 표현으로 결[#42]이라고 이름붙인 이 이야기를 마지막까지 읽어주시면 감사하겠습니다. 부디 앞으로도 계속 함께해 주시길 바라겠습니다. 그대가 있기에 내가 있다!

그러면 이번에는 여기서 글을 마치겠습니다. 다음은 아마 결 2권일까요? 아직 알 수 없지만, 또 다른 역내청에서 만나요!

8월 모일, 딱히 이유는 없어도 MAX 커피를 마시며.

와타리 와타루

#42 결 한자 결(結)은 일본어로 유이라고 읽을 수 있다.

역시 내 청춘 러브코메디는 잘못됐다. 결 1

1판 1쇄 발행 2022년 3월 10일
1판 2쇄 발행 2024년 3월 8일

지은이_ 와타리 와타루
일러스트_ 퐁칸⑧
옮긴이_ 김장준
일본판 오리지널 디자인_ numata rina

발행인_ 최원영
본부장_ 장혜경
편집장_ 김승신
편집진행_ 권세라 · 최혁수 · 김경민 · 최정민
편집디자인_ 양우연
관리 · 영업_ 김민원

펴낸곳_ (주)디앤씨미디어
등록_ 2002년 4월 25일 제20-260호
주소_ 서울시 구로구 디지털로 26길 111 JnK디지털타워 503호
전화_ 02-333-2513(대표)
팩시밀리_ 02-333-2514
이메일_ lnovellove@naver.com
ㄴ노벨 공식 카페_ http://cafe.naver.com/lnovel11

YAHARI ORE NO SEISHUN LOVE COME WA MACHIGATTEIRU. KETSU Vol.1
by Wataru WATARI
© 2021 Wataru WATARI
Illustrated by PONKAN⑧
All rights reserved.
Original Japanese edition published by SHOGAKUKAN.
Korean translation rights in Korea arranged with SHOGAKUKAN
through Shinwon Agency Co.

ISBN 979-11-278-6371-5 04830
ISBN 979-11-278-6370-8 (세트)

값 7,800원

*이 책의 한국어판 저작권은 Shinwon Agency Co.를 통한 SHOGAKUKAN와의
독점 계약으로 (주)디앤씨미디어에 있습니다.
저작권법에 의해 한국 내에서 보호를 받는 저작물이므로 무단전재와 복제를 금합니다.

*잘못된 책은 구매처에 문의하십시오.

The fairy knight lives with old rules

옛 원칙의 마법기사 1권

히츠지 타로 지음 | 토사카 아사기 일러스트 | 송재희 옮김

「기사는 진실만을 말한다」
「그 마음에 용기의 불을 밝히어」
「그 검은 약자를 지키고」
「그 힘은 선을 지지하며」
「그 분노는— 악을 멸한다」
전설 시대 최강의 기사라고 평가받는 동시에 「야만인」이라는 이명을 가진 시드 블리체.
캘바니아의 젊은 「왕자」에 의해 부활한 남자는 마법기사 학교의 교관으로 부임한다.
창설자 기사의 이념을 이어받은 네 개의 교실 중에서
그가 배속된 곳은 공교롭게도 자신의 이름이 붙은 낙오 학급인데…….
"너희 말이야, 기사로서 부끄럽지 않아? —일단 검을 버려."

최강의 기사는 야만인—. 새로운 「교관」 시리즈 개막!

라이트노벨의 새로운 빛! ㄴ노벨의 신간은 매월 10일에 발매됩니다. http://cafe.naver.com/lnovel11

L NOVEL

15세 미만 구독 불가

온라인게임의 여자아이가 아니라고 생각한 거야? 신부는

Lv.19

키네코 시바이 지음
그림 Hisasi
이경인

And you th... er a girl online?

⊗⊗⊗⊗   ⊗⊗⊗⊗⊗

온라인 게임의 신부는 여자아이가 아니라고 생각한 거야? 1~19권

키네코 시바이 지음 | Hisasi 일러스트 | 이경인 옮김

온라인 게임의 여자 캐릭터에게 고백!
→ 아깝네요! 실제로는 남자였답니다☆

그런 흑역사를 감추고 있는 소년 · 히데키는 어느 날 게임 안에서
한 여자 캐릭터에게 고백을 받는다. 설마 그 흑역사가 다시금 반복되는 것인가?!
그렇게 생각했으나, 게임 안에서 내 「신부」가 된 아코 = 타마키 아코는
정말로 미소녀에, 현실과 가상세계를 구분하지 못한⋯⋯다고⋯⋯?!
"안녕, 루시안!"이라니, 하, 하지 마! 창피하니까 캐릭터명으로 부르지 마!
다른 사람들 앞에서도 게임 캐릭터명으로 부르며 게임 속 남편에게 착 달라붙는 아코.
히데키는 너무나도 유감스럽고 위험한 아코를 「갱생」하기 위해
길드의 동료들(※단, 다들 미소녀)과 함께 움직이는데―.

유감스러우면서도 즐거운 일상 ≒ 온라인 게임 라이프가 시작된다!

TV애니메이션 방영 화제작!!

L NOVEL

라이트노벨의 새로운 빛! ㄴ노벨의 신간은 매월 10일에 발매됩니다. http://cafe.naver.com/lnovel11

일반공격이 전체공격에 2회 공격인 엄마는 좋아하세요? 1~7권

이나카 다치마 지음 | 이이다 포치. 일러스트 | 이승원 옮김

"이제부터 이 엄마와 함께 실컷 모험을 하는 거야.", "맙소사……."
고교생 오오스키 마사토는 그렇게 염원하던 게임세계로 전송되지만,
어찌된 영문인지 그의 어머니이자
아들이라면 겁뻑 죽는 마마코도 따라오는데?!
길드에서는 「아들의 연인이 될지도 모르는 애들이니까」라는 이유로 마사
토가 고른 동료들에게 면접을 실시하고,
어두운 동굴들에서는 반짝반짝 빛나는데다,
무릎베개로 몬스터를 재우는 걸로 모자라,
전체공격에 2회 공격인 성검으로 무쌍을 찍는 등
아들인 마사토가 질릴 정도로 대활약을 하는데?!
현자인데도 유감스런 미소녀 와이즈,
치유계 여행 상인인 포타를 동료로 맞이한 그들이 구하려는 것은
위기에 처한 세계가 아니라 부모자식간의 정.

제29회 판타지아 대상 〈대상〉 수상작인
신감각 모친 동반 모험 코미디!

©Kou Yatsuhashi/OVERLAP
Illustration Mito Nagishiro

왕녀 전하는 화가 나셨나 봅니다 1~5권

야츠하시 코우 지음 | 나기시로 미토 일러스트 | 이진주 옮김

왕녀이자 최강의 마술사인 레티시엘은
전쟁으로 목숨을 잃고 천 년 뒤의 세계에 전생한다.
그녀는 마력이 없다는 이유로 무능영애로 취급 당하지만,
레티시엘로서 익힌 「마술」은 사용할 수가 있었다.
그 뒤, 학원에서 레티시엘은 천년 뒤의 「마술」을 직접 목격하고—
그 조잡함에 격노한다!
레티시엘이 선보인 「마술」은 학원을 경악시키고,
이윽고 국왕에게까지 알려지기에 이른다.
정작 레티시엘은 「마술」 연구에 몰두하느라
그 사실을 전혀 알아차리지 못하는데—?!

전생 왕녀가 자신의 길을 걷는
최강 마술담, 개막!!